第广龙 著

高高的太阳坡

北方联合出版传媒（集团）股份有限公司
春风文艺出版社
·沈 阳·

图书在版编目（CIP）数据

高高的太阳坡 / 第广龙著 . — 沈阳：春风文艺出版社，2021.10
　　ISBN 978-7-5313-6085-8

　　Ⅰ.①高… Ⅱ.①第… Ⅲ.①长篇小说 — 中国 — 当代 Ⅳ.① I247.5

中国版本图书馆 CIP 数据核字（2021）第 187991 号

北方联合出版传媒（集团）股份有限公司
春风文艺出版社出版发行
http://www.chunfengwenyi.com
沈阳市和平区十一纬路 25 号　邮编：110003
沈阳市昌达印刷有限公司印刷

责任编辑	韩　喆	助理编辑	平青立
责任印制	刘　成	责任校对	陈　杰
装帧设计	杨光玉	印　张	18
字　数	218 千字	幅面尺寸	160mm×230mm
版　次	2021 年 10 月第 1 版	印　次	2021 年 10 月第 1 次
书　号	ISBN 978-7-5313-6085-8	定　价	50.00 元

版权专有　侵权必究　举报电话：024-23284391
如有质量问题，请拨打电话：024-23284384

自　序

2021年，中国共产党成立一百周年。这一年，学党史，讲党史，在新出版的《中国共产党简史》里，一笔笔石油印记，有铁人，有西气东输。

我工作近四十年的长庆油田，正是西气东输的主力气源地。

曾在《长征组歌》里写下"革命理想高于天"的开国上将、时任兰州军区政委萧华将军，1979年5月来长庆油田写下了《访长庆油田》："驱车陕甘访长庆，石油酬国识英雄。陇上人歌动地诗，边区高标创业情。入夜钻机鸣远山，信是铁人呐喊声。当年延长一涓流，汇成浩荡石油军。"

经历坎坷岁月，奋斗未有穷尽。如今，长庆油田已经成为中国陆上第一大油气田，年产油气当量超过六千万吨。作为这个企业的一分子，我亲历、见证、参与了它的发展和壮大，我在大山深处的体验，使我总有表达的愿望。我拿起了笔杆，蘸着石油。我从小爱好文学写作，而我真正的起步是从来到起伏着石油的山水间算起，石油让我获得了书写的力量。

这部长篇小说记录和表现的，是一群普通的野外队石油人。他们的血肉之躯，他们的奉献和甘苦，都留下了或深或浅的印记，应该被记取，应该有温热延续下来。我熟悉他们、热爱他们，他们的点点滴滴都那么寻常，又那么清晰地回旋在天地间，草根般顽强，沥青那样有着一种撕扯不断的韧劲。

对于石油一线的工人来说，"我为祖国献石油"不是口号，而是落在实处的行动。哪里有石油，哪里就是我的家，在这个故事里就真实地发生了。这部小说，重点塑造了先进人物吴先进和一批底层石油工人的形象，没有空洞的说教，都是我生活中的经历。找石油是这些人的事业，也是他们的生计。正是这样的反复，才有了中国石油工业的艰难发展。这些在石油前沿的人的历程，某种程度上说也是一个大油田出现前的缩影。

故事发生在二十世纪八十年代，一支番号"169"的石油野外队，营地在西部山区一个叫太阳坡的山上，四十多号人全是男人，日子过得单调、苦闷，又不得不忍受。挖油的人，也挖着自己的魂灵，挖出来的是脏还是干净，都不是一个轻易的判断就能分清的。人的单纯和复杂，是自带的还是环境造成的，不论怎么呈现，都有其产生的根源和必然。离奇的故事和真切的生活搅和在一起，是一个隐喻，也是直观的现实。得与失,走与留,都和对土地的挖掘关联在一起。在生存面前,意识到了,也许没有选择,也许不可避免,就这样度过着一天又一天。一群孤独寂寞的人,没有宏大的愿望,牺牲了个人的微小,在山里被遗忘了一样,留下不被怜惜,离开了又感到失落。其中有挣扎、有坦然,在命运面前,被接纳也罢,被排斥也好,都在不安中等到了一个出路、一个结局。

不过,路是走出来的,油是找出来的,这些人奋斗过的地界,如今是中国第一大油气田所在地,那些走出去的人又回来了,他们付出的一切,正变成当下中国前进的动力。

我曾经写下大量以石油为题材的诗歌和散文,这部长篇小说是我的一次尝试。对于这部小说,我就不多说了,让作品本身接受读者的检验可能更好一些。不过,关于石油文学的写作,我有许多想法和思考,也愿意在这里提出来与读者交流和分享。

石油文学被提出和认可,一定有一批作家和一批作品支撑,而且是有水准、有影响、有价值的,离开这些就成了自说自话。

石油文学从大的方面说属于工业文学这个范畴。既然可以命名石油文学,那么,也可以有煤炭文学、电力文学、铁路文学等以行业冠名的文学。如果在这些行业之外,我们阅读反映这些行业的文学,是因为其行业特征还是文学价值和意义?一定是后者。所以,即使石油文学次序上排在文学之后,但具体到写作，则必须在前才立得住。

文学是人学，石油文学也不例外。文学里的这个人，是有血有肉的，是有情感的，是有心灵感应的。所以老话说，贴着人写，紧扣住人的命运写，写出人的喜怒哀乐，写出人性的幽微和敞亮。

我早先写石油，符号化，标签化，生怕别人看不出我在写石油，还把具有石油特征的器具写进来。20世纪90年代初，我意识到这样写石油，其实背离了石油，也背离了文学。这以后，我回避石油、淡化石油，把写作的重心放在了人上。近几年，我的观念又有转变，我不再担心写出石油的颜色和质地了。

由看山是山，到看山不是山，再到看山是山，这之间是不一样的。石油和文学不是对立的，而是可以融合的。这要看是不是用文学的眼光、文学的笔法写石油。做到这一点，石油文学的分量就出来了，特色就是自带的。

我的这部长篇，就把我对于石油文学的理解，进行了一定程度的实践，我感到欣慰，也会在今后的写作中付出更大的自觉。对于这一次的完成，我真心希望对于我的写作是有效的，也是有益的。

目 录

一	001
二	008
三	016
四	023
五	035
六	042
七	050
八	065
九	075
十	086
十一	109
十二	130

十三	142
十四	150
十五	159
十六	171
十七	189
十八	196
十九	206
二十	226
二十一	258
后记	267

一

　　太阳坡上，狗不叫，杜梨树上歇息的呜呼鸟也不出声。169队的人，都睡下了。

　　不过，一半人睡着了，一半人醒来了。是刘补裆吵醒的。王轻也醒着。能不醒着吗？野营房里，王轻和刘补裆床对床，就听着刘补裆干号，看着刘补裆蹬腿。王轻说，你个溜光锤子，还叫不叫人睡了，家里又没有死人，大半夜的，哭丧呢！你能不能消停一阵，再这么闹腾，我就拿袜子堵你嘴了！王轻骂着，刘补裆叫着。像是没有听见，又像是听见了。叫一会儿，歇一会儿，以为不叫了，声音又起来了。王轻烦躁，又没有制止的好办法。正发愁呢，看见刘补裆翻了个身，以为闹够了，要睡了，却见他挣扎着坐了起来，手胡乱摸索。王轻以为刘补裆要喝水，就说，水喝光了，没有水。刘补裆又把身子调整了一下，双腿从床上吊下来，摆动着，两只脚像是写毛笔字，往地上伸，在地上游走。刘补裆在找鞋。王轻说，狗日的装着呀，还知道穿鞋呀，咋不精脚下来呢？骂归骂，还是把床这头的一只，床那头的一只，拿脚踢着踢到一起，帮扶着刘补裆穿上。离得远，都能闻见酒气；离得近，刘补裆嘴里出来的，除了酒气，还有臭气。王轻拧着眉毛偏了一下头。王轻猜对了，刘补裆要出去尿尿。王轻搀扶刘补裆出了门，刘补裆摇晃不稳，却一只手往后甩，往后推，意思是不让王轻跟着。王轻就说，快滚去尿去！便折了回去，躺下了。喝酒的不光是刘补裆一个，全队人都喝了。王轻酒精过敏，不喝酒，喝醪糟都上脸，也喝了几杯，难受得光想放展躺着。要不是刘补裆不消停，早就睡了。估摸刘补裆不会再折腾了，一阵放松，加上酒精的作用，王轻很快就发出细细的鼾声。

  第二天，王轻起来，看刘补裆的床空着，就自言自语，这哈怂，睡得晚，起来还早。这时候出去，食堂又没开饭，不知是干啥去了。王轻洗过脸，正往脸上涂抹棒棒油，听见杨队长在喊他，就答应着往队部走。杨队长问，刘补裆再没胡来吧？王轻说没有，出去尿了个尿，把张狂劲也给尿了，不光没胡来，还早早出去了。杨队长听了就说，这就好。没有事别生事，都给我好好着。还安顿王轻，说你俩一间屋子，看着点儿，这个刘补裆，喝上二两马尿，就不合适了，一定看住。王轻装样子挺了一下身子，说，请首长放心，保证完成任务！杨队长笑了，也开玩笑说，别来应付鬼子那一套。好好着，都好好着。

炊事班班长胡来大着肚子，敲响吊在食堂窗口的角铁，吆喝，开饭了！开饭了！平时，刘补裆会在房子里响应，来了！来了！可是这一次咋没有动静呢？只见郭公公第一个拿着碗小跑着过去了。郭公公吃饭积极，而且称之为"喂脑袋"。王轻就疑惑，不是吃到肚子里吗？郭公公说，人的嘴长什么地方？脑袋呀！这不就对了。还真对了，就是这么个理。最后看见李双蛋沉着那张马脸，也慢腾腾打上了稀饭，像是肚子不饿一样。左看右看，怎么不见刘补裆人呢？王轻一紧张，意识到，刘补裆昨晚出去尿尿，自己睡下了睡得死，没顾上留意，这出去了怕是没回房子。这下糟了。

野外队的食堂，就是一间也能移动的野营房，只是铁皮厚，没上漆。房顶上立个黑烟囱，房子侧面靠外，开了个加煤的炉膛口。食堂里头空间小，放了锅灶、案板，容不下几个人，只能容下炊事员。最多就是司机李师傅进去，不但进去，还不用花钱，不用餐票。司机吃饭，比杨队长都有特权，没有一个人说啥。按说野外队队长是爷，是天，想吃辣子就吃辣子，想干啥就干啥，大伙儿不会有脾气的。主要是顾忌影响，不愿意被议论，所以，杨队长很少进去。到底是有身份有地位的人，对自己要求严，这样威望也高。房子正面一侧，窗户开开，吃饭递进去碗，端上在外面吃。一些人回房子吃，一些人或者站着，或者蹲着，在食堂外面的空地上吃。在外面空地上吃，能和人说话，也听人说话，吃毕，水罐就在近旁，顺手就把碗洗了，也方便。队上满共四五十号人，谁在谁不在，看也看得出来。刘补裆不在，王轻责任大，一个是同一间房子，照应是自然的，还有就是杨队长刚交代过，这不是失职了嘛！所以王轻最着急。刘补裆能到哪里去呢？炊事员何乱弹在围裙上擦着湿手，把一张油脸凑到杨队长跟前说，晚上外面黑灯瞎火的，不会掉到沟里去了吧。徐二咽了一块馒头，瞪了何乱弹一眼，不紧不慢地说，你个臭嘴，咋尽往坏处说呢。何乱弹挨过徐二的打，赶紧伸一下舌头又缩回去。又不甘心，又说，近来咋这么不顺呢？胡来也说何乱弹，不知道情况，就把皮嘴夹紧！都在插嘴说话，李双蛋在人背后黑着脸，嘴唇动着，像在说，又听不见，还把眼睛闭上又睁开了几次。杨队长看见了，瞪了他一眼，他也瞪了杨队长一眼。杨队长就不再看他了。四班班长老邓看看大伙儿，拧过头，踮起脚，朝杜梨树那边望了一眼，空荡荡的，除了那棵杜梨树，还是那棵杜梨树。说，不会有事的，刘补裆的命，硬得很，不会有事。169队四个班，刘补裆和王轻都归老邓这个班，真的出了啥事，老邓也脱不了干系。

不过，老邓也不是随便说。这个刘补裆，确实经得起摔打。就说最近一次，跑下山和采油队的人喝酒，回来坐的摩托，拐弯猛，掉进一个大土坑，脸肿了，胳膊折了，还是杨队长带着王轻领回来的。王轻记得清楚，当时也是黑天，杨队长拉扯刘补裆，手上黏糊糊的，一闻，臭哇，怎么这么臭？原来，这个大土坑，有走路的人下去拉野屎，刘补裆正好跌倒在上面，就给滚到身上了。那次，王轻回来，把全身都洗了一遍，还不住地抽搐鼻子，觉得有味道。刘补裆伤成那样，就拿纱布缠了一下头，用绷带把胳膊吊起来，不出一个礼拜就好了。整个人活蹦乱跳的，又跑出去喝酒惹事去了。

所以，刘补裆晚上没回来，估计不会出人命，顶多在外头那个土坡上睡一觉。大夏天的，无非被蚊子叮一身疙瘩。杨队长神情凝重，显得对刘补裆非常关心，说，这个不能马虎，总归得把人找见。都好好着，都好好着。话刚说完，却见黄狗花子对着两个活动房中间的缝隙在叫。何乱弹就远远指着花子说，叫，叫，再叫吃了你。花子像是没听懂，还在叫。王轻突然意识到了什么，赶紧跑过去看。

果然，活动房之间的缝隙里有个人，正是刘补裆。王轻松了一口气。随后过来的杨队长、老邓，表情也舒展了许多。花子见把人召唤过来了，也有些得意，脏兮兮的尾巴，摆来摆去在表功。不过，能看出花子身子斜着，要倒不倒，强打精神才能立住。老邓说，这狗日的也醉了。看样子，昨晚花子跟着改善伙食，也把醉汉的呕吐物吃下去不少。在野外队，人吃上一顿好的，盼星星盼月亮的，狗遇上机会了，又怎么能放过？王轻伸脚把花子拨开，就叫刘补裆的名字，没反应。再叫，还是没反应。就害怕起来：刘补裆不会死了吧，死了就出大祸了。正焦虑着，只见胡来挥出一马勺水，对着缝隙泼了进去，刘补裆受惊了一般，一激灵，睁开了眼睛。难道下雨了，怎么一头一脸都是水？老邓就嚷，这东西，还站着睡着了，睡了半夜！胡来说，狗都叫不醒，看把人醉成啥了。何乱弹只是探头看，怕又说错话，不敢再言语。杨队长发话了，先把人弄出来。这一提醒，大家才发现，这缝隙只有一个半巴掌宽，狗要进去都困难，刘补裆瘦得麻秆似的，怎么就能卡在里面呢？169队的活动房，相互之间都挨着，也不是挨到一起，都有些缝隙，由于地势和角度的原因，有的缝隙大，有的缝隙小，刘补裆也会选，偏偏进去了一个缝隙小的。刘补裆看到外面站了一堆人在看他，肩膀哆嗦着，有些难为情。他下身穿了裤衩，上身是件烂了好几个洞的背心。郭公公尖着嗓子问，刘补裆，冻不冻？这不是白说嘛！夏天再热，山上的夜晚，人出去，还是手脚冰凉。可是，刘补裆看上去不但没有冻坏，还脸色发红。即使头发湿漉漉的，胸膛在淌水，也看不出寒冷的迹象。王轻就说，你出来，出来再说。刘补裆活动身子，也愿意出来，尝试了几次，都不成功。真是奇怪，这人进能进去，出却出不来，那到底是怎么进去的呢？真有意思。估计在夜里尿尿时，刘补裆图方便，没走远，对着缝隙尿，尿着尿着，瞌睡来了，酒劲也还在翻腾，身子就往前靠，靠着靠着，在一种不知不觉的状态下，就移动到了缝隙里。进去里面狭窄，身体反而稳定，不会出溜着倒下去,一走神,还真的就睡着了。看刘补裆自己出不来,伸手拉也拉不出来,得想办法,总不能扔下不管。老邓找来了撬杠,几个人各站一边,都用力,这边往这边撬,那边往那边撬,把缝隙撬得更开一些,活动房都晃动起来了,这才把刘补裆弄出来。刘补裆一出来,身子发软,腿更软,王轻急忙上去扶着。刘补裆像是死了一场又活过来一样,突然大声说,不是我!不是我!

二

　　那天吃早饭，还有一个人没有出现，杨队长也知道。刘补裆没有露面，酒喝多了，担心丢了，还是没丢。这个人，就在全队人都喝酒的那天晚上，也只是简单吃了几口，就回房子了，而且没喝酒。对别人，放到平时，杨队长吼几声，别人都听话。对这个人，杨队长的态度有些怪。这个人也有些怪。野外队的人，都是些粗人，也感到奇怪，杨队长为啥对这个人态度上像是对客人，像是有意让着一些那样。唉，管他呢，又不是给多发了钱。杨队长处理事情有自己的考虑，犯不着咱操心。大伙儿这么一想，就不再多想了。
　　可是，全队人又为啥都喝了酒呢？这只能是集体会餐时才会出现的场景啊！那天，能喝酒的、不能喝酒的，都喝，只是会喝的喝得多。肯定会喝醉几个，肯定在半夜了还有人串门，还有人闹腾。当然了，这个人就没喝，也没人劝，没人强灌。

那天全队人喝酒，就是集体会餐。可会餐的日子不对呀！又不是过年，又没有庆典，为什么会餐呢？会餐要杀猪，有酒喝，在野外队属于关乎每个人的大事件。每个人都对吃的上心，还有什么能大过吃饭呢？虽然没有人说吃饭压倒一切，事实上，只有吃饭，尤其是会餐，才能把全队人的注意力集中到一个主题——吃饭上。

可不是嘛，平时上班，都是出力气的重活儿，饭难得吃高兴。早上的稀饭，就是把剩下的大米饭在开水里煮一煮。晚上上夜班，水烧开了，盛出来半盆在铝盆里，再丢进去挂在铁丝上晾干的机器面，再往铝盆里加盐、加醋、加酱油，面煮熟了，捞进去，再往上面撒一把切成短节的生韭菜，有时候是没有过油的葱花或者蒜苗末，就算是一顿。中午饭、晚饭会有两个菜，一个肉菜、一个素菜。肉菜里头找肉是不容易的，即使找见了，也是一片两片肥的，瘦肉部分像是被人咬走了。而素菜呢，如果是冬天，炒白菜一定是一团团在一起，那是受冻又遇热形成的，几乎看不出白菜的形状。隔上几个月有包子吃，饭量最小的，吃十个也吃不饱。有一次李双蛋把一个包子放在箱子盖上，几天后，水分发散，收缩变小了。有多小？就像一只喝白酒用的最小的小酒盅那么小。李双蛋每次等着打饭时，都拿筷子不住地敲碗。何乱弹就说，别敲了，敲碗闹饥荒呢。李双蛋不听他的，还是敲。说饿不死，就怕撑死了。这是在说反话呢。

无论是胡来做饭还是何乱弹当值，做出来的饭菜都是这个样子。换个人也是这个样子。几乎就没有办法，试验过的，的确没有办法。吃饭不如意，挣下的钱，一大头又从食堂花出去了，咋说也有些亏呀！大家有意见，胡来还觉得委屈，还认为他最辛苦。虽然他拿着数额在全队仅次于杨队长的奖金，可是胡来说了，起早贪黑，烟熏火燎，比喂猪还劳神，比伺候神仙还用心，还被人咒先人、咒后人，就没有落下个好，这行善积德咋就这么难呢？胡来的撒手锏就是，当大伙儿都针对食堂的伙食嚷嚷时，就说，我不干了，谁愿意干谁来干。这一下，就没有人吱声了。别说，做饭也不是不能做，可是，那得挨多少骂，那得挨几回打呀！算了，就这样吧。何乱弹在这方面，坚决和胡来一条心。而且公开放话，169队能发展，能屹立不倒，炊事班贡献最大，全队上下，最重要、最离不开的就是炊事班。大伙儿听了，总觉得哪里不对劲，再仔细想想，何乱弹说的还真有道理。要不，每年评选先进，先进班组铁定是炊事班，先进个人少了胡来，就有何乱弹，少了何乱弹，就有胡来呢。

在169队，一年里有两次会餐——春节，国庆。

管理员韩明仓会一脸喜气，坐上李师傅的解放牌卡车出山一趟。回来依然一脸喜气。车上就多了平日里见不到的成捆的粉条、大袋子装的花生米、整箱的白酒。米面油一定比平常多。还有更活跃的，那是一只又一只咯咯咯叫着的鸡。韩明仓这是给即将举办的会餐活动采购物资去了。近处的镇子是城壕，逢集才有买卖，还不齐全，得去70公里外的孟阳县的县城。韩明仓不怕辛苦，来回奔波，在大家热切目光的围拢下，得意地仰起了脖子。

还有更叫人惦记的，用不着花钱从外头买，正在食堂后面的铁笼子里哼哼呢。那是野外队养了一年，养得肥头大耳的猪，也该挨刀子了。

杀猪是个技术活儿，野外队不缺这方面的人才。这个人，不是胡来，不是何乱弹。这个人是老邓。参军前，老邓就在家乡当屠夫，转业后，这一身的本领，一年才显露两回。这时候的老邓，是最荣光、最威武的。他可以命令任何一个人，收拾案子的，支锅烧水的，清洗大盆子的……把猪放倒、抬起、按住，这得几个人，都是力气大的，就连杨队长也高兴地接受了揪着两个猪耳朵不让猪头晃动的任务。

老邓手法快。在猪的嗥叫声中，还没看清楚呢，明晃晃的刀子，已经从猪脖子下面拔出来了。随即就有一股子冒着气泡的血水，咕噜咕噜喷涌而出。血腥气直往鼻子里钻，杨队长有些兴奋，有些害怕，嘴里不停地说"好好着，好好着"。旁边的老邓也再次出手了，牢牢地控制住猪头，让血水流进案子下面的大盆子。老邓还有一绝，每一次都能赢得喝彩。等到猪不动弹了，老邓用一把小刀，在猪的一只后腿割一个口子，长长吸一口气，就把嘴对上去了，这是给猪吹气呢。吹一次，再吹一次，猪的身子，浮肿了似的，一次又一次，变得圆滚滚的，像是能升天。猪真的升天了，过水，拔毛，再挂上一个大铁钩，一刀划开猪肚子，五脏六腑露出来了，猪的魂魄到《西游记》里去了，身子留下不要了。这时候，老邓还有一个让人吃惊的举动，他探手从猪的肚皮后面，抓下来一大片热气腾腾的肥油，直接就填进了嘴里，直接就咽下去了！老邓说，这个得趁热，这个大补，能治胃病呢。不过，没有其他人敢这样尝试。李双蛋平时爱逞能，这时也摆着手往后躲。

一头活猪，被分解成一条一条、一块一块的猪肉，被清理成一堆一堆猪内脏，白的白，红的红，更多的是又白又红，而一整颗猪头，也像从理发馆才出来的也干干净净的。这些都焕然一新地出现在食堂里的时候，野外队的猪就变成解馋的美味了。

都是以班为单位，一个班七八个人，每个班都在院子里的空地上选妥一个位置，抬出一张结实一些的桌子，个人则搬来自己坐的铁的、木头的板凳，就等着开饭啦。胡来使坏，不敲角铁，手卷成喇叭筒，"啰啰啰"召唤。各班赶紧派上一两个勤快有眼色的到食堂排队，领回两瓶城固特曲白酒，一包大雁塔纸烟，端回来六个凉菜、六个热菜，分量都很足。最受欢迎的是卤肉，有卤猪肉和卤鸡肉。

这卤肉的汤可是不一般的汤，是用了十几年的老汤。早在169队刚组建时，就把卤肉剩下的原汤，存在一个大坛子里，下次卤肉倒出来继续用，如此反复，持续循环，这老汤有了魂魄，这老汤已经成精了。如果说野外队的饭菜难吃，那是肯定的。只是，一定得把卤肉除外。老汤卤肉，是169队的一绝，在哪里都找不出第二家，即使找出来了，由于调料的配比、存放的环境、人工的差异，味道也是不一样的。这么金贵的老汤，169队可不是经常拿来卤肉，不是舍不得，老汤越用越醇厚、越入味，这个都知道。可是，野外队的人，汗水摔八瓣，一个月能挣下多少哇！都自己吃了，老家的老婆娃娃不得喝西北风？所以，在国庆和春节卤肉是必需的，平常日子，隔上几个月才会卤肉，舍得吃的多是年轻人，老工人都是看看就走开了。

而会餐就不一样了，会餐不花钱！会餐的时候，哪一个的嘴皮子不是吃肉吃得油油的，哪一个的喉咙不是喝酒喝得辣辣的呀！当然了，也可以说，这免费的伙食还是大家的血汗，还是李双蛋那句话，羊毛怎么可能出在花子身上呢？不过，每次会餐并不是人人都在。春节这次老工人多，一部分年轻的请了探亲假回家过年去了。国庆节这次年轻人多，许多老工人也请了探亲假，回去收割秋庄稼、干农活儿，过上一段老婆娃娃热炕头的日子。吃不上就吃不上，老工人生活仔细，耽搁了一顿饭，补又补不回来，遗憾多一些。想起来念叨的有好几个，李双蛋算一个。

会餐过程中，杨队长也面容亲切，一个摊子一个摊子走动着敬酒，不喝酒的，通常在这时候被灌下去一杯两杯，不是能不能喝的问题，是态度问题，是对杨队长、对169队的感情问题。好好着，都好好着。杨队长这句话一说出来，王轻的肚子就燃烧起来了，急忙吃一口菜压一压。胡来带着何乱弹也敬酒，也有提示大伙儿的意思，满桌子吃的喝的，别忘记了是咋来的。胡来一过来，就说吃好喝好。要是看谁夹菜不积极，就说，吃呢吃呢，又不好好吃了。被说的动起了筷子，就说，看，又吃开了。大伙儿就一起哄笑。胡来这是编排着骂人呢。老听见胡来在猪笼子旁这么说呢。

这都在以往，这次的这一顿饭，好像吃得都不怎么开心。

169队的会餐，每一次都喧哗蹦跳，喝醉一片。可是这一次，似乎弥漫着压抑的气氛。没有人划拳，没有人说笑话。能喝酒的还是没少喝，刘补裆就自顾自喝个不停。老邓骂他想酒想疯了，这么快就喝大，说话胡咧咧，别把舌头也当成下酒菜给吃下去。老邓说别人呢，他自己也是跟全班碰了一圈又一圈。老邓不抽烟，也在嘴上叼了一根，想起来了，嘬上几下。该吃的都没少吃，谁会和好吃的过不去呢？菜也是吃空了几个盘子。花子沾光，在桌子下头低着头，卤肉的骨头啃了这一块，那一块又扔过来了。不过，花子也够倒霉的。在刘补裆跟前，沟子上挨了一脚。在李双蛋那里，又被卡着脖子，朝头上打了几巴掌。花子也意识到哪里不对劲，为了不自找嫌弃，后来干脆卧到炊事班门口去了。杨队长像往常一样来回敬酒,到哪个班响应都不热烈。奇怪的是,杨队长也不计较,只是说,好好着,都好好着。李双蛋顶了一句,好个屁。徐二掐他大腿,让他别生事,他也只是歪了一下嘴。杨队长依然没发火,也没罚酒,倒来了个先干为敬。确实,这8月天会餐,在169队的历史上是头一回。那头猪,也没长够月份。这不是原因。吃好吃的难得,得挑日子,可要是能够天天吃好的,不会有人反对。猪肉还是老汤卤制的,也和以往一样吃着过瘾。但人一个个的,看上去心事重重,似乎在借酒浇愁。

那到底是为什么呢?大家都知道,之所以会餐,主要是因为169队要整队调动,彻底离开这个矿区,离开太阳坡,到另一个矿区去。日子也大致确定了,十天半月后就来搬家车,就走人。人要走了,就没有守心了,可是也看不出多走心。

169队要去的那个矿区,在中原,在八九百公里之外。

三

傍晚，杨队长咚咚咚在敲一间活动房的门，其他房子的人听见了，侧着耳朵在听，还有人趴在窗户上往外看。

杨队长敲的，是郑在的房门。

那天早上吃饭没见到的人，就是郑在。

太阳坡在城壕沟里，进来，平路走完，一座山挡住了，上山的路是土路，朝上走，一路上来，两边都是坡地，种庄稼，种的主要是玉米和胡麻。8月了，胡麻开花，玉米拔节，迷离繁盛的花朵，壮胳膊粗腿的高脚秆子，看着眼睛舒服，心里也舒服。

李双蛋还有何乱弹几个，有时候跑到地里去，和劳作的女人拉话，套近乎，有时还抢过农具刨挖几下，显得很在行。都是农村出身，干这个手不生。被女人骂上几句，还笑嘻嘻地不生气。坡地升高，隔一段形成一个高台，有的被利用，依山壁凿挖成窑洞，居住着几户人家。在当地，盖房子住的不多，只有生产队的队部才盖房子，条件好的是砖瓦房，差的是土坯房。当地人自己住的都是窑洞。靠着山坡有个山洼，上了山顶，都会依山开辟出院子，土崖经过修整，齐平了，掏挖出一眼眼窑洞。窑洞好，冬暖夏凉，进去就看见炕，再往里头，光线过来少，显得幽暗。摸黑习惯了，拿物件拿不错，不点灯。炕的功能就是睡觉，那是自然的，人只要不出门，几乎所有其他活动都在炕上完成。吃饭，打牌，做针线活，拉家常，人都是盘腿坐在平平展展的炕上。家里来人了，招呼人的客气话就是"上炕，上炕"。冬天天冷，更不愿下炕了。还会在炕头上连灶头，生火做饭，烟道利用炕道，热气不浪费，也是一举两得。娃娃调皮，在炕上爬来爬去的，这才有了不小心掉进开水锅里的可能，隔些日子，就有人家发生娃娃被烫伤这种揪心事件。有人第一次住窑洞，老是担心上面会塌下来，这都是悬空的，没个支撑啊！其实不会的，就是裂开口子，只要不是大口子，就不会。这里的窑洞住了无数辈人，只要有人气，窑洞就结实，就能住下去。窑洞最怕闲着，不出一年，人就不敢进去了。山里人家的门口，无一例外堆着柴火捆和看着没用处的石头。有的人家有牲口，有的没有。家家都养狗，见汽车过来过去就叫，见人走不怎么叫。这里的狗，见汽车见得少，见汽车害怕，叫是给自己壮胆呢。

169队的院子，在太阳坡的最高处，在一个巨大的看着像钟罩的圆峁峁下面。也是一块平整出来的地，不过比当地人的院子大，大几倍都不止。说是院子，没有大门。既然是单位，又是野外队，居住不固定，不挖窑洞，也不盖房，就是把活动房围起来，看着像个院子。进来这一头，一排三间房，是食堂、库房；靠着山根底是一排，活动房最多，有二十多间；另一头是队部，是技术室，也只有三间房。这种活动房，进去是通道，两边隔起来，就有了两个单间，一间安放两张床，可以住四个人。由于房子多，许多都没有住满，班长和一些资格老的工人，通常都是一个人住一头，等于享受单间的待遇。那么，厕所在哪里呢？可以没有，但还是有，在食堂背后，走出去二十来米，就能看见用玉米秆围起来的围挡，里头挖了两个坑，这就是厕所。队上全是男人，想方便了，随便哪个沟沟坎坎就解决了，厕所的使用率并不高。169队的整个布局，就是个"凹"字形。活动房最多的这一排前面是空地，再往前是南边，走十多步是一道沟畔，陡峭，幽深，下面有一条河，河道不宽，长满灌木和大树。还听说，树林里有野人。不过不是真的野人，是躲避乱世的人，过日子习惯了，不出来，游走不定，居所也不定，头发长指甲也长，身形敏捷，踪迹神秘，慢慢地被看见的人当成了野人。刮风的时候，树木在下面旋转，有的大树的树冠感觉要倒过来，看着像是能和169队的院子平齐，感觉从里面会蹿出一个野人。那是子午岭林场的树林。里头没有路，踩上去软绵绵的，落叶一层层积累形成的。走进去，听说走几天也走不出去。郑在爱往里头去，每次去都不会走远。有时候是一个人，有时候叫上王轻一起去。

树林这一头和太阳坡的另一边，形成了明显的反差。上山下山的都走有路的这边。这边平了山头，开垦了农田。一部分土地地势高，留不住雨水，种了五谷收不回来，看上去像是被放弃了，紧贴地皮长出了一层草皮，毛茸茸、绿茵茵的。间或有一棵树，很是突兀。人活动多的地方，树再多也会减少，直到消失。地荒了，要长出树林，得有长久的光阴。距离169队最近的杜梨树有一搂粗，是一棵老树，很有一些年头了。李双蛋说，到了晚上，上头歇息一种鸟，叫呜呼鸟，能通灵。没有人见到过，但在夜里，偶尔能听见叫声，尖厉，清脆，往天上射箭一样。不知是不是呜呼鸟，也不知是不是从杜梨树上传来的。

除了食堂，169队的活动房都是明黄色的，看上去一致又美观。就在活动房最多的这一排中间，有一间活动房的颜色却是焦黑的。这间房子遭受了一场大火，彻底烧毁了，只剩下结实的铁皮和骨架还立在原地，没有被挪开。

杨队长敲门，里头答应着来了来了，开门的是李师傅。李师傅住的活动房，是169队专门为司机和机关来人蹲点准备的。郑在的房子就是烧成一副骨架的那一间，不能住了，郑在便被临时安置在这里。

杨队长边进门边说，最近悠闲吧？李师傅说，悠闲，悠闲得脖子都抽抽呢。杨队长说，不抽风就好，人闲生事呢。杨队长拧着头往里头瞅，看见郑在卧在床上，脸平平的，看不出好歹，便意识到刚才那句话也许不该说。郑在似乎并没有介意，看见杨队长，身子往起欠了一下，说"杨队长"，下面就没话了。李师傅就说，你们说话，我再去看看机油嘴还漏不漏机油。就出去了，也是找个理由让杨队长和郑在单独说事情。

杨队长在床头坐下，竟然不知道如何开口，搓着手，尴尬地挤出一个笑容。像是下了决心，又像是来给郑在认错，轻声说，小郑，你看，这事情发生也发生了，你别有思想负担，别有压力。事归事，人归人，人要好好着。郑在接话说，我好着呢，该我赔的我赔。杨队长忙说，想多了，没到这一步，就是认定下来，我看你的责任也不大，当时你又不在房子，起火的原因也还在调查，也许有可能还啥都不用承担。好好着！郑在又接话，我好着呢。也不再提赔不赔这句话了。杨队长就说，就是嘛，你看，再过些日子，咱们就要去中原了，地方是新地方，单位是新单位，咱重新打起精神，咱重新来，好好着，好着呢。郑在的表情有些舒缓，杨队长也宽慰了一点儿。可是，刚起来的一点儿温度，还没保持住呢，郑在又想起了什么，脸色又变了。郑在说，我总觉得对不住吴先进，为了我，现在还在医院里抢救。杨队长一听这个，也心里一沉，就说，没事没事，电台上联系了，人稳定着呢，有赵铲铲和刘大海照顾，是咱自己人，一阵阵就缓过来了。再说，吴先进受伤也和你没有直接关系，那是另一个事情，你可别想得太多。郑在说，哪能呢，不管咋样，吴先进好好一个人，就这么残了、毁了，我难受哇！杨队长宽慰说，没那么严重，现在医疗条件好，吴先进不会留下多大的后遗症的。郑在说，那还是受了大罪呀，这好端端一个人，没有这事哪会这样啊！杨队长说，这个不怪你，真的不怪你。

郑在停顿了一下，又说，还有团子，也在我手里葬送了，这可是要遭报应的呀！杨队长摆着手说，别信李双蛋说的，那个人，神神道道的，尽说些吓唬人的话，别信。那个太岁，就是团子，不就一团肉吗？一头猪、一头牛我们都杀了吃，何况一团肉？再说你也不是故意的。郑在说，不一样，不一样，团子和猪和牛不一样。郑在摇着头说，那天就不该把团子带回来，真后悔呀！郑在有意不说太岁，说团子，似乎说的是两样东西，其实是一样东西，说成团子，似乎他的责任就轻了，似乎就不那么恐惧了。

说着说着，郑在张大嘴，似乎要哭，又不出声，喉咙里似乎有个东西要出来又出不来，胸膛一起一伏，里面埋着的是一个肿大了不止一倍的心脏，肩膀也跟着耸动起来，像是一边藏了一只弹簧。他这个样子，和以往留给人的印象大不相同。只有遇到重大变故，受到强烈刺激，才会有这么异常的反应，才可能如此失态。杨队长拍打着郑在的后背，说，好好着，好好着。郑在突然释放出一声长号,把围在窗外偷看的几个人吓了一跳,不由得往后退了一步,紧跟着又凑上去要看个仔细。只见郑在的眼泪哗哗流淌下来,鼻涕也一串一串在嘴唇上翻卷,外面的人有些慌张,而杨队长显得镇定和放松。杨队长又拍打着郑在的后背,说,想哭就哭吧,谁说男儿有泪不轻弹,我看该哭就哭,就哭个够,哭完了,咱还是男子汉大丈夫。郑在的哭声明显降低下来了,杨队长倒了一杯水,放到郑在的床边,说,你爱读书,现在空闲多,你就读书,一读书,啥烦恼就都忘了。说完,杨队长看郑在在沉思,就悄悄出来了。

杨队长之所以对郑在后面的表现不吃惊,甚至还有些合乎愿望,因为他知道,人心里有事,要是一直憋着,会出问题,出大问题,那就不可收拾了。郑在这种情况,正是在减压,接下来就好办了,就容易做工作了。169队要整体调动,在这个节骨眼上,在这个非常时期,不敢乱。前些天已经闹出动静,上面都在过问,也提了要求,稳定压倒一切,郑在就是一个重点人,得盯住,得防着,得化解矛盾。

杨队长也不容易,近一段时间,因为焦虑,舌头上生疮,辣子不敢吃了,半夜醒来就再也睡不着,连着几天都没有拉屎了。

四

那还是一个多星期前。那天吃过晚饭，郑在穿上外套，正准备下到沟里去，去到树林子里走走去。刘补裆从活动房背后出来，一边提裤子，一边系裤带，喊住他，说那里头阴森森的，老是进去，被怪风吹了，杀精子呢。说你还没成家，别把后代影响了。郑在回应说，我把你重新回炉都办得到。刘补裆并不生气，说，看把你能的，有本事也学徐二，在山下引一个回来。刘补裆说的山下，有个采油站，里头上班的全是女娃娃。郑在说，着啥急，我要在孟阳城里找呢。刘补裆说，咱们这号油鬼子，找个种地的都难得很，还孟阳城。咱们就别拌嘴皮子了，往这边走，说不定能遇见接亲的，看看新娘子，也过个眼瘾。别说，太阳坡上，一年里总会有一两次，唢呐唱着，尘土扬着，经过接亲的队伍。人都骑着毛驴，新娘子一身大红大绿，也骑着毛驴。一颠一颠的，不紧不慢就走远了。不过，从来没有见到新娘子的模样，看不出是哭呢还是笑呢。盖着盖头呢。郑在说娶亲都在年跟前，这季节当地人不办喜事。169队的都知道，当地人结婚，彩礼大着呢，对于有些人，大得赛过天，能把一辈子都搭进去。可是，该进洞房的进了洞房，该生娃娃的生了娃娃。赶集的时候，大小尽是人，多少都是两口子呀！169队的年轻人呢，大多找不下对象，都难过着呢。不过，徐二找下了。听说王轻也找了一个，郭公公说的，队上的人都没有见过。老工人大多成了家，可也跟没有成家一样。一年里只有探亲回家，才能和媳妇团圆。他们的难受，比没有成家的还大。还有一个穆龙，找的是当地的，可娶回来刚满三天，媳妇就失踪了。穆龙不愿人财两空，出去找了两次，没有找见。最近169队要到中原去，又出去找去了。

刘补裆拿手把嘴挡住，压低声音说，还有更稀奇的，去看看，看了保证没见过。郑在不理他，说，世上没见过的多了，看你妈把你生得聪明的，你咋这么不争气，好的没有学下，光知道满嘴胡咧咧，快变成李双蛋了。刘补裆就说，李双蛋假话多、真话少，不过有时候虽然说得玄乎，细细一想，倒还是在道理的。就说晚上在杜梨树上叫唤的呜呼鸟，也许真的有。郑在说，哪个字典上有这个鸟，你找出来我看。刘补裆说，那是编字典的没收。我观察过，在杜梨树上，好像有呜呼鸟拉的屎，颜色是红的，有一大片呢。别的鸟，绝对拉不出这种屎。

郑在被说动了，改变主意，和刘补裆往杜梨树走去。走着又停下，说，你要是骗我，我拿脚踢你沟子呢。刘补裆说，我骗你干啥？看了你就知道了，我要骗你，我请你吃橘子罐头，要是真的，你得给我买一瓶白酒。这几天不知道咋了，老没精神，得喝几口提提神。郑在说，喝了就成一摊子烂泥了，我的麦乳精都喝完了，队上汽油多着呢，给你喝汽油。说着说着就到了杜梨树下，两个人都仰起头，朝树冠上看。

天色变暗前，像是把亮度调得更亮了。也许是位置高，感觉最宽厚最密集的光线都集中在上边，像是有一架升降机，由低到高，控制着落山的太阳，把光线一格一格收拢起来。山里的树木、农田，都富有质感，都很清晰。杜梨树的树冠像是被加热了，像是要起火一样。那一嘟噜一嘟噜的果实，还没有成熟，还是青绿色，被打上了黄昏的光泽，有弹性一样，又把一部分反射了出去。杜梨的果子，黄豆大，就是入秋了也生涩麻口，只有经历几次霜冻，被风吹，被太阳晒，颜色加深，变成褐色，变软，就能吃了。味道酸中带甜，先酸后甜，回味长久，算一种天赐的口福。太阳坡的杜梨果，地势高，照太阳时间长，昼夜温差大，独得了一份地理的造化，有吃头，吃了不光肠胃清爽，还有微醉的感觉，晚上做梦都做的是好梦，容易梦见女人。

郑在一眼就看见了，在树冠中间，一根胳膊肘那样弯曲的树杈上，红红的一大片，铁锈一样凝结在上面。不会是树木的分泌物，也不像红油漆。难道真的有呜呼鸟，晚上在杜梨树上歇息，还留下了印记？刘补裆说，我说啥来着，你看你看，眼见为实，这得感谢我。见郑在还在看，就说，杜梨树又不会跑，你随时可以过来研究，现在先把买酒的事情落实了，说好的，说话算话。郑在不愿分心，说回头再说，又绕着杜梨树转圈看，看会不会有别的发现。刘补裆就催促，说天快黑了，咱们回去玩十点半去。郑在像是没有听见，依然专注地在杜梨树上寻找。

刘补裆说的十点半，是一种扑克牌的玩法，很简单，两个人能玩，六七个人也能玩。就是一个当庄家，给对家发出一张牌，单牌可以，加牌也可以，比数字大小，在十点半以内，谁数字大谁赢，超过了就算胀死。胀死的牌，有时明着看得出来，有时看不出来，这就要看判断力和胆量了。庄家和对家牌一样，庄家赢。169队的人，没有啥娱乐生活，天黑了，有一多半人，分成一堆一堆，聚在一起玩。有人高兴，有人叹气，不甘心玩到天亮的都有。玩十点半最厉害的是徐二，不论什么牌，不论输赢，在脸上看不出来。每一次，徐二用来装饭票的帽子都满满的，都是赢下的。最爱玩又经常输的是刘补裆。玩十点半，彩头不大，一般就是一块两块，可以用现金，都是用在食堂吃饭的饭票，也是拿钱换来的，跟现金一回事。刘补裆老是输，输得没有了就跟别人借，就说欠着。老是借，借了不还，老是欠，赢家赢了跟没赢一样，就没有人跟他玩，即使要玩，也要求他亮一下本钱，以免赢了空欢喜一场。

看刘补裆不愿再等都走了，郑在正打算离开，脚下一软，差一点儿跌倒。咋回事？以为是腿抽筋，可腿肚子不疼，这才发现，他踩着了一个东西。郑在移开脚，蹲下看，就看到了一团活物，和泥土混在一起，颜色上也差别不大。郑在吓了一跳，不会咬人吧？却不见动弹，便大着胆子，用手去按压，软软的，柔柔的，有弹性，似乎也有反应。什么反应呢？这个东西的表面，渗出了水。试验了没有危害，郑在拿手围着这个东西的周边一阵刨挖，露出来了，比洗脸盆小，比面盆大，看上去混沌一团，没有五官，没长腿脚，分明又像一个器官，不是树根，也不是草垫。是什么呢？这个东西被挪开，地上就多了一个坑，坑底竟然咕咕冒水，有青草的味道，也有动物内脏的腥气。郑在脱下外套，把这个活物包住，打算带回去。都走出去一段路的刘补裆，扭头看郑在，看到抱着什么，还挺沉，紧忙折回来，问，捡到啥宝贝了？我看看。郑在喘着粗气，激动地说，别急，回去再看。

回到队上，刘补裆跟着郑在进了房子。解开包着的衣服，就看见了这个奇特的东西，这东西有些其貌不扬，又好像有啥价值。刘补裆问，这个能卖钱吗？郑在瞪了他一眼，说，光知道钱，有些东西，不是用钱掂量的，知道吗？刘补裆说，没有钱，酒瓶子在柜台后面的架板上，到不了自个儿的怀里。郑在不理他，打量着这个东西，一边想着怎么安顿，一边就放进了洗脸盆里。看到这个东西在脸盆里面满满的，没有多少空间，又从脸盆里倒换到洗衣盆里，这下合适了。看这个东西似乎没有动，又像动着，表面分明是一层皮肤，离开了原来的地方，看上去有些干燥。刘补裆说，加些水进去，看着需要水。郑在觉得有道理，就加水。这一下，这个东西看着好多了。和郑在同住一间活动房的赵铲铲和刘大海，看见这么一个大肉团子，都觉得好奇，凑过来仔细看。刘大海爱写作，169队办黑板报，杨队长都是安排他编排内容。这样就可以不出工，其他人很羡慕：肚子里有墨水就是好哇，力气活儿多累，写写画画多省人。刘大海最生气的就是这一点，容易吗？容易吗？脑细胞都不知道死了多少。他还写小说、写诗歌，底稿装了一麻袋，在床下面藏着，只要去城壕，就去邮局，往外投稿，厚厚的信封，够费邮资了。投稿大多石沉大海，很少见到回音。不过总算在矿区办的小报上登载过几个小豆腐块，印刷体，看着就是不一样。刘大海把报纸收藏在箱子里，常常取出来独自欣赏、自我陶醉。上面检查工作的来到169队，有个负责宣传的干部，看了一阵黑板报，说，咱们这里还是有人才的。为此，刘大海得意了好长时间。有人开玩笑，说刘大海以后出书，怕是要把世上的纸用光呢。赵铲铲话少，坐床上，一天不说话，也不换姿势，像是雕塑，像是被点了穴道。谁见了都急，就他本人不急。刘补裆使坏，拿草秆秆捅赵铲铲的耳朵，赵铲铲只是说一声"打"，就没有下文了。跟谁闹意见，生气严重了，赵铲铲都是这一个字，都是在嘴上说打。赵铲铲性子慢，却有一个例外，要是开饭的角铁响起来，赵铲铲动作突然变快，抓住碗就往食堂跑。

169队就这么大，日子又无聊，消息传开，许多人都来看稀奇。王轻也被郭公公叫上过来看，也是见没见过、听没听过。郭公公就问，这是啥呀？郑在想了想，说，这是团子。这是被问到了，突然联想到了，就给这个东西起了个名字。从形状上看，还真像。李双蛋也来了，看了第一眼，就张大嘴，说，不得了了，哪里找到的？你把太岁弄回来了！啊，太岁？郑在也心里一惊。"太岁头上动土"这句话，他可是知道的，他看着团子，一时拿不准抱回来这个东西的决定是不是有些草率。再一想，李双蛋说话经常不靠谱，就问，你怎么知道这个是太岁？

李双蛋说，这个我还真知道。传说在太阳坡，咱们队现在安家的地方，原来有一个道观，叫真无观，观里有个无真道长，高人一个，是那种满世界找都不一定找下的高人。道长喝山泉，吃野果，一百岁了，鹤发童颜，身轻如燕。有一天，陈抟老祖给无真道长托梦，说每天在太阳坡最老的那棵杜梨树下打坐三个时辰，三年后，就会得到神谕，就能成仙得道，位列仙班。刘补裆就插嘴，是半坡上那一棵杜梨树吗？李双蛋舒出一口气，说，正是，那时候，太阳坡上全是树木，杜梨树都生在西边，最老的杜梨树，就是咱们现在看到的这一棵。听的人就啧啧称奇，又竖起耳朵，听李双蛋说更精彩的。李双蛋说，无真道长高兴啊，可到底是道行高深的人，脸面上还是藏而不露，不过，从此开始，就天天到杜梨树下打坐，风雨无阻，寒夏照旧。三年很快就过去了，到了最后一天，三个时辰就剩下最后一刻，这可是最关键的时刻，不迟不早，可能是吃多了杜梨果，无真道长的肠胃鸣叫起来，硬忍着，不行，肚子咕咕得更厉害了，实在难忍，就起身找地方方便。这一去，错失了大好机会，等人回来，时辰已经过去了，只见一道霞光冲天而起，传来呜呼、呜呼的声音。无真道长三年功夫的修炼，被一泡屎给搅黄了，他又羞又愧，气涌丹田，口吐鲜血而亡。不过也是精魂在身的人物，形散神不散，当即化成了一只呜呼鸟，扇起来的风，吹刮真无观，多结实的房子呀，也通人性，随主人，跟着就倒塌了，变成了一堆瓦渣。

刘补裆惊讶地说，那我在杜梨树上看到的红颜色鸟粪，就是无真道长的鲜血吗？李双蛋使了个手势，说，这个还无法确定，不过当时假若无真道长能等到时辰，陈抟老祖要传给他的秘方，就是郑在拿回来的这个太岁。大家听了，都看洗衣盆，太岁静静的，像是与此无关。李双蛋又说，这棵杜梨树，可不是凡树，结下的杜梨果，熟透落地，再腐烂，但物质不灭，其中的精华，在泥土里形成了新的能量，必须和地下的真无之气和无真之气相遇，先打通诀窍又关闭了诀窍，而成太岁，不具备这些条件，就没有结果，就是一包水，和泥土同化了，所以太岁难得出现，更难得一见。大伙儿都跟着"呀"了一声，又扭头看洗衣盆里的太岁，太岁还是那个样子。李双蛋感叹，太阳坡不是寻常之地，而这个太岁，天时地利全都有，是真正的宝物。

刘大海专注地听着，还在一个小本本上记着。他早就按捺不住激动，连连说，好题材呀，好题材呀！似乎，他的脑海里已经构思出了玄妙而传奇的作品。徐二较真儿，盯着李双蛋说，你说了半天，听着跟神话似的，不会是瞎编的吧？徐二这么说，自然有缘由。李双蛋的话，有的不能当真，这是有先例的。李双蛋自己说的，在家乡时，当过说书人，会法术，用罗盘给人看过坟地，还开过铁匠铺。最神奇的，竟然说他当过学校的校长。杨队长就说，李双蛋连个字腿腿都认不全，当校长是不是教学生画鬼符哇！可是，在169队，李双蛋是唯一一个穿上中山装出门时，在上衣口袋别钢笔的人，到哪里都特别显眼。太阳坡上的当地人，也认为李双蛋有文化。家里有定不下来的事情，就找李双蛋拿主意。李双蛋没少吃人家的鸡蛋，也曾对帮忙的年轻的女人动手动脚，竟然没有挨打。看有人对此怀疑，李双蛋认真地说，这回我说的，你们可千万要相信，谁不信会吃大亏的。还有些绕口地说，我说的不是我说的，等于也是我说的。赵铲铲就问，不是你说的，那到底是谁说的？谁说的？李双蛋说，大鼻子他爷说的。大鼻子他爷是山下最老的住户了。李双蛋说有些话属于天机，轻易不能泄露，老鼻子给三个鼻子都没说过，看我也是身上有气象，脸上带神采，才私底下告诉我的。这个秘密，要不是郑在抱回来了太岁，就是烂在肚子里，我也不会说的！

郭公公就问，这太岁在这里了，经你这么一说，是留着好，还是原放回去呢？李双蛋的回答又一次出乎预料，他一字一句说，吃了它！

啊！吃了？可这是李双蛋说的，哪怕是胡说，也有胡说的道理，李双蛋不论说啥，总有理由自圆其说。敢吃吗？敢。无真道长当年要是发现了太岁，也是要吃掉的。好哇，好哇，还不知道啥味道呢，一定好吃。可是，咋吃呢？李双蛋说，烹调上的炒煎炸馏蒸烧，都不适用，调货里的油盐酱醋麻辣香，也一样用不着。刘补裆急了，这也不行，那也不行，你倒是快说咋样行啊！徐二说，那就是抱住生啃了。李双蛋说，不妥，这是对奇异之物的不敬。李双蛋像是吃过太岁一样，有把握地说，加工太岁，反而简单，只需清水一锅，把太岁切片，置于其中，待到水滚收火，即可食用。话音刚落，房子里扑哧一声响。郭公公说，正到要紧处，谁放了个屁，这不影响食欲吗？却见郑在神色不对，李双蛋也支棱着耳朵在寻找声音的来源。接着，又是扑哧一声。这下听清楚了，声音来自放着太岁的洗衣盆。难道太岁听得懂人话，而做出了提醒和暗示？王轻说，当年无真道长那么深的道行，都没有吃上，变成了呜呼鸟，咱们啥身子、啥命？平日里吃一顿葱爆肉，都是见得到葱，见不到肉，还想吃太岁，别吃出来事故，后悔都来不及。刘补裆说，太岁又不是毒药，咱吃了不能长生不老，起码也滋补滋补，往中原走，多一把力气也是好的。

你一言、我一语这么说着，都忽视了一个人，只有他还没说话呢。郑在站了起来，轻声说，时候不早了，该睡觉了。这是在下逐客令。大家这才意识到，太岁是谁抱回来的，谁才有发言权。徐二就说，说了半天你们也是白操心，人家郑在在这里，咱们的态度都不作数，走吧。就叫刘补裆玩十点半去。刘补裆竟然不去，说我乏得很，想早早睡。李双蛋就给郑在安顿，太岁在你这里，可要看好哇！几个人就都出去了。刘补裆刚出门又回来，对郑在说，发现太岁，我有一份功劳，有啥好处也想着我呀！不然，趁你不在我动手，你可别怪我，我这是有言在先。

这一夜，郑在没有睡好，总在似睡非睡之间转换。外面的月亮，身子小，投放的光却极其广大，整个太阳坡亮如白昼。这在以往是常见的。杜梨树那边，呜呼鸟叫起来了。169队的人都睡下了，有人听见了，有人没听见。郑在听见的声音大于别人听见的，是在清醒时听见的，还是睡着了听见的，郑在分不清。郑在梦见了父母，梦见了杨队长，还梦见了无真道长。无真道长对他说，他没有变成呜呼鸟，晚上在杜梨树上鸣叫的，就不是呜呼鸟。郑在竟然没有梦见太岁，却梦见在吃清汤挂面。小时候，他生病，最爱吃的就数清汤挂面了。郑在吃得吸溜吸溜的，汤汤水水都从嘴角流出来了。用手擦，发现是血，以为把舌头咬破了，再看，是口水。

这一夜，郑在恍恍惚惚，像得了夜游症。

五

　　早上，刘补裆又跑到活动房后面尿尿。可能是没有睡醒，打了几个尿战战，身子站不稳，忙拿手扶住活动房的铁皮。整个手掌贴上去，哧啦一声，刘补裆大叫起来，身子一跳，身子变高了，还没尿完的尿都尿到裤子上了。老邓起床早，在院子里甩着胳膊踢着腿，听见动静，看见是刘补裆，就说，闲耍了这么多天，出毛病了吧？呻唤个什么古怪！

　　要是以往，老邓这么训斥，刘补裆乖乖的。吃人嘴软，刘补裆欠着老邓的钱呢。这个老邓也有责任。刘补裆花钱大方，借来的钱也不心疼。在169队，几乎没有人上当了。刘补裆真名叫刘建设，一年夏天，一条裤子裤裆扯了，自己补，他哪会针线活呀！穿一天又扯了，连着补了几次，169队的人说他白天游四方，晚上回家补裤裆，以后叫就这么叫他。这补裆，又和当地形容人可怜、光景差的一个词"不当"谐音，用在他身上也合适，刘补裆自己也都当成真名，一次签字领工资，写了"刘"字，竟然问"补裆"两个字咋写。真是的。可老邓一心想买一辆"飞鸽牌"加重自行车，回老家捎回去，好使，风光，能镇住人。有钱也不行，都是凭票、凭关系，就一直不能如愿。刘补裆说他认识城壕供销社主任，能买到紧俏货，别说自行车，就是洗衣机、电视机，也是去了当场提货。老邓多谨慎的人哪，一天有三昏，脑子一热，没有料想在刘补裆这里吃了亏。刘补裆说得真，老邓充满希望，数了新新的780块钱，郑重交给了刘补裆。这一下等于喂了狗了。当老邓问刘补裆要自行车，刘补裆就会找出一个理由。要么是供销社主任病了；要么是保管员他二大爷死了；要么是运输自行车的汽车半路上熄火了，自行车被贼偷了。总之，自行车有，得等。时间长了，老邓也明白指望不上买自行车了，还钱的可能性也很遥远，又拿刘补裆没有办法，打一顿有什么用啊，刘补裆盼着呢，那就等于顶了账了。但是，似乎是一个仪式、一种提醒，隔上一些日子，老邓就问刘补裆关于自行车的事情，刘补裆就进行各种听着在理的回应。大家听习惯了，还不烦，听了觉得挺开心的。也暗暗记住，千万别借给刘补裆钱，尤其不能托付刘补裆买自行车。

　　老邓见刘补裆没有像以往那样老老实实，还甩着手一跳一跳的，看上去不像在锻炼，就走过去看个究竟。刘补裆哑巴一样，拿手指着活动房，举起来的另一只手掌通红通红的。老邓也把手轻轻在活动房试探了一下，眼睛一下睁大了。不对劲啊。这时候，李双蛋、王轻几个也过来了，也轻轻试探，也是烫手，而且更烫了，还闻见了焦煳味。老邓突然意识到了，大喊，不好了，着火了！转眼间，就看见活动房的窗户像是有个红颜色的人在移动，在扑打。窗户缝里，青烟一缕缕逃跑似的钻了出来。有的人呛得直咳嗽，有的人跑去拿撬杠，有的人拿盆子去端水。徐二说，里头有人没有，先救人！就拿起一块砖头使劲砸向窗户，窗玻璃碎了，几团火焰像是被驱赶着猛地冲了出来，把窗户前的人吓得直往后退。刘补裆在前面，头发梢被烧焦了，叫着我的妈呀，身子都跌倒了，下意识觉得起来跑来不及，又忍着一只手的疼痛赶紧在地上往后爬。

　　老邓歪着头，用力把房门撬开，就被一股夺门而出的热浪推倒。接着，又有大火从一边的隔间迅速折叠着扑了出来。完了完了，徐二摇着头。不过，要是说野外队的人有啥值钱的，也没有，就是一口木箱、一床被褥。箱子里大多没钱，有也多不到哪儿去。工资发下来，老家寄回去一些，吃饭吃掉一些，几乎剩不下。可不论咋说，也是一份家当啊！咋办呢咋办呢？郭公公也表现出了焦急，不住搓手，像是在想办法。何乱弹在人后面，嘴张得大大的，能放进去一只拳头，本来脸上就油光光的，在火光的映照下，更是油亮油亮的。这时，只见一个人，头顶着淋湿的衣服，冒着旋舞的火焰冲了进去。大伙儿都看清了，是吴先进。不要命了！老邓大喊。这当口，吴先进身上冒着烟，已经把一口箱子拽了出来，另一只手还拖着一个麻袋。几乎没有停顿，刚放下东西，又抢过一盆水浇到头上，二次冲进了腾腾的大火之中。

吴先进第二次进去，没见出来。从窗口看过去，是红的黄的白的火焰，从门口看进去，是浓的白烟黑烟蓝烟。老邓在原地跳着喊，这要出人命啊！何乱弹远远地叫，拿铁钩子钩，把人往出钩！在食堂烧火，拿铁钩子钩几下火就旺了，这个何乱弹熟练。何乱弹只是这么咋呼，却不见行动，事实上这一招行不通。钩人不是钩火，人都看不见，怎么钩？王轻捶着胸口，无奈地看着火焰越来越大，似乎自己在火堆里，就这么假设了一下，都害怕得心堵。刘补裆做出要冲进去的姿势，被胡来一把拉住了，还挣扎着说，让我进去，让我进去！胡来一用劲，把刘补裆扔到一边去了。吴先进在里头不见动静，大家心里都又乱又急。有的人犹豫要不要冒险，有的人跑着找帆布、打水。关键时刻看人品，看人的胆量，李双蛋又冲进去了！他头上、身上被一块淋了水的大帆布包裹着，脸上缠着湿毛巾，手上戴着也是浸了水的帆布手套，猫身钻了进去，一会儿，身子倒着出来，接着，看见他两只手拖拽着吴先进的两只胳膊，吴先进是趴着的，一动不动，身上的衣服成了絮絮，大片的肉露了出来，一股烧焦的脂肪的味道扩散着。几个人忙上前，把吴先进整个儿抬出来，放到了外面的平地上。一盆水又一盆水，泼向吴先进，从头到脚都泼遍了，吴先进身上雾气升腾，像是水烧开了一样。这一下看得清楚，吴先进的头发烧焦了，有的部位露出了头皮，耳朵软耷耷的，脊背、屁股蛋、腿都没有遮蔽，上面的衣服烧得没有了。翻过身，这边倒还好，脸面上几乎没有烧伤痕迹，胸膛上还粘着一块衣服的残片，不过，肚皮以下被烧得看不下去。只是吴先进依然不见动弹，没有人敢往其他方面想。

这边，李双蛋又要二次进去。老邓就死死拉住，说，你进去出不来谁再能救你呀！李双蛋哑着嗓子叫，太岁在里头呢！太岁在里头呢！甩开老邓，拉扯了一把身上的帆布，就往门口移动。突然，一声爆响，又一波更大的热浪，把李双蛋掀翻在地，后脑勺都在地上砸了个坑，多亏是泥地，土又松软，李双蛋就地打了个滚儿，又爬了起来，身子晃荡着，终于站住了，动作上也没有刚才那么冲动了。李双蛋绝望地看着大火漫卷的活动房，不停念叨说，太岁没了，太岁没了！

大火把能烧的烧光了，加上大伙儿抢起铁锨往里头扔土，一盆盆倒水，火终于熄灭了。里面的东西，抢救出来的都在院子里堆着，留在里面的，能大体辨认出形状，只是不能触碰，一碰就松散了。铁架子床都变形了，脸盆没有变形，上面的搪瓷溶解掉了。盛放太岁的洗衣盆，里头的水蒸发了，在中间，有一团焦糊的物体，收缩，扭结，看上去像是挣扎过，并最终放弃了努力，变成了锅巴的样子。都知道烧毁的是郑在住的活动房，这个房子里，还住了两个人，赵铲铲和刘大海。万幸的是，这几个当时都不在房子。他们到哪里去了呢？

郑在去了树林子了。抱回太岁，郑在一晚上没有睡好，早上却起来得早。还醒着，听见杨队长和赵铲铲说话，还进来蹲地上看了一阵，说这太岁听过没见过，问郑在是打算养起来呢，还是按李双蛋说的给吃了去。到底是领导，昨天没有露面，情况都知道。郑在支吾着说还没有想好呢。其实一直在琢磨李双蛋的话，觉得留下太岁会引起灾祸，轻者说也有麻烦。他想把太岁送回原地，都抱起来了，又觉得还是先看看再说。走出院子了，回头见花子跟着，就带上一起出去。先到杜梨树下，找见发现太岁的那个坑，里头很潮湿，却不再冒水泡了。花子过去嗅闻了一阵，抬起后腿，准备往里头尿，郑在赶紧一把打开花子，思谋把太岁放回去，也是物归原处。可再一想，这地方常有人过来，又被人再次发现，还是保不住。尤其是刘补裆，知道了偷偷拿走，太岁不光是不得安生，怕是要变成肥料了。要是他没有把太岁抱回去，这与他无关，那倒也罢了，有过这么一个过程，后面有什么波折，他都脱不了干系。犹豫了一阵，郑在决定到树林子里再看看，看在那里能不能找下合适的地方，就又折回来，下到沟里去看。沟里来人少，往林子深处走，更难得见到人的踪迹。郑在想，把太岁埋到这里一定安全。如果盖上树叶，即使踩上去，和踩在树林里的土壤上的感觉一样，更不可能被发现。转而又想，这树林人不来，野兽肯定常走，个个鼻子都比花子尖，要是嗅闻出来，把太岁给吃了，那也是他造成的。思量好久，郑在下了决心，还是放回杜梨树下，这样太岁还在熟悉的地方，为了防止被发现，可以埋得再深一些。有空了，常过来看看，采取一些预防的措施。退一步讲，既然是太岁，就具有神性，如果有谁伤害，就让谁绊个跟头，把头绊烂，把腿绊折，就没有人再有胆量打主意了。就是刘补裆，恐怕也会再三掂量的。但凡是人，总会有所忌讳，刘补裆再胆子大，对于无法预料的后果，要说不害怕，那不可能。主意拿定，郑在正要返回拿太岁，却见到169队方向冒起了滚滚浓烟。郑在奇怪，食堂做饭，啥时候见过这么大的烟？这么远看也挺大的，还在继续放大，继续扩大。怎么回事？一丝不祥的感觉隐隐在心里浮起。花子也没有见过这么大的烟，受到惊吓，大声叫了起来。

六

　　大清早，杨队长就敲赵铲铲的窗户。早就给李师傅打过招呼了，汽车发动着了，就等着出发了。赵铲铲答应着，赶紧穿衣服。杨队长出去办事，喜欢带的人，赵铲铲算一个，李双蛋算一个。刘大海听见要出去，也要去。刘大海说，这段日子不用出工，心口子上都起老茧了。刘大海总是不放过走走看看的机会，回来好写作呀！花子摇着尾巴，车前跑到车后，也想跟着出去，赵铲铲说"打"，还佯装着抬起一只手，花子不被待见，失落地走开，卧在食堂门口继续睡觉。

　　杨队长是要去工地，给谢大爷送吃的去。路远，是山路，得一个多钟头。李师傅这人，这些日子吃了睡、睡了吃，卡车呢，也是停得多、跑得少，在山路上拧来拧去，人手生了，车子也不习惯了行走一样。看上去不像老司机，以为在考驾照呢。驾驶楼里坐不下，刘大海站在车槽子里，迎着风，吃着土，还高兴得哇哇叫。一路上，凡路过人家，拴着的狗拽着绳子叫，没有拴的冲出来到路边叫，叫得猛烈。刘大海学狗叫，狗被激怒，露出一嘴牙，叫得更凶了。有的狗还追着叫，尾巴却摇个不停，被车子带起来又甩到后面的尘土淹没了，才折回去。

车子爬上一个山崾，再拐一个弯就到了。这里的半个山头被劈下来了，空出来的地方平整过，一面是山崖，前面是沟壑。野草一片一片的，没有树木，只有施工的井架、通井机和几个大罐，看似杂乱，其实安排的位置都得当。靠边是几栋活动房，里面有的放置了柴油机，有的放置劳动工具，有一间带着烟火气，是住人的。

谢大爷听见汽车的声音，就知道队上来人了，说是迎接，出来不走远，就站在门口等着，神色上是平静的。看着车停下，看着杨队长下来，才显得有些惊讶。看着赵铲铲和刘大海卸下来一袋面粉、一壶油，还有一口袋洋芋，嘴里只是说，来了，来了呀！脸上的笑容也像是装的。许多年了，一个人守着工地，一个人吃饭，一个人睡觉，谢大爷话少，脸上的表情也由于经常保持警惕，听见动静就虎着脸出去看，变得不自然了。

杨队长进了门，说，早几天要来，耽搁了，可算还是来了。就看案板上有啥，案板旁有啥。谢大爷的日子好着呢。刘大海看着房里在半空拉的铁丝上，挂着四五吊腊肉，就说，别舍不得呀，都快要搬到中原去了，该吃就吃。谢大爷说，吃呢，吃呢。又没话了。赵铲铲慢腾腾地说，干咱们这行的，就是到处跑，这没啥说的，可这从山里跑到平地上，离家就更远了，两天能回去变成一礼拜，人得遭多大罪呀！杨队长说，还不是说老二遭罪呢。这是命，除非不搬铁疙瘩了，愿回家种地去。赵铲铲说，我也就这么一说，我知道这个没有两全。杨队长说，到平地上跑，说不定强过这里呢。咱都好好着，好好着。

　　说着说着，杨队长竟然从怀里掏出来了一瓶酒，以前没有过呀！谢大爷看见了，就问，吃了吗？还用问吗？来了就是吃了才走。杨队长说，要整队调走了，这次特意过来一趟，后面忙队上的事情，来的可能是别人。今天来之前，就想好了吃你的，早上出来早，空着肚子呢。不过不白吃。他把酒瓶子举高，晃了两晃，似乎拿了酒，就有了吃饭的理由，别说，也真是这样。谢大爷听了，稍稍犹豫了一下，从铁丝上取下来一吊肉，赵铲铲和刘大海就过去帮忙，剥葱，洗刚拿来的土豆，和面，把煤油炉子的火头调高，一会儿工夫就都齐备了。这是要吃拉条子呀！野外队的，吃饭都这样，没有讲究，也讲究不起来。常常一个酒瓶子，干喝也能喝，还喝得高兴。别看光是炒一个菜，又和了面，这就算大餐了，就算难得的享受了。几个人，坐床沿的，坐小板凳的，都坐下了，除了李师傅，一个个拿着碗喝了起来。几口酒下肚,谢大爷的话多了起来。他不是不愿意说话,是没有人和他说话,舌头才退化了功能。谢大爷说,到了中原,还需要看井吗?杨队长说,需要,咋不需要。好好着,在这里好好着,去了新地方,也好好着。谢大爷就说,那我就继续看井,干别的我也干不动。李师傅插话说,不会有人跟你抢,再多给工分,也不会有第二个人愿意看井的。谢大爷听了,手在头上不住挠,脸上红彤彤的。

叫谢大爷,其实才五十岁过一点儿。可是,一头的头发都花白了。手上一根一根的隆起的青筋,像是蚯蚓一样。确实,这个年纪,体力活儿是拿不下来了。通常的,也有资格调到矿区的后勤了。即使是这个年纪,在169队也是岁数最大的。不过,他不愿意离开,他已经习惯了,这个习惯似乎也让他定型了,变不回去了。他从事着169队最轻松的工作,却过早显老,变得木讷、古怪。如果让他回到队上,对他也许是一种折磨。怎么和人相处、和人交流,对于他都是困难的。他说他要继续看井,不是说假话,是真心的。

轻松确实轻松,还有一个好处——收入高。可是,谁能熬得住呢?也就谢大爷熬下来了,也就谢大爷熬了这么长的光阴。这在169队是唯一的一个。哪天谢大爷退休了,会不会有人也能这么熬下来,真的说不准。为什么说是熬呢?不是轻松还不用出力,而且收入高吗?这没啥奇怪的,不到实地,不经历一场,体会不出来。

早先，169队看护工地，没有人愿意。这是因为，工地是变换的，看上去又都没有多大区别，到哪里都是四下不见人烟。施工时来人，一个班结束，人走了，除了不会言语的设备，井场是空的。看护的人，面对的是与世隔绝一般的黑天黑地，天荒地老一般的荒凉冷清，说话只能对着土山说，只能和自己说。有时歇工时间长，一个月不见一个人，好不容易来一个人，竟然是偷柴油的，还要担惊受怕，还要斗智斗勇。而在队上，虽说也寂寞，好歹过的是集体生活，有空了还能下山赶集、看热闹。守在工地，日子长了，人都变瓜了。指定人不行，固定人不行，只好全队轮换，一人一个月。就是这一个月，一多半人都坚持不下去。想到还有第二次、第三次，就连赵铲铲这样性子慢的，也一脸苦色。至于刘补裆，更别指望了，才两天就跑了，扣工资也不干。

谢大爷年岁大，想法少，像是吃了安神丸，能守在工地不乱跑。杨队长就找他谈话，动员他把这个工作长期承包。谢大爷总归也是个正常人，一天到晚就自己一个人，也心慌，也不愿被扔到山里，就像犯人、野人一样，就像自己把自己抛弃了一样。可是，他的老家，上头有老人，老婆病身子，娃娃多，花钱地方多，无奈之下只有这么选择。在山上，谢大爷依然节俭，没穿过袜子，冬天也不穿，身上常年是劳动布的工作服，就这还洗得发白，节约下的，寄回老家了。谢大爷就没有一身花钱买的衣服。只有脚上的鞋子是自己的，还是布鞋，是老婆做的。穿着舒服，走路轻快，早晚也是个惦记，鞋面上有点儿土、有点儿灰，都会及时拍打掉。在生活上，唯一善待自己的，就是自己加工一些腊肉，隔些日子炒菜切一点儿，下饭有一点儿荤腥味道就知足了。

人也是怪，叫叫不来，赶赶不去，发工资看谢大爷拿得多，意见又大。杨队长发火了，说谁眼红就提出来，让他去看去，奖金还可以再提高，却没人报名。杨队长说都好好着，好好着。谢大爷就是169队的功臣，大家都得感谢他。谁以后再在这上面瞎扯，办法简单，就是和谢大爷调换，不然，谁都别皮干，惹我生气了，我扇嘴呢。这以后再没人说啥了。谢大爷就一直看护工地，把日子熬下去，似乎能熬到头，熬到退休。谢大爷已经不愿意回到队上，也不愿意调整到别的岗位了。他把看护工地当成了唯一适合的属于他的工作。谢大爷在看护工地的过程中也适应着环境，就像一些动物的进化那样，把自己的性情、爱好、生活方式都渐渐改变，竟然显得和谐、融洽，能够融为一体了。谢大爷能支撑下来，是因为远方的家，是亲人，是心里的牵挂。

酒也喝了，拉条子面也吃了，多半上午也过去了，人也该回去了。说起这拉条子，在矿区算是顶饱又解馋的美食。自己吃、招呼人，都是最愿意的。擀面毕竟工序复杂，都是粗人，手下面没有功夫，水分、软硬难掌握。拉条子方便，不要案板，就是空气里头甩，也能出成品。筷子头那么粗细自然吃着顺溜，手指头一般，不论大拇指，还是中指、小指，嘴里嚼着，也有嚼劲。而且，吃拉条子，有肉更是满福得很，没有肉，土豆丁也行，再不济，光是辣子醋，也是能吃满意的吃法。离开时，都站起来要走了，杨队长又停住，叮嘱谢大爷，把大件的东西看管住，零碎的也别丢失了，特别是保证人身安全，轻伤红印都不敢有。这要走了要走了，都好好着，千万不能出个啥事情。这其实是他今天亲自过来，给谢大爷送粮食的主要目的。觉得不放心的、需要交代的，都得顾到，都得周全了。谢大爷这里，显然是个重点。平时都是管理员韩明仓过来。

　　常常的，人顾了这头，那头又冒出来了，常常的，该发生的，算好了时间一样就发生了。杨队长万万没有料到，就在他离开的这段时间，169队出了事情，还是大事情。

　　话说杨队长这边往回走，还不知情，山上那边，要送吴先进去孟阳的医院，到处找车找不见。听说车子去了谢大爷那里，一时半会儿肯定回不来，这边又耽搁不起，又不能等。咋办？制作了简易担架，老邓、何乱弹、刘补裆、徐二几个抬起来就下山，打算到山下的采油站再联系汽车。一路上气喘吁吁，汗出得水里出来的一样，嗓子眼干得火炭在里头一样。一刻不停，风风火火赶到山下，正好杨队长他们也刚到，吭哧着正要上山。停下一看情况，杨队长的七魂丢了六魂，还算有控制力，马上调整了情绪，做出决断，发令指挥，一帮人一起用力，把吴先进抬上车，还叮嘱李师傅在平路上快跑，疙瘩路上慢跑，一行人焦急写在脸上，直奔孟阳城。在车上，赵铲铲和刘大海听到是他们房子失火，都牵挂自己的箱子和被窝。刘大海最关心的是他的麻袋，说抢救出来了，不由说太好了，转而又意识到烧伤的吴先进还在旁边，这样做显得不合适，赶紧先正正身子，再低下头，就又心疼又无奈地看着依然昏迷的吴先进，张嘴想说什么，没有说出来，只是伸手轻轻拉了一下盖在吴先进身上的被单。

七

　　吴先进救火，对于169队的每个人都有触动，何乱弹还哭了一鼻子，王轻的心里也有一种说不出来的难受。当时，他也有过冲动，也只是一闪念，再一犹豫，就只是焦急，只是旁观，最多也就小跑着端了几趟水。紧要关头，不管不顾的人，看是什么人，看是什么事。吴先进冲上去了他是吴先进，李双蛋冲上去了他是李双蛋，其他人是其他人。王轻就属于其他人。

　　梦想是一回事，现实是一回事。不管愿不愿意，眼前能走的路，通向了大山。王轻参加工作，来169队前，就听说过吴先进。在矿区，吴先进是知名人物，提起来都知道。看到去169队，盖章子的人事员就说，169，吴先进就是这个队的呀！吴先进都有哪些先进事迹呢？王轻一了解，都是些鸡毛蒜皮，惊天动地的一样没有，和平时知道的那些榜样挨都挨不上。就这都能当先进？王轻有些不解，总觉得哪里出了差错。无非队上换了新的营地，帮炊事班挖菜窖。这个确实是必需的，山里头供应紧缺，尤其在冬季，洋芋、萝卜、白菜、大葱，成筐的，成捆的，都得储备在菜窖里，外面鼻涕出来都能结冰，菜窖里暖和，蔬菜不挨冻。吴先进还在矿区的电影队来队上放电影时挂荧幕、收荧幕，还打扫厕所，还给生病的工友倒开水。再呢，再好像就没有了。不过，吴先进做这些是经常性的，是不由自主的。没有让人要求他，做了就做了。吴先进就是这么个人，不图啥，也是怪，也是赶上了，反而有了得到，169队的许多人都觉得，吴先进得到的，和付出的比划算。不过，没有谁当着吴先进的面说，主要是说不出口。

话说回来，老邓还杀猪呢，这个多有难度！谢大爷一个人守着井场，这牺牲得有多大！李双蛋还免费给人看相呢，寂寞单调的日子里，给大家带来了多少希望、多少欢乐？

吴先进成为先进，不是抽签抽的，不是排排坐轮上的。矿区要树立一个好人好事的典型，就吴先进符合条件，就戴上了大红花，骑上了青骡子，这个有些凑合，应该骑大洋马，找不到，总归比骑一头黑驴强。就铺天盖地宣传，就一个单位一个单位做报告。刘大海都跟上风光了一场。吴先进能做不会说，演讲稿的初稿都是刘大海写的。刘大海回到169队，说起最大的感受，光说饭好吃。顿顿四菜一汤，肉菜就是肉菜，馒头就

051

是馒头，红烧肉是一盆子，里头没有别的，只有红烧肉，每一块都有秤砣那么大，吃几口才能吃完。胡来不高兴了，说再好有咱们队十几年的卤汤卤出来的猪肉好吗？肯定没有。吴先进不光在矿区广播里有声，报纸上有照片，黑板报上有名字，这还没到头，连北京都知道了，都请上去表彰了。是矿区一群穿中山装的干部陪着去的。

先进都这样，用得上了，在高处，人风光，用完了就放回去了。不过，吴先进还是得到了更实惠的、更让169队的年轻人失眠的大礼包：矿区的李指挥亲自出面，在组织的关怀和过问下，相关部门牵线搭桥，给吴先进介绍对象，而且说成而且成家了。吴先进不光是先进，重要的从此是一个有媳妇的人了。嘿，这才叫把人活成了。

王轻来到169队时，吴先进的生活已归于平常，一年里只是出去一两次，参加助人为乐方面的座谈会。上班，睡觉，看不出吴先进哪里先进。王轻对吴先进说，你都有媳妇了，我可怜的没有。吴先进说，我只有一个媳妇，要是有两个，一定给你让一个。王轻说，你这是气我呢，还不如在纸上给我画一个。

王轻来到矿区，来到169，开始并不安心。高中毕业，考大学没考上，不愿意再复读了。可以当兵，没去；可以去林业技校，没去。选择这荒郊野外的职业，竟然是因为在上学时，同学吹牛，说这个矿区大无边，汽车多，排成一列，从孟阳排到兰州，都能连上，那个气势，那个壮观。王轻坐车晕车，却对于这样的场景、这样的生活，有了强烈的向往。可梦想是一回事，现实是一回事，再大的天地，个人在其中也只是一个点儿。上班第一天就明白了，明白跳进一个坑里了，而且是一个深坑，是挖石油的深坑。汽车再多，与自己有什么关系呢？到施工点去，坐的就是其中一辆，下雨也坐，刮风也坐。都是在车槽子里颠过来颠过去。也算奇迹，就这么一天天地颠着，开始天旋地转，恶心，呕吐，慢慢就减弱，慢慢就能站着吹冷风，晕车的王轻竟然不晕车了。王轻的同学，有的在家乡的毛纺厂、水泥厂上班，都是好工作，都找下媳妇了。有一个和他关系最好，夏天去泾河游泳，在马家庄生产队的果园偷梨，到军分区看露天电影，都是结伴同行。他当兵去的江油，第一天就喂死了军马，提前复员，回来在公交公司调度室工作。探亲回去，见到同学，王轻就自卑。曾经，有多大的豪气呀！上大学，毕业了，到南京长江大桥上工作！一比较，都比他强，家门口上班，谁不愿意呀！能不能调动回去呢？在矿区，这样的先例是有的。可是，这得有门路，得找下接收单位。王轻的父母都是普通市民，哪里办得了这么大的事情。王轻转而安慰父母，说在矿区工作的不都艰苦，只要表现好也能翻身，也能进机关。王轻说，大活人一个，他会出人头地的，也会在孟阳城找一个媳妇，到时候接父母过来住，给父母做好吃的，给父母包饺子。父母听了很高兴，说王轻长大了，不让父母操心了。

王轻下定了决心，要通过奋斗改变自己的命运。

每个礼拜，食堂都会做葱爆肉。葱多肉少，葱的用量大。胡来见谁喊谁，喊上了，就得老老实实坐在小板凳上，在炊事班门口剥葱。这一次，胡来刚要张嘴，眼睛一瞄，王轻早就在跟前了。胡来就夸他有眼色，是好娃娃。王轻说，向吴先进学习呢。何乱弹一手的面粉，把头伸出门说，这就对了，我也帮帮你，回头把我的裤衩给洗了。王轻说，成，晚上给你洗，连你的老大和老二也一并洗了。何乱弹说，这娃！挂电影幕布呢，矿区的电影队半年也来不了一回。挖菜窖呢，搬家到新地方才挖，可169队还没有显露出搬家的迹象。这把王轻脑筋费的。突然想到，赵铲铲性子慢，写信也慢，给家里写信，都是翻一下字典写一个字，很是吃力。这个好事值得做。赵铲铲做梦都想发财，给家里写信，交代多养鸡，还把收音机上听来的科学喂养的办法写进去。老婆托人写来回信，把赵铲铲挖苦了几句。意思是家里地方倒是大，也适合养鸡，不过得把修建鸡舍和买鸡苗的钱寄回来。在空里抓，抓不出来鸡舍和鸡苗。赵铲铲生气了，这个婆娘，这是给我出难题呢，就不知道自己想办法！一次赶集，有卖渔网的，价钱便宜，还结实，赵铲铲看别人买，也买了一副。渔网是好渔网，一网下去，捞上来的鱼，一架子车都装不下。不过事后经李双蛋提醒，赵铲铲才想起来，他的家乡没有大河，也没有湖泊，只是在阴雨天，村口旁会出现一个涝坝。赵铲铲打算退了渔网，可集市散了，人走光了。后来，赵铲铲用渔网当蚊帐，看着倒也别致新颖。野外队的人，用蚊帐的没几个，郑在用，刘大海用，赵铲铲也算一个。不过，渔网的空眼大，蚊子飞出飞进，自由倒是自由，就是麻烦一些。赵铲铲这个是耍怪呢，也是气别人呢。

果然，王轻看到，赵铲铲撅着沟子趴在床沿上，正在写信。赵铲铲给人留下的印象，似乎成天在写信。其实，一个月两个月才写一封，信不长，就是老写不完。赵铲铲手跟前，是一本巴掌大的《新华字典》，脏兮兮的，皱巴巴的。王轻悄悄凑过去看，看赵铲铲写的什么内容，只看清"蘑菇养殖"几个字。王轻身子往前，再要仔细看，察觉到背后有人，赵铲铲赶紧折起信纸，压在了被窝下面。回头看见是王轻，亲切地说了一声"打"，说，进来也不言声，要是进鸡舍，还不吓死几只来杭鸡。王轻说，我来帮助你来了，帮你写信。赵铲铲奇怪地看着王轻，今天天晴着呢，不刮风不下雨的。王轻说，我又不是刘补裆，义务的，不问你借钱。看你写信费神，我替你写，看我好吧。赵铲铲又看了一阵王轻，说，这个不麻烦你，我自己慢慢写，时间有的是。这也确实，野外队再忙碌，下班了没有地方去，都是在房子里闲坐着。赵铲铲就有一个姿势坐一天不动弹的功夫。王轻说，我帮你写信，可以把养殖蘑菇的方法说清楚。赵铲铲吃惊地说，你怎知道我要养殖蘑菇？王轻指着被窝卷说，那上面不是有嘛！赵铲铲更加警惕了，说，快去耍去，我不让你帮我写。自从指导老婆养鸡失败，购买渔网受到嘲笑，赵铲铲忌讳别人提起养殖之类的话题。王轻说，你放心，我替你写信，也会替你保密，啥内容，保证不给人说。赵铲铲急了，说，你咋这么烦人呢！你帮我写，我老婆一看字迹不一样，会疑心我是不是上当受骗了，找到队上来，娃娃没有人经管，还得花路费，都够买一筐鸡苗了。王轻听了这话，说，这越说越远了，既然不领情，那就算了。不然你蘑菇种不活，也得怪我。赵铲铲听到这个，加重语气说"打"。王轻赶紧走了。

　　王轻前脚刚离开，后脚又折回来了。赵铲铲说落下啥东西了吗。却见王轻的手里多了个苍蝇拍子，笑嘻嘻说，我不打扰你，我关心你来了。眼球转动，追踪着一只在头顶盘旋的苍蝇，看着落在窗玻璃上，猛地扇过去，打死了还打成了模糊一团。赵铲铲说，这么大力，你不恶心我恶心呢。王轻说消灭四害，人人有责。赵铲铲说你不在你房子打，跑我这里来打，你把苍蝇打光了，我再想打，没有苍蝇了，我无聊了干啥去。王轻说，打苍蝇也累人呢，你继续写你信，我保证不看，我负责给你打苍蝇，这样你就能专心写信了。又有一只苍蝇嗡嗡着，一会儿落在被窝上，一会儿落在灯泡上，都是一落下，王轻正要瞄准，苍蝇提前就知道了一样，又飞了起来。这一次，落在了赵铲铲的胳膊上，王轻轮起拍子，正要用力打下来，赵铲铲说了一声打，突然站了起来。苍蝇受到惊吓，一个跟斗云，飞到门外去了。

做了好事就得留名，登到报纸上才算数。王轻找到刘大海，说，野外队的苦日子熬不下去了，你是宣传过吴先进的人，也把我吹吹，说不定引起上面的注意，得到领导的关心，即便不能到机关上班，安排到驾校学开车，出来也像李师傅那样，也挺自在的。刘大海说，那得有突出的事迹才行啊！王轻说，你的笔头子厉害，我也做了不少好事，你添油加醋，再加工加工，印到第一版，你有成绩，我也能成功，等我开上车，路上遇见你我就停，拉上你兜风，逛城壕，逛孟阳城。刘大海还是有些不情愿，禁不住王轻的软缠硬磨，又有一包大雁塔香烟的好处，就写了一篇投寄出去了。过了许久都没有回音。王轻催问了几次，眼巴巴盼着在矿区扬名。一天，报社托人给刘大海捎话，说那个稿子不适合刊发，主要是吴先进的事迹广泛宣传后，收到的稿子大同小异，都写的好人好事，特点也不突出。现在最需要的是见义勇为方面的，比如最近就宣传了一个跳进洪水里救起落水老大娘的、一个为保护国家财产和歹徒搏斗负伤的，效果就很好。刘大海把这个说了，王轻很泄气，这样的事情难得遇上，就是遇上了，也不一定有这个胆量啊！看来，这条路行不通。

王轻还在为做好人好事不出彩苦恼，而吴先进已经以具体的行动给169队带来了新气象。

学英语！

从这一天的早晨就开始了。吴先进坐在小板凳上，在活动房门口，叽里呱啦说话。声音大，停顿长，听不懂啊！李双蛋过来，问吴先进念的啥。吴先进说，英语呀！李双蛋看见吴先进的手里拿着小本子，还拿着字典。不对，不是《新华字典》。就感叹，洋文哪！吴先进说，你不是啥都会吗，这有啥奇怪的？李双蛋说，这不一样，你啥时候见过太乙真人说英语。真没见过。连太乙真人都没见过。李双蛋说，太乙真人不说英语，说咒语呢。不过，李双蛋可不是太乙真人，也是一个对新事物不排斥的人，就问，"钱"用英语咋说？这还把吴先进问住了，说我查一下，说念"毛呢"。李双蛋"毛呢""毛呢"重复着，说，外国人还真聪明，咱们说有钱的穿呢子，没钱的穿皮子，毛呢子大衣最扛风寒了，毛呢就是钱，有道理。围过来的人都被吸引住了。何乱弹说，什么钱不钱的，毛呢就是问毛呢。胡来说，对了对了，何乱弹探亲回老家，带着钱怕贼偷了，就是藏裤裆里头的。大家都笑了起来，谁回老家不是裤裆里藏钱哪，血汗钱，可不能丢了，丢了给老婆娃娃没法交代。李双蛋又问"你好"咋说，这个吴先进知道，说"哈喽"。啥，瞎了？赵铲铲不明白。当地人把"瞎"念"哈"，"哈喽"就是"瞎了"。赵铲铲说，冷子把庄稼打了，才叫瞎了；出门赶车错过点没赶上，才叫瞎了。这"你好"怎么就"哈喽"呢？吴先进急了，说，人家外国人就是这么念的，我有啥办法。你们如果愿意学英语，咱们一起学，刚才问的都是复杂的问题，得慢慢来，还没有到这一步，咱们先从简单的开始学。那什么简单呢？1234就简单。韩明仓和数字打交道多，听了来兴趣了，就问1234英语咋说。吴先进翻开他的小本本，说，跟我念：狼，兔，刺猬，虎。韩明仓念，狼，兔，刺猬，虎。何乱弹说，这个好记。不过外国人的数字，和咱们的不一样，尽是些动物，有的咬人，有的扎人，兔子虽然吃草，兔子急了也咬人呢。怪不得外国人厉害，数字都比咱们的凶，都比咱们的厉害。

杨队长看见大伙儿学英语，高兴啊，拍了拍吴先进的肩膀，说吴先进带了个好头，值得肯定。吴先进说，他参加矿区的会，李指挥专门叫住他，嘱咐他要学英语，说中国要走向世界了，就得了解世界，让外面的风吹进来，作为先进，要走到前面，不能落后。本来压力挺大的，有杨队长的鼓励和支持，一定把英语学好。杨队长说，除了自己学好，带动大家一起学，也是你的责任哪！杨队长想的，可能和吴先进不一样。这169队几十号人，下了班没有事情干，多余的精力没有地方发泄，不是喝酒，就是玩十点半赌钱。队部倒是有一台黄河牌的黑白电视，可169队的营地，出了这座山，又进了那座山，老是没有信号，电视成了摆设。一个酒，一个钱，都乱人性呢。喝高了，赌输了，打架骂仗，生出了许多是非，有的还跑到山下，跑到城壕惹事，这都叫他头疼。能一起学英语，这就有事情干了，还是正事，就没有闲工夫滋生事端，有利于队伍管理，所以要表扬、要提倡。

杨队长说，学好英语，不定哪一天咱们去毛里求斯施工，这英语就用上了。以前在报纸上，老是看到毛里求斯，看到西哈努克，一个是国家，一个是亲王，杨队长记下了，就用到这里了。李双蛋说，毛里求斯恐怕不说英语，英语是英国人说的。何乱弹说，英语英国人能说，中国人也能说，为啥毛里求斯人就不能说？徐二说，看把你能的，那你说英国在什么地方？何乱弹说，英国就在英国，就在地球上，绝对跑不到月亮上去。大家又是一阵哄笑。刘补裆也趁热说，到毛里求斯去，我学会三个英语词就够了。一个是女人，咱出去了，在中国找不下老婆，在外国找一个，也是为国争光，那就得会用英语说女人；一个是酒，只要有机会，一定把外国的酒喝一肚子，咱不能亏了自己，那就得会用英语说酒；一个是厕所，逛一回孟阳城，找厕所都难找，人有三急，出去了，找不见厕所，拉裤裆里，丢中国人的脸呢，那就得会用英语说厕所。就问吴先进这三个英语词咋说，吴先进说，我还没有学到这一步，回头再给你查。老邓说，尽想美事呢，毛里求斯的人都是黑的，看把你转了种，也变成个黑的。刘补裆嘿嘿笑着说，只要人受活了，黑就黑，石油够黑了，咱天天打交道，咱不怕黑。就对吴先进说，那我就不麻烦你了，我问王轻，他上过高中，我问他保准能问出来。

王轻旁观了好一阵了，逮住机会开始泼冷水，说你们学的这英语，发音不标准，都是胡说呢，就是英国人，也听不懂在说啥，这学了是白学呢。杨队长当即制止，说，不要打击大伙儿学英语的积极性，英国人第一次听不懂，多听几次不就懂了？既然你有基础，可以和吴先进一起带着大家学嘛。好好着，都好好着。可是，169队的工人，半文盲占一半，写一封家信都困难，认得的字还没有认得的人多。别看走南闯北的，整天都在山里转，活动范围不出孟阳和相邻几个县，方圆大概三四百公里。有一半人连省城都没去过，有一半人连火车既没有见过更不可能坐过。这怎么学英语呢？这不是逼母猪上树吗？文化程度高的，就是王轻、郑在几个年轻人，也只是读完了高中，学过英语，差不多都还给老师了。就是吴先进，也是初中毕业，在先进典型里，文化程度还算高的。好在大家都有自觉学习的热情，杨队长很满意。杨队长说，咱们的文化程度虽然低，学英语的基础还是有的。有人问，怎么个有？杨队长反问，在工地上，大伙儿把封隔器还叫啥？叫派克呗。派克就是英语的叫法呀！李双蛋说，哎呀，光知道派克叫着顺口，以为是猫和咪咪呢，原来咱早就会了一句洋文哪！哎呀！杨队长说，你别光哎呀，还有一句，大伙儿都常说，也是英文。什么？CMC。是呀，这个只要施工，就总是挂在嘴上的呀！CMC是一种黏合剂，看着像是锯末，加水搅拌，就成了糊状，工地上没少用。杨队长看大伙儿的情绪调动起来了，扬着手说，办法总比困难多，无限风光在险峰，只要肯死记硬背，英语一定能学好，不光你们学，我也要带头学，一起学英格力士。

学了就要用。以往，队上的工人出工，爬上李师傅的车槽子，卡车就要驶出院子时，如果杨队长心情好，会站在路口送一下。自从学了英语，杨队长也会过来送行，说一句"古德拜"。下班回来了，也不顾汽车带起的尘土扑一脸，说一句"好丢丢"。本来是"你好"的意思，在杨队长这里，意思是"辛苦了"。"辛苦了"用英语咋说，杨队长还没有学会。杨队长一说，车上的工人也跟着说"古德拜""好丢丢"。花子不懂英语，听见杨队长说的话和以前不一样，以为有骨头吃，摇着尾巴跑过来，寻找半天，什么也没有找到，就有些失望。

有杨队长的推动，有吴先进的示范，在169队，学英语形成了风气。食堂开饭，李双蛋说，给我来狼个肉菜，兔个馒头。何乱弹来一句"也斯"，一边动作着，一边给李双蛋往出递，这是狼个肉菜，这是兔个馒头。老邓最烦学英语了，说学了咬舌头呢！杨队长批评他学习不积极，思想有问题，老邓说，我没问题，要我使出蛮力气，多搬几个铁疙瘩能成，要我学英语，这是要我老命呢。你们学吧，就让我当一回落后分子。听见何乱弹说"也斯"，就说，你就说，也斯也斯的，你就说，不把你爷给说死了你不甘心。何乱弹笑眯眯的，唉，我爷还真的死了，三年都过了。老邓指着何乱弹，说"你你你"，扭头走了。胡来身为班长，境界比老邓高，何乱弹都能张嘴就是英语，他也要拿出个样子来。见了人，称呼上有了变化，叫李双蛋米斯特李，叫赵铲铲米斯特赵。胡来叫得真诚，可听着总觉得别扭。赵铲铲求他别这么叫了，胡来更来劲了，米斯特赵！米斯特赵！赵铲铲只好躲着他，打饭都是托付刘大海帮着打回来在房子里吃。谁和胡来说话，胡来都以"OK"回应。杨队长说下午吃汤面片，胡来说"OK"。韩明仓说得去趟城壕买些面粉回来，胡来说"OK"。老邓说，以后你就别叫胡来了，干脆把名字改成胡"OK"算了！胡来也说"OK"！

吴先进学英语，还在169队掀起了英语热，很快引起了矿区的注意，李指挥做出批示，报社专门派记者来169队采访。刘大海跟前跟后配合，重点是吴先进，还采访了杨队长，采访了何乱弹，采访了王轻。回去后，矿区的报纸上登载了一大篇文章，满满当当，写吴先进这个老先进遇到新难题，不等不靠，不睡在功劳簿上吃老本，紧跟时代潮流，勇于挑战自我，克服困难学英语，还影响了老工人跟着学，年轻人帮着学，全队人一起学，营造了良好的学习氛围，提高了新时期矿区工人的文化素质。刘大海自然也沾光，在记者后面挂了个名字。刘大海一遍遍看着新闻，不停地夸赞，到底是高手，多好的文笔呀！王轻看了一遍，就不再看了。里头两次提到他的名字，一次是在吴先进学英语时冷嘲热讽，一次是在吴先进的感召下也转变了想法，端正了态度，也能认真学。王轻费心费力想要上报纸，这下算是如愿了，却咋看咋别扭。紧接着，矿区发出了文件，号召全矿区再学吴先进，争当弄潮儿，以学英语为契机，掀起学文化的热潮。一时间，矿区上下，到哪里都在学吴先进，到哪里都在学英语、学文化。孟阳城的新华书店里，有关英语学习的书籍都卖脱销了。

热潮热了一阵，就退潮了，就不热了。王轻也死心了，不愿再折腾了。在哪里都是活人，别人能在野外队待下去，我王轻也能把油工衣穿烂。人不在乎自己了，就啥都不在乎了。野外队理发难，个个长毛怪一样。王轻不论在哪里，不论路多远，都是一个月到附近镇子上去一次，去理发。现在，几个月不理发，王轻也能忍受。这倒好，理发的钱省下了，可以多吃几份肉菜。

王轻有一个深感忧愁的问题，就是年纪也不小了，在家乡的话，娃娃都抱上了，在169队这个光棍堆里，到哪里找个对象去呢？也是男多女少，女人跟大熊猫一样，愿意跟大学生，愿意跟蹲机关的，再不济还可以跟开车的。就是有人介绍，一听在野外队，就说考虑一下再说，这说是考虑，其实就等于不考虑。梦想是一回事，现实是一回事。人都不傻，女人的选择是有道理的，在矿区流传着这么一句话："狼不吃的野外队。"什么意思呢？这个在矿区有说道，常年在山里跑，到处跑，比狼还能跑，和狼都熟悉了，和狼都快成同类了，那自然不正常，狼见了别说吃，见了害怕呢！所以呀，和野人过日子，那得受多少苦哇！

八

这大夏天的，就数早晨的凉风吹着舒服了。

王轻站在土坡上，一上一下交替着甩动两只胳膊，大口大口吸气吐气。王轻没有睡懒觉的习惯，打小就爱早起。在169队，只要不出工，多半人会睡到吃中午饭才起来。王轻就是上了夜班，回来睡下都后半夜了，也是天不亮眼睛就睁开了。早早起床，出去溜达溜达，就觉得一天有精神。

这些土山土原，即使挖光树木，在夏天，农田的绿色，闲地里自己长出来的蒿草，这里一大片，那里一束一丛，望出去也是生机勃勃，能安定人的神经。太阳坡上，一边有树林，潮湿的气息弥漫不散，早晚尤其浓郁，在外面久了，头发上都会凝结出细密的露水。

空气里有林子里腐烂的野果的味道，也有杜梨果成熟前那种酸涩的味道。王轻看见，郑在在杜梨树下发呆。自从太岁被大火烧焦，郑在整个人都变了。不合群，话也少，就是吃饭也总是走神。郑在也不再到林子里去了，常去的是杜梨树那边。去了就转悠，转悠累了，就坐树底下，像在练气功。王轻就想，要是不发现太岁就好了，就没有这么多事了。

突然，一阵杀猪般的嗥叫，从院子里传来。

这又是咋了？

这大早上的，老邓和韩明仓打起来了。老邓劲多大呀，韩明仓不是对手。先是追着跑，追上了，朝鼻子就是一拳，韩明仓的鼻血流出来了。老邓还不住手，韩明仓又跑，老邓又追。两个人打架，把睡懒觉的人吵醒了。一些人出来看，看两个人打。胡来要劝架，被徐二拉住了。何乱弹也想劝架，看了看徐二，看了看别人，没敢动弹。杨队长出来，大喊，住手，住手，再不住手要出人命了！这才费力把老邓拉开。当时老邓骑在韩明仓身上，大拳头往韩明仓头上擂，胸膛上杵，要不拉开，韩明仓死是死不了，半残废是有可能的。老邓起来了，还要往上扑，杨队长眼睛瞪着，一个手指指着老邓，"你！"老邓停下了。围观的人往前移动，杨队长眼光不那么锐利了，一只手伸着，手掌像老母鸡扑棱翅膀那样一张一合，说，散了，散了。好好着，都好好着。大伙儿就散了。队长是169队最大的官，这一点儿权威还是有的。刚打起来时，花子兴奋地跟着跑，汪汪汪叫。打了一阵，韩明仓半个脸都被鼻血染红了，花子也被吓住了，躲到一边呜呜呜叫。

打得好！一些人在心里这么响应。

有意思的是李双蛋，老邓和韩明仓打架，杨队长拉架，他倒好，蹲在菜窖旁，拿一把满是铁锈的菜刀，狠狠剁着一个烂萝卜，像是和烂萝卜有多大的仇。还一边剁，一边拿眼睛瞄一下杨队长，再瞄一下杨队长。杨队长正忙着把老邓和韩明仓拉开，也许看见了，也许没看见。

169队的卡车，只有两个人可以带上出去：一个是杨队长，一个是韩明仓。杨队长要去矿区开会，带上车就走了。韩明仓是管理员，要到矿区机关经办食堂的手续，报亏损，领补贴；要采买吃的喝的，带上车就走了。吴先进都没这个资格，就是通知他出去做报告，也是在杨队长那里请了假，走下山，搭乘采油队的便车到城壕，再转车去孟阳。其他人出去也是如此。有时，可以被杨队长顺带捎上，出去逛一逛孟阳，或者就到城壕的集上看看热闹。韩明仓出去的次数比杨队长还多，谁想散心了，被韩明仓顺带捎上，那更是经常的。这车子出山了，上班的人要去工地就得步行。有的工地近，走上一阵子就到了。有的远，得走两个钟头、三个钟头。这样，走路的人心里埋怨，嘴上骂，不过都能体谅。杨队长不坐车，耽误了开会，谁负责？韩明仓不坐车，169队的人就得喝西北风。他们这是为大家好。谁对他们有意见，就是和大家过不去。所以，只要汽车不天天出去，走路的人忍一忍，也就过去了。走路能有多辛苦，总没有搬铁疙瘩辛苦吧。这么一想，就想通了。

这天早上，韩明仓正要出去，车子都发动了，被老邓拦下了。老邓看见韩明仓把半个猪后臀装进一只铁桶里，放到了车上。老邓能看见，是因为花子。花子看到猪肉，神情激动，围着韩明仓转，韩明仓呵斥着"去去去"！老邓寻声过去，就看见了。老邓质问韩明仓把猪肉拿哪里去。这猪肉只有往队上拿，哪有往外面拿的？还用说吗，拿家里去。韩明仓不会承认的，可是被抓了现行，长十张嘴也无法辩解。老邓一声"狗日的"说出口，就动手了。

那只铁桶倒在地上，猪后臀掉出来了。大伙儿都看见了，看得真切。虽然沾了泥土，看上去，猪后臀那么碍眼，显得有些悲观，有些让人同情。当然了，作为食物，尤其是作为一种上好的肉食的属性，还完全地保留着，就在猪后臀的外表和内里保留着。

在矿区，正规的住房都分布在大院子里，那是在里面上班的干部住的，有单身宿舍，有住宅楼。双职工才能住上住宅楼。矿区大院的后面，半山上也有一排排错落的房子，都是简易房，是半边户住的。什么叫"半边户"？就是一方在单位，有工作，另一方在农村。在单位的是男人，在农村的是女人，农村日子苦，不愿待了，待不下去了，或者能离开了，女人就带着孩子来到矿区，和丈夫团聚。可是，没有城镇户口，不能分配住房，也享受不上矿区对于成了家的职工的福利，就被遗忘在矿区的边缘，却顽强地存在着。这样的人，又叫"一头沉"。这些人，再有怨气，也不能怪老婆是种地的。日子得过，娃娃得上学，只好自己想办法，就盖起了看着不伦不类的房子，住了下来。看着似乎挺沦落的，其实比起在农村，那还是强了许多，黄昏了也家家炊烟，娃娃你追我、我追你跑得欢实。能听到哭声，更多的是欢笑，毕竟日子过着，一家人在一起，再不济也是完整的家。这里类似于城市里的贫民区，又不完全一样，生活在这里的人，希望还是大于绝望的。矿区也打擦边球，冬天供不上暖气，照顾一些煤渣，雨天泥泞，派铲车过来把道路修一修。其中有一部分，人在野外队，也把老婆娃娃接过来，在半山上住下。这些人，和野外队那些老婆在老家，自己单身过的比，又强出了一大截。这些人，通常有经常出公差的机会，能利用上工作上的便利。不然，请假来回跑，扣钱又花钱，负担不起，早垮在路上了。

韩明仓就有一间这样的简易房。

照顾老婆娃娃，隔些日子还能团聚，大伙儿只有羡慕，没有意见，谁叫人家是管理员呢。可是，大伙儿一天到晚搬铁疙瘩，还被从嘴里克扣，一份肉菜找不着几片猪肉，原来都跑到你家里去了。这说不过去。不光说不过去，简直是遭人恨，不是一般的恨，是特别恨，恨得心口子疼，恨得牙龈都变成骨头了。老邓就说了，你坐上车，招摇着回去，晚上热皮大奶头的，那是你的福气。你凭啥让169队的下苦人养活你的老婆娃娃，你凭啥？！是呀，猪肉吃着倒是香，吃得下去吗？你吃的不是猪肉，是人肉。是从169队全队人的大腿上，一刀一刀活活割下来的人肉。

王轻曾经在矿区的技校，参加柴油机司机培训时，有一天遇见韩明仓，去了一次他的简易房。房子不大，显得大，里头没有什么家当，就显得大。韩明仓的媳妇，勾着头，正做针线活，看上去温柔贤惠。两个娃娃，趴地上玩耍，没有玩具，玩的是几颗螺丝帽。娃娃身上脏、脸上脏，不过都长得可人。王轻留意到，在房子里，从一头到另一头，拉了一根铁丝，上面挂着洗了的衣服，在一边挂着一长串腊肉，有十几块，每一块五六斤都不止。就想起看井的谢大爷，房子里的铁丝上，也挂着四五吊腊肉，都细细的，小小的，哪有这里的排场。王轻当时没有多想，也没有问什么，还觉得韩明仓不亏待自己，不亏待老婆娃娃，也真是舍得。这是过日子呢，还是不过日子了。

现在王轻知道猪肉是哪里来的了。

老邓打韩明仓，还让王轻想起了另一件事。

169队经常搬家。从一个营地搬到另一个营地，要选日子，得是晴天，下雨下雪都搬不成。山里的路是土路，车上不来，上来了也出不去。连着几天，在大清早，杨队长在队部守着那台绿色的电台，攥着通话器吼叫许多个回合，才能把行程确定下来。来的有解放牌的卡车，和李师傅的一样。更多的是平头加长了车槽的日野车，十几辆，领先的停在院子里，其余一个跟一个，在山路上弯曲着排成长蛇阵。还有吊车，能把大罐和活动房吊起来的吊车。

工人们提前都准备好了。其实也没有啥准备的，野营房里，床是固定的，就是把自己的被褥、箱子捆起来。把暖壶、饭碗、水杯这些零碎的器物，放到脸盆里，装进网兜，也拿绳子拴牢。都固定合适了，就再也没有啥了。吊车把野营房吊到日野车上，野营房里住的人随车走，日野车的驾驶楼，里头有两排，坐进来的人多。到了新营地，卸下来，回到地面上，绳子一个个解开，就算又把家安顿下，也把自己安顿下了。

炊事班的伙房、养猪的铁笼子，解放牌的卡车就能装下。再把其他的一些物资，水箱啊，米面油哇，杂七杂八也装上车。猪笼子有半个野营房那么大，有门，能上锁，防止半夜人睡着了，猪跑了，也防止半夜人睡着了，猪被贼娃子偷了。对于猪笼子里的猪，全队人都操心，改善伙食就靠它一身肉呢。几乎每个上车离开的人，离开前都要交代一句，别把猪笼子给忘了。胡来会保证，把我忘了也不会把猪忘了。

可是，有一次搬家，到了新营地，把李师傅的车挡板打开，铁笼子在，猪不在了。一头大肥猪哇，没有三百斤，也有二百斤，就等着会餐时吃它呢，竟然消失了。猪不会上树，更不会飞，能到哪里去呢？难道猪还会跳车？有可能。大家分析，由于颠簸，震开了铁笼子上的锁，猪可能晕车了，在铁笼子里摇摇晃晃，这边拱一下，那边拱一下，从门里出来，估计站立不稳，在某一个急拐弯处，一下子被甩出车槽子，甩到外面去了。刘补裆就说，车子急拐弯，得紧紧抓住车沿，还要蹲下，我就被甩出去过一次，腿疼了半个月呢。猪有四个蹄子，却不会抓车沿，也不知道怎么下蹲，那一定是甩出去摔到哪里了。徐二说，你禁摔，猪不一定禁摔，那么重的身子落地上，还不稀巴烂了？胡来说，不会的，胖人肉厚，弹力大，就像自己带了垫子，胖猪也一样，摔不坏的，就是摔坏了，肉还在身上，还能吃。

分析了种种可能的不可能的结果，综合了大家相同的不同的意见，杨队长果断决定，全队出发，找猪。

卡车拉着一车人，沿着搬家的线路，一百多里地呢，走一段，放下两个人。两个人一组，后面下车的一组，走到前面一组下车的位置，就算结束搜寻。王轻和郭公公一组。走路得一个钟头，走走停停，估计得一个半钟头。杨队长要求，不光在路两边找，还要延伸到沟沟坎坎、住户人家，要"啰啰啰"叫着召唤猪，还要见人就问，见到一头大肥猪了吗？那是169队的猪，谁见到了告诉一声，谁要捡走了得归还，不然告到法院，要被判刑呢。

哪有那么容易的，郭公公说，我要是在路上看见没有人要的大肥猪，能跑就赶回家，不能跑用架子车拉回家。如果不放心，自己不吃肉，到集市上卖了，也是一大笔钱。傻瓜才会说，走，跟我来，你们丢的猪在我家猪圈里呢，暂时帮你们养着呢，就等着主人找上门来呢。告到法院，又不是169队开的法院，凭啥为一头猪惊动人家法官，木槌槌敲着就给轰出来了。王轻说，咱也不能把人说得那么自私，就算想打歪主意，一头猪目标多大呀，谁发现了，如果独吞，吞不下去，肯定有占不上便宜的人给咱们通风报信。咱们要是不出来找，也许就迷糊过去了。咱们一出现，就等于是一种提醒和警告，说不定那人赶着猪就迎上来了。两个人说着走着，头上是大太阳，脚下的路面滚烫滚烫的，走半天遇不上一棵树，汗水哗哗地流着，头发全湿了，脊背湿透了，喉咙眼里着火了一样。两个人都爱猪，爱的是那可口的味道，爱死人的猪，现在恨死人了，热地里走着，热风里晕着，都是猪造成的，能不恨吗？要是真的找见了，一定上去踢上几脚。

走着走着，遇见了一个瓜棚，两个人都停下了。郭公公说，咱们问一问卖瓜的，说不定能打听到有用的消息。西瓜真叫甜，又解渴又甜。瓜农说了，瓜地上的肥料，是油渣，又在旱地上长的，这一带，就他的瓜才叫瓜。坐在瓜棚子里，一个西瓜吃下去了，不过瘾，再杀一个。肚子都吃圆了，才想起猪的事情。瓜农说，猪在猪圈里丢了都难找，丢到大马路上，就跟不要了扔了一样，怕是找不回来了。郭公公吃了西瓜，头脑也变得灵醒了，突然一拍大腿，对王轻说，咱们别再辛苦了，找个猪毛，我敢肯定，猪根本就没有丢。王轻奇怪了，猪笼子空空的，怎么能没有丢呢？郭公公说，你猪脑子呀！一定有人在半路上把猪卸了下来,藏到一个隐蔽的地方了。王轻更奇怪了,怎么可能?郭公公说,你想,猪在猪笼子里,猪笼子在车上,猪笼子又上了锁,车上的挡板又关得严严的,不要说猪,就是人也跑不到车外面去,怎么可能丢了呢?王轻"呀"了一声,对呀,不可能。郭公公骂了起来,这个坏种,把猪弄走了,还折腾人,害得我们大热天的满世界找猪,这个坏种!刚发现猪不见了,情急之中,没有多想,杨队长说找猪,一队的人都跑到外面来了。这一下子明白过来后,就有被愚弄了的感觉。两个人分析起来,怀疑对象有好几个:李师傅肯定是知情人,杨队长说不定是幕后主使,胡来和何乱弹也难脱干系……越说越气,越说越失望,这169队的水池子,说深不深,说浅不浅,不但有王八,还有浑蛋。妈的,不走路了,也不找猪了。王轻和郭公公躺在瓜棚里,美美地睡了一觉。

丢猪事件中,还有一个要害人。那次搬家,拉猪的车上,押车的是韩明仓。

九

太岁被发现、被烧焦,太阳坡变得不太平了。

169队要调走,本来就人心惶惶,弥漫着紧张不安的情绪,就连表面的平静,似乎也难以维持,加上太岁的出现,引发起各种传言,弄得大伙儿思绪乱乱的,像是进入了一个抱窝鸡的鸡窝。越来越多的人都说在夜里听见呜呼鸟在叫,声音苦得很,像是有很大的怨气,像是特别绝望。还有人梦见了无真道长,有的说像李双蛋,就是多了一把白胡子;有的说像杨队长,不过是个光光头;有的说像老鼻子,而且真的有个特别大的鼻子,和老鼻子的鼻子一样大。说的话却都一样,都是说,还我太岁。更有说得玄乎的,说无真道长由于错过了时辰,没能成仙得道,变成了呜呼鸟,可是还有翻转的机会,并没有一下子到了绝路上。只要太岁在,总有一天会发现的,要不为啥总在杜梨树上叫唤呢？那是在找太岁，找不见，急得叫唤呢。如果发现太岁，无真道长只要咬上一口，就能变回真身，可以重修真武观，可以再次修炼，等待上苍降下天启，而且一定不会因为吃野果吃坏肚子，耽误了升天的大事。现在太岁没有了，无真道长就永远成了呜呼鸟，原型也就散发成空气了。所以，无真道长变成的呜呼鸟要报复，报复害他的人，报复毁了太岁的人。169队的人都得受牵连，一个都不会被放过，都会遭到严厉的惩罚。因为太岁是郑在发现的，论责任难辞其咎，其他人也难逃干系，都在一个锅里吃饭，都是一伙儿的，不能说就与这件事无关。

怎么惩罚？给头上拉屎，拉红颜色的屎。拉到谁的头上，谁就变成和无真道长一样的呜呼鸟，再也变不回来，再也不能吃老汤卤出来的猪肉，再也不能领工资养活老家的老婆娃娃。让太阳坡的杜梨树，一到晚上落满呜呼鸟，乌泱乌泱的，一起发出呜呼呜呼的叫声。

这些说法，有的说是李双蛋说的，有的说是老鼻子说的，有的说是何乱弹说的。李双蛋不承认，也不否认；何乱弹说他没有说；老鼻子在山下，还没有去对证。

这可不是一般的惩罚，这不是要命吗？这不是比要命还严重吗？人没有命了，还是个人，还有机会托生，这变成呜呼鸟，老婆娃娃就是见了，也认不出来是谁呀！如果着急了再叫几声，那还不吓出大病来？所以，宁信其有，不信其无。许多人把帽子戴上了。还没立秋呢，大太阳照着，戴上帽子得有多热呀！李双蛋说，呜呼鸟拉屎，拉到帽子上就不灵了，人就不会变成呜呼鸟了。李双蛋说，人的精魂，大部分在脑子里，小部分在裤裆里，这倒不担心。头露在外面，自然要遮挡住。戴上草帽的，看着还顺眼，也符合季节；这穿着半截袖，跨栏背心，戴上布帽子的，就不搭调，还有些滑稽；更可笑的，是没有草帽，也没有布帽子的，戴的是队上配发的安全帽，是那种钢盔，是上班戴的，现在戴在头上，乌亮乌亮的，看上去鬼鬼祟祟的，像是打了败仗的逃兵。也有不信邪的，169队的年轻人都没有戴帽子。郑在就没有戴。郑在说，那就变成呜呼鸟吧！好像他盼着变成呜呼鸟。刘补裆也算年轻人，戴上了帽子，算一个例外。何乱弹讽刺他，不是嚷嚷着要吃太岁吗？还是沟子松了。老工人几乎都戴了。杨队长从箱子里翻出帽子，戴头上又取下来了。一队之长，怎么能信这个？李双蛋没戴，大家很奇怪，问他不怕变成呜呼鸟吗？李双蛋说，他不会变成呜呼鸟的，呜呼鸟不会给他头上拉屎的。虽然他没有正式入住山门，也是拜过师傅的，和无真道长算是同道中人，把他变成呜呼鸟，就没人给无真道长传话了。老邓也没有戴，老邓说，谁见过呜呼鸟？细一想，都是听过没人见过。没见过怕个什么？是呀，怕什么？但是这个时候不逞强，胆子大也装胆子小。李双蛋说，信不信在个人，吃了大亏别怪没有提醒。有些东西，可不是随便就能见的。呜呼鸟哪能让你们这些搬铁疙瘩的说看见就看见，以为是麻雀，以为是乌鸦呢？何乱弹说，越是没见过的才叫人害怕，也许见过了反倒不害怕了。老邓说，我看就没有什么呜呼鸟，有个呱啦鸡倒是可能。也有道理，呱啦鸡叫起来，尤其是发情季节，和呜呼鸟的声音还真有几分像呢。何乱弹着急了，说，别让呜呼鸟听见，把你认下了，专门给你头上拉屎，那我们谁都帮不上忙！老邓说，那好哇，变成呜呼鸟，去中原的时候，你们在地上跑，我在天上飞，可以比你们先到，有啥好的，我占先了你可别眼红。何乱弹说，你到得再早，没人知道你，你还得躲起来等我们，不然那边的人拿弹弓打呢，就是我知情，开饭的时候，我可不给呜呼鸟打饭。老邓说，那我给你头上也拉红颜色的屎，让你也变成呜呼鸟，看你再能，让你能个够。何乱弹拿手捂住头上的帽子说，可不敢哪，我本来就可怜，变成呜呼鸟，老家的老婆娃娃断了经济来源，就活不成了。老邓照着何乱弹的脸"呸"了一下，何乱弹赶紧躲开了。

是谁造成这么大的乱子的，是谁？不光是担责任，不光要揪出来问个清楚，简直就该蹲监狱，就该枪毙。是谁呢？

刘补裆一脸忧愁，戴着一顶软塌塌的帽子，去找杨队长了。

冤有头，债有主。郑在抱回来太岁，与刘补裆有关；房子着火，太岁被烧焦，第一个发现异常的是刘补裆。大夏天的，又不生炉子，平白无故的哪来的火源呢？联系刘补裆平时的表现，和那天晚上说起吃太岁又最积极，许多人认为，刘补裆嫌疑最大。169队发生这么多古怪事，是太岁带来的，也是刘补裆造成的。在这件事情上，刘补裆跑不了。

还有人现场还原，推理出了刘补裆的作案过程。那天早上，刘补裆早早起来，就打算寻找机会对太岁下手。正好赵铲铲和刘大海被杨队长叫上走了，随后郑在也出去了。队上的人都在呼呼大睡，就连花子也不知道跑哪里去了，刘补裆瞅准了机会就行动了。他腰里别着刀子，嘴里叼着烟，没事人一样，假装尿尿，来到郑在的房子跟前，左右看看，几下撬开窗子，猫腰就翻了进去。房间里静静的，刘补裆拿着刀子正要生生割下来一块太岁，没料到太岁也知道疼，刀子刚划拉上去，突然一收缩，在太岁的身上变出来了一张人脸，啊，是大鼻子！刘补裆曾经被大鼻子痛打过，当时一害怕，脑子驴踢了一样，顾东不顾西，手脚慌乱，赶紧翻窗逃跑，嘴里叼着的烟，在匆忙中掉在了床上，自己也没有察觉到，就留下了后患。烟头慢慢引燃了被窝，先是一点，再是一片，由暗火变成了明火。刘补裆尽惦记太岁了，尽想着逃跑了，根本就没有意识到这个危险。逃出去后，一想不对劲啊，大鼻子的脸，怎么能出现在太岁身上呢？一定是太紧张了，幻觉造成的，就又折回来，不死心，还想再动手，到了活动房跟前，却发现着火了，进不去了，还看到了老邓，意识到事态严重，为了自救，为了不被牵连，就贼喊捉贼，喊大家救火。

刘大海曾经给大家说过一句朝鲜族的谚语："喊救火声音最大的人，就是纵火者。"说的就是刘补裆！刘补裆有动机，有目的，嫌疑最大，疑点最多。大伙儿你一句我一句，说过来说过去，越说越具体，越说越真，都觉得纵火的人除了刘补裆不会是别人。刘补裆就是纵火者，纵火者就是刘补裆。

这下，刘补裆身上长十张嘴也说不清了。这也是会餐那天，为什么喝醉了胡闹腾，还钻进活动房缝隙出不来的原因，这更加证明刘补裆心里有鬼。要是别的事情，刘补裆抵赖一番也就过去了。即使是骗了老邓的钱，买不来飞鸽牌加重自行车，也是你两个人的事。房子着火，房子是公家的，不会让大家赔，受损失，那也只是让这间房子的三个人倒霉。可是，吴先进为了救火被烧成重伤，现在还在医院里，不知能不能救回一条命。就算大家不说啥，回头事故处理，组织上也不会放过刘补裆的。更可怕的是，太岁没有了，呜呼鸟发怒了，169队全队人的人身安全都受到了威胁，这关系到每一个人，怎么能饶了刘补裆？不是打一顿的问题，不是打倒起不来的问题。何乱弹说，我要是有个三长两短，先用食堂剁肉的刀子，把刘补裆剁了，红烧加爆炒，让大家再会一次餐。

刘补裆害怕了，觉得随时都可能挨打，也不排除有人失手让他脑袋开花的可能。想来想去，只有找杨队长才能说清楚，才能逃过这一劫。刘补裆意识到，这件事已经引起了众怒，众多矛头都指向他，都对准他，他已经没有退路了，站在悬崖边上了，要是杨队长不管，再推上他一把，那他就死定了。

杨队长见刘补裆进来了，说，你这个刘补裆，歪歪戴个帽子，咋看都像个逃犯。刘补裆尴尬地取下帽子，不停地在头上擦汗，说，杨队长，我就是打算逃呢。杨队长说，你是逃到孟阳城呢，还是逃到毛里求斯呢？刘补裆说，好我的杨队长呢，我是逃命呢，逃哪里都行，只要能躲开何乱弹剁肉的刀子。杨队长明知故问，何乱弹的刀子是剁猪肉的，又不是剁你的。刘补裆说，就是要剁我呢，那么利的刀子，能把我剁成肉泥呢。杨队长说，凭啥？买不来自行车，老邓都没有剁你，凭啥？刘补裆急了，说，杨队长，你是真不知道，还是假不知道？不光何乱弹，我已经成了全队人的仇人，大伙儿都说是我点火烧了郑在他们的房子，烧死了太岁，引来了呜呼鸟的报复。全队的人，都咬着牙跺着脚要要了我的命呢。杨队长问，呜呼鸟报复谁了？刘补裆说，现在还没有，估计快了。杨队长说，那大家收拾你就是应该的。刘补裆说，我对天发誓，郑在他们的房子着火，不是我干的，我一没胆，二没必要。我没有哇，不是我，我冤枉啊！杨队长说，那还就奇了怪了，房子里没人，也没火，平白无故地自己就起火了，你说可能吗？只有一个可能，有人放火。杨队长停顿了一下，刘补裆的心脏往上提升了一下，杨队长说，已经有人找我反映了，说放火的就是你刘补裆。刘补裆说，那也得用事实说话，说我放火，证据在哪里呢？杨队长说，证据？每个人都是证据，烧得只剩下骨头架子的野营房就是证据。你就等着接受处理吧。这一回,我估计你得坐牢。中原去不成了,监狱等着你呢。刘补裆一哆嗦,身子瘫下去,坐地上捶着腿,拨浪鼓一样摇晃着头,我不活了,我不活了。呜呼鸟还没有来报复,我已经被报复了。看到刘补裆的样子,杨队长终于没有忍住,扑哧一声笑了,不过,笑得也不自然,笑了一下,脸上有一块抹布一样,很快又抹了一下,把那一点儿笑抹到脸外面去了。说起来,就为这把火,刘补裆恐惧难当,杨队长的日子也熬煎哪!杨队长就说,起来,快起来,你不活了,谁去和大鼻子打架呢。给我好好着,好好着。刘补裆看着杨队长变换的表情,有些不解,一时闹不清杨队长的葫芦里到底卖的什么药。这药是治他的病呢,还是夺他的魂呢?不过他隐隐觉得,事情正朝着有利于他的方向发展,杨队长刚才那样说话,只是在吓唬他呢。

杨队长又一脸严肃地说,你说不是你点的火,刚才你让我拿证据,其实证据得你自己拿,要想说服上级,说服别人,你还是得仔细想想,有没有什么人能给你证明?不然,我想帮你也帮不上,我一个人说了不算数哇!刘补裆一惊:事情没完。连连说有,有。说那天早上尿尿,花子跟着过来了。这个是假的,花子那天跟着郑在出去了,就不在队上。刘补裆也是着急了,拿不会说人话的给自己当挡箭牌呢。花子?杨队长说,你去把花子引来,你叫它一声干大,看能给你当证人吗?自然当不了,这个刘补裆知道。刘补裆说,真的不是我。难道要我把脖子上的人头取下来，让全队人朝里头尿尿，杨队长你才相信吗？谁都不怀疑，就怀疑我，要硬说是我，咱们队上的人，都上来打我，手底下没有轻重，把我打到医院去，就和吴先进成了病友，矿区还能不过问吗？如果一调查，我找你反映过，你没有管，我受罪了我活该，牵连了你杨队长，我过意不去呀！杨队长一听，说，你个狗日的，给我好好着，你还威胁到我头上了。刘补裆说，这我哪敢哪！杨队长你大人不计小人过，就当我长了个皮嘴，乱说呢，胡说呢。我就是害怕挨打，打皮上皮疼，打肉上肉疼，打到骨头上疼上加疼。杨队长说，说得玄的，你挨的打还少吗？你就是个欠打的货，我看你皮厚着呢。刘补裆说，我该打，我该死。反正我没有点火，火不是我点的。就是冤枉我，也等咱们到了中原再冤枉，搬家最缺人手了，让我劳动改造，让我多出些力气。再不成，我不戴帽子了，光着头到杜梨树下转去，就让呜呼鸟给我头上拉屎，让我变成呜呼鸟，把无真道长变的呜呼鸟吃了，给咱169队创造个安全。杨队长说，这前一句还算个人话，后一句呢，是吹牛呢。我看你是喝酒把脑子喝坏了，光能记住花子，你再想想，有没有哪个人能给你证明？刘补裆说，看我这记性，着急了吧要紧的不往出提，有，千真万确有，有哇！老邓就能证明，那天我一吆喝，第一个听见的，就是老邓。杨队长说，你可想清楚了，你说老邓能证明，老邓还能证明你欠了人家一辆飞鸽牌加重自行车呢。

刘补裆听了这话，有些泄气，说，完了完了，老邓要是不帮我，我真的就完了。杨队长说，别把话说得早，我把老邓叫来，先听听老邓咋说。就喊老邓，老邓响应着就听见走过来的脚步声，老邓进来了，见刘补裆在，看看杨队长，就说，是不是着火那件事？刘补裆赶紧迎上去，亲切地叫了一声"老邓"，又意识到不够尊重，改口叫"邓班长"！老邓盯着刘补裆，眼光里有闪电一样。刘补裆再次改口"邓叔！"这可是第一次这么叫，按说按年龄，老邓给刘补裆当叔，也不算乱辈分。可当年向老邓借钱，没叫过；自行车没有买回来，被老邓讨要，没叫过；这一回这么叫，足见这一回不叫不行了。老邓却不领情，说，谁是你叔？我给你当班长都管不住你，我可没资格给你当叔。刘补裆说，邓叔，你就是我叔，别说叫一声叔，你让我把你叫爷我都叫，我已经没有路走了，只有你才能还我清白呀！

老邓看了一眼杨队长，杨队长看了一眼老邓，两个人笑了起来，听上去，是干笑，笑声像是装的。这唱的又是哪一出？刘补裆看看杨队长，再看看老邓，再次陷入迷惑。杨队长说，我早就找老邓了解过了，本来要开个会，把一些事情说一下，你就急得很。既然大家胡乱议论，那我就给你交个底吧，就说我说的，也是老邓证明的，房子着火，不是你点的，翻窗进别人房子，我看你也没有那么大的胆子。在这个事情上，我的态度很明确，既不冤枉好人，也不冤枉坏人，当然了，还有你这种人，也不冤枉。刘补裆不是好人，也不是坏人，也不计较是哪种类型的人了。杨队长一席话，让他吃了定心丸，一下子松了一口气。我的爷呀，到底是队长，这么沉得住气。这是叫我死了一回，又活过来了。又上去拉住老邓的袖子，说，邓班长你放心，你的事我记着呢，你的飞鸽牌加重自行车，我一定给你闹来，决不食言。老邓的眉毛跳了一下，说，我还能指望上啊，天晴了呀，那就好，我等着。刘补裆说，放心，包我身上了，回头我就去一趟供销社，不把新新的自行车交到你手上，我吃屎去，我跳崖去。

那么问题来了，这把火既然不是刘补裆点的，郑在他们的活动房怎么就会着火呢？难道这会变成169队的又一个悬案吗？就像那次丢了的那头大肥猪，全队人一路找也没有找见，叹气，发牢骚，诅咒，都是嘴上使劲呢，再后来，就没人提说了，就不了了之了。

这一把火，难不成还是鬼火、无名火？杨队长的心里也阴阴的，像是要下雨一样。

十

太阳悬在当空，千万不要用眼睛看。这是一天最热的时候。野营房的铁皮，被晒得火辣辣的，刷在表面的油漆，都起泡了。在外头，人热得很，人都不出去。在房子里，人也热得很，人得待着。房间里的热，总归比外面轻缓一些。169队的人，年年夏天这么过，都练出来了。不是不怕热，是习惯了，适应了，再热，也能忍。瞌睡就变多了，流着汗，也能睡着。一阵一阵的呼噜声，和草地里虫子的叫声，交织在一起，比赛哪个声大。

也有不睡的。不睡又能干什么？端着水杯子喝水，打苍蝇，计算还有多少天就发工资了。何乱弹洗了锅，洗了案板，拿着水管子，把食堂的地面又冲了一遍。都收拾停当了，解下围裙，打着哈欠要回房子，瞥见杜梨树那边，怎么在冒烟呢？

心里一惊，又着火了！再一看，不对，不是杜梨树着火了，树下面有个人，仔细看，再仔细看，是李双蛋，是李双蛋在点火。

何乱弹急忙跑到队部，去叫杨队长。

杨队长没睡觉，开开门，一看是何乱弹，就骂你个死鬼，不睡觉去胡敲啥门？何乱弹说出事情了，着火了！杨队长"啊"了一声，哪里？哪间房子？上次郑在的房子着火，就让杨队长几天没睡好。这要是再着一把火，估计日子就过不下去了，要被上头收拾了。何乱弹说，是杜梨树那边着火了。杨队长刚绷紧的神经又疏散开了，说，你个狗日的也不说清楚。杜梨树着火就着了去，又烧不到这边来，你急慌个啥？把我吓了一跳。何乱弹说，李双蛋在杜梨树那边点火呢。啊！杨队长又紧张起来了，李双蛋又在耍什么怪呢？走，走看去。

果然是李双蛋。杜梨树底下，已经有了一小堆灰烬，里头还有几页纸正在燃烧，看着火势减弱，李双蛋拿一根树枝拨拉几下，又从手里拿着的书上撕下来几张添进去。这本书已经撕掉一小半了，隐约能看清是《石油知识读本》。169队每个人都有这么一本，发下来很早了，读完的没有几个，有的用来垫东西，破损了，有的还把书弄丢了。旁边已经围了几个人，头上戴着帽子的，脸上流的汗更多。是听见何乱弹嚷嚷时跑过来的。像是看热闹，又像是参与一个仪式。李双蛋也不嫌热，竟然把去山下赶集才穿的卡其布的中山装也穿上了。汗水冒出来，李双蛋擦一把，顺手甩到火堆上，立刻响起一阵刺啦声，火焰似乎被压制住了，旋而又受惊般腾地跳跃起来。李双蛋的嘴里，还有说辞，心意不周全，大神多包涵。又撕下来一张扔进火堆。又说，回头点香烛，供上仙果盘。又撕下来一张扔进火堆。又说，这回凑合着，别怪李双蛋。又撕下来一张扔进火堆。杨队长和何乱弹在往来走，越走越近，围观的人看见杨队长过来了，看看李双蛋，看看杨队长，不知道会发生什么。何乱弹边走边整理着头上的帽子，吃惊地说，李双蛋在作法呢！不出所料，李双蛋也知道杨队长过来了，脚步声越来越近，李双蛋提高了声音，急急如律令！又撕下来一张扔进火堆，还把手里的树枝举起来，说，保佑全队人，坏人得除外。今日肚肠饥，神仙不下凡。日后现真身，让他受苦难！杨队长已经到了跟前，做出的动作谁也没有想到，只见他几乎没有停顿，上去抓住李双蛋的后领子，用力上提，又借势向后一拉再一松，对着李双蛋的胸膛，又狠狠推了一掌。李双蛋一个趔趄，挣扎了一下，差一点儿跌倒，杨队长随即在火堆上一顿猛踩，火星乱溅，灰烬乱飞，火熄灭了。杨队长回过身，手指头指着李双蛋，厉声说，好好着！你还嫌最近不够乱吗？李双蛋知道杨队长会过来，也是没有料想到杨队长直接就行动，显然没有防备，一下子被杨队长震慑住了。待到反应过来，说，你不让我活命，我自己烧纸犯了什么法？杨队长说，队部的门开着，你有事随时进来说事，你跑到这里点火烧荒，还装神弄鬼的，你这叫居心不良，这叫搞破坏，有我在，你休想！你咋不把法衣穿上呢？你咋不把宝剑拿上呢？

杨队长说的这个，说起来，还有些缘由。

几年前，169队搬迁到一个新工地施工，附近散落着几户人家，平时都是不见人烟，有人气这倒不常见。其中一户，有个女人婚姻不如意，娃娃又夭折了，受到刺激，人就不适应了，整天乱着头发，敞着怀，在外头疯跑，唱歌。送医院去，治了半年，也没有治好，钱花了一堆，家人发愁，日子越过越恓惶，外人看着也摇头。通常，只要野外队来到哪里，住在附近的人出于好奇，会过来打招呼、说话，也思谋能不能弄点儿柴油，弄点儿棕绳，弄点儿废旧的包装箱。用柴油点灯，比煤油还禁用，煤烟少、亮；棕绳用来绾缰绳，当井绳也行，结实，拽不断。有的得了好处，心里喜欢，还会把下了班的工人叫到家里去，炒几个鸡蛋，吃细长面。细长面堪称面食里的一绝，就是拿到市面上比也是一绝。都是家里的女人，依靠经验和天长日久的功夫，把握准确添水的尺寸，和面的手劲，揉到了，揉圆了，再用布子盖上醒一醒，先拿短擀面杖擀，再拿长擀面杖擀，擀出来的面，一刀一刀切了，薄如纸，长如发，细如录音带的磁条。好面配好汤，汤是酸汤，漂油花，里头有细碎的豆腐、韭菜、葱花。好一些的还有黄花菜和木耳，再好的有肉臊子。汤是提味的，也让面条滑溜，更容易下咽，可以光吃面不喝汤。精壮的小伙子，一顿吃八大碗不在话下。

擀细长面，是当地女人的基本手艺。当地人认为哪个女人不会擀面，找不下人家。打到的媳妇和到的面，当地有这么一句俗语，意思是面和到了筋道，打老婆就不应该了，就是和面和失败了，也不能打，也要有话好好说。疯女人能擀一手好面，却成了一个疯女人。女人的父亲，一次提说起，一脸的黄连。李双蛋说，得上这个病，西医干瞪眼，中医眼干瞪，我倒是有高着儿，确保能把疯了的女人，变回正常女子。看李双蛋油乎乎的工衣，黑乎乎的长脸，女人父亲有些不相信，语气清淡地问怎么个治法。李双蛋会拿人，装作没有听见，又不吭气了。女人父亲也是经过场面的人，忙堆起笑脸，说，请师傅指点上一二。李双蛋这才缓缓地说，得童男童女各两名，还需铜钱两串，红筷子十把，红蜡烛两根，黑布十丈，黄表纸若干。作法时，得穿法衣，拿宝剑，旁人不得在场，以免泄露天机。女人父亲一听，这说得在道上，高人哪！几乎要给李双蛋下跪了，说，怪我有眼不识金镶玉，眼睛上糊了鸡屎，你不看僧面看佛面，就解救一下我的恓惶吧。李双蛋又支吾起来，眼睛看着别处，女人父亲忙说，我明白事理，不会白辛苦你的，只要治好我娃的病，就是把驴卖了，把棺材板卖了，也要报答你的大恩大德。那天，李双蛋说得好，女人的父亲听得真。回去后，还给李双蛋提来了一筐鸡蛋，略表了一下心意。可是，这之后，不知什么原因，却没有了下文。有传言说，那个女人的父亲，侧面了解了一下，都下定决心，要请上李双蛋作法治病了，家族里头一个有威望的反对，说矿区上的人不可信，把孟阳城都挖得窟窿眼睛的，哪有什么规矩，要是胡来一通，把病人治成死人，那可不会担责，又找谁说理去？这样，这件事就给放下了。不过，李双蛋在169队，在四乡八里，一下子有了名声，也赢得了敬重。在人们的心目中，李双蛋是肚子里有硬货的角色，即便不打交道，也得礼让着，也得当人物看待。就连大鼻子的爷爷老鼻子，听说了这个传闻之后，也把李双蛋高看一眼。

所以，杨队长今天说的这个，就是这么来的。

今天，杨队长像是换了一个人，其实还是这个杨队长，该柔和了特别柔和，该发威了一定发威。杨队长说，李双蛋，我警告你，你把人心搞乱的目的，是不会得逞的，我今天就灭了你的威风，杀一杀你的妖气。又看看旁边的人，一把把何乱弹的帽子掀掉，说，你们真是叫鬼给迷了心窍了，我就光着头，让呜呼鸟过来，来给我头上拉屎！169队不是道观，不是庙，走遍孟阳，牌子不倒，身杆子直，我们向来都是不怕天不怕地，没有什么害怕的！好好着，都好好着！李双蛋怎能甘心，他挺起身子，快速折回杜梨树，双膝扑通跪倒，咚咚咚，连着磕了三个响头，号啕大哭着说，真武大帝睁眼看，弟子遭难你要管！又摸索着找火柴，找书，要重新点火。杨队长见状，稍稍犹豫了一下，说，你还反了天了。又冲了上去，照着李双蛋的后背就是一脚，李双蛋又一个没有料想到，扑倒在地，尘土都扬了起来。杨队长吼着说，你再折腾，我把你扔到沟里去！

李双蛋一身土，眼泪在眼眶里打转，一副很委屈的样子，就势在地上打起滚来。杨队长被激怒了，又要上去脚踢李双蛋，被徐二和何乱弹拉住了。其他人也赶紧过去，把李双蛋架回去了。

李双蛋和杨队长较劲儿，事情说大不大，说小不小，对于李双蛋却是大事。这个全队人都知道，杨队长自然也知道李双蛋的病害在哪里。这个，说与大家没有关系，能成立；说与大家有关系，也能成立。于是，大家似乎不怎么关心，似乎又有些介意。这个关系有些微妙，有些模糊，似乎隔了一层，只是都不捅破而已。于是，李双蛋变得反常，杨队长不冷不热，大伙儿主要是旁观。直到李双蛋借着鸣呼鸟的传言把事情闹大了，对李双蛋的议论又多了起来。

在169队，离家近的没几个，成了家的，都在矿区上班的，也没几个。多数人老婆娃娃都在乡下。每年都有一次探亲假。有的回家，路上得一天，有的得一个星期。探亲假一个月，路途上用了的除外。探亲期间，工资有，奖金就没有了。李双蛋的老家远，坐了汽车坐火车，坐了火车坐轮船，确实够远。辛苦了一年，回去哪能空手？主要的是带回去一笔钱，买化肥买种子，走亲戚，置办家用，都是让人高兴又心慌的花销。李双蛋就用两只肩膀扛着一颗头回去了。老婆问钱哪？老婆问他要钱。老汉回来了，打一壶酒，割二斤肉，一家子吃个团圆饭，桌子上不光得摆上几盘子能看又能吃的，还要看着好看吃着好吃。李双蛋说有钱，可就是不往出拿。挣下钱，不就为了老婆娃娃吗？李双蛋说："出发的时候有钱，上车的时候有钱，坐轮船的时候钱没了。""没了？""对，没了。""钱没长腿，能到哪儿去？钱没长翅膀，还飞了不成？何况藏在裤裆里，有腿也难行，会飞也飞不起来。钱在人肉保险柜里，安全着呢。可是，人该倒霉了，平路上跌跤呢，被风吹了脸肿了，肿得跟猪尿脬一样呢。这一回偏就不安全。""丢了？""丢了。也不是丢了，被贼娃子偷了。""哪个贼娃子有这么大本事，能从裤裆里把钱偷走？"不是这个贼厉害，是李双蛋大意了，大意失荆州了。李双蛋叹着气说，路不是远嘛，路上不是来回倒车嘛。这倒来倒去的，身子就散架了一样，又舍不得吃喝，想着把钱拿回来给老婆花，给娃娃买糖。又累又饿，头昏脑涨的，在船上，夜里就睡着了，睡得特别死。早上醒来，沟子凉冰冰的，哪里漏风呢？糟了，裤子上一个大口子，裤衩上一个大口子，人还在呢，钱没了。老婆听了，又心疼钱，又心疼男人。说啥呢？钱没了，人齐整着呢。要是遇上劫财又劫命的，这孤儿寡母的，更没法活了。算了，有钱照有钱过，没钱照没钱过。背过身，老婆擦了一把眼泪，忙着给李双蛋擀面。

另有一种说法，李双蛋的老婆可能不知道，李双蛋也不会说的。说了，这日子就没法过了，这家也许就无法回了，就可能不是家了。

169队都是男人，没有女人，就是见个女人，都十分难得。没有成家的，盼着找个对象。成了家的，夜里睡不着，想老婆都是具体的血肉，有名有姓，知道长啥样子，却远在天边，够不着。饭菜难吃，吃得下去。工地上搬铁疙瘩，搬十趟的力气，搬了十五趟，可是，怎么还有多余的力气呢？要不，睡床上怎么翻身子呢？似乎身子里另外储备了一份力气，没有用，没有地方用，难受呢。那又能咋样？一天天的，一月月的，熬吧，能熬住，不能熬住，都得熬。有的实在熬不住了，就找机会，寻找着，试探着，在营地附近认识能认识的女人。在这方面，一旦有了想法，男人不光胆子大，也激发出来了智慧，也愿意花钱。李双蛋就认识了一个寡妇，开始帮着拉土修墙，帮着喂猪，可勤快了，可有眼色了。也把省下的劳保，帆布手套哇，肥皂哇，送给寡妇。还给买东西，床单哪，塑料盆哪。还给钱。坐够了，话说了一堆，离开的时候，压在茶盘子下面，露出一个角。就是不露，人走了，收拾也能发现，知道是谁压在下面的，知道是啥意思。慢慢两个就好上了。虽说是露水夫妻，好上了，对寡妇是个安慰，对李双蛋也是个安慰。说光图个快活，有这个因素，日子久了，产生那么一点儿感情那是有可能的。李双蛋能挣下多少哇，给家里寄一点儿，给寡妇花一点儿，一个月的工资就没有多少了。回老家就没有拿的了。就只能哄老婆，老婆也相信了。李双蛋和寡妇好，能瞒住老婆，离得远，比遥远还遥远。169队的人，该知道的都知道了，有的听到了一丝风声，有的看见李双蛋从寡妇的院子进去，从寡妇的院子出来。啧啧，李双蛋有能耐！有人当着李双蛋的面，也这么夸。李双蛋嘴上不承认，心里挺得意的。

这一次李双蛋探亲，回去说丢了钱，却格外恋家，大概心中有愧，也愿意多给老婆一些补偿吧。一个月的探亲假，两个月过去了还不走，三个月过去了还不走，在家里待了半年多还不走，说明不想回去了。其实想回去，也想陪着老婆。可两头只能得一头，老婆再希望身边有个人，也催促了一次又一次。再不走，丢了工作，就变成种地的了。种地也能种，能有收成，那就没有那么多现钱花了，那就吃不上公家的饭了。

在老家待了半年多的李双蛋，回到169队，看着都不像李双蛋了，主要是长时间不见人，相貌上有些陌生。不管啥理由，没有一张续假的假条，人一直空白着，还以为失踪了，都可以发声明，都可以从花名册上把"李双蛋"三个字划掉了。可是，人又回来了。回来了就好。不过，人回来了，超出探亲假的这几个月的工资，一分也没有，全被扣光了。

工资被扣了，李双蛋想不通，也不接受。扣一个月，吃糠咽菜，还能过活。扣半年，这不是要命吗？可是，为什么给发工资呢？为什么叫挣工资呢，上班了才发，干活了才发。李双蛋在老家休养了半年，凭什么呀？李双蛋和别人想的不一样。他觉得，这是杨队长和他过不去。只要杨队长点头，他就有工资，因为杨队长摇头，他的工资被扣了。他就恨杨队长。169队都要去中原了，去了之后，你杨队长还是不是杨队长都不一定呢，何必较真儿？人就是这样，有时候道理明摆着，都明白。可是具体到个人身上，就成了另一个道理了。李双蛋就觉得他有理，杨队长是以权压人，是欺负人，是有意和他过不去。他这么认定了，就把仇记下了。你让我难受，我也得让你难受。工资都扣了，都要饿死了，还在乎个啥？还怕个啥？李双蛋明里暗里这么闹腾，就是要让杨队长不得安宁，就是要让杨队长睡觉睡不踏实。

还有一个原因，他觉得杨队长欠他的，杨队长对不住他。

这个与喝酒有关，与刘补裆有关。

城壕二、四、六逢集。说是个镇子，有一个镇政府，有一家商店，有一家邮局，再就没有啥像样的建筑物了。169队的人，和邮局打交道最多，寄信，寄钱，打长途电话，都得来这里。商店里的货品，看上去年头很长了，说是新的，看着像旧的，吃的东西，感觉也像很早以前生产出来的。两个门，一头一个，这头进去，那头出来，营业员用眼睛看着你，不动弹，也不招呼。进来的人，通常不买东西，就是进来看看。还有一家饭馆，中午，要是看到有一个人在里头坐着吃饭，都是奇迹。这家饭馆，靠路边的一间房子是吃饭的，里头有三张桌子。饭馆前门进去走几步，是后门，里面一个院子，是招待所，有一排七八间房子，里头要是有住店的，也是奇迹。原来是镇政府的人在经营，亏损填补不上，承包给了从山那边的另一个地界过来的两口子，也是整天冷冷清清的，不知道怎么就一直维持着，早上准时开门，晚上准时关门，竟然能维持下来。靠什么在维持呢？一般人是想不出理由的，就是二般人也犯糊涂。169队的人，偶尔有人来吃一碗面。刘补裆口袋里有钱了，就会来。似乎这个饭馆，就供应一种吃的，就是面，是那种烩面。有素的，有荤的。都是汤面，面少汤稀，吃一碗似乎不顶饱。没有再吃第二碗的。平日里，在城壕的街道上，看见人也难得。看半天，过去了一个人，看半天，过来了一个人。城壕的街道，似乎是个摆设，是个浪费。

没人嘛！

可是，逢集就不一样了。就大不一样了。逢集，满街道都是人。这些人，似乎在哪里隐藏着，平时不出来，平时找不见。似乎就为了赶集，才活在世上，似乎就为了让城壕的存在显得十分必要，才有了逢集的日子，才有了赶集的人。

169队的人，似乎也为城壕的集市繁荣提供了人口上的帮助。只要逢集，轮休的人，有闲时间的人，都从太阳坡下来到集市上转一转。多数人空手来、空手回，来就是看个热闹、解个心慌。热闹倒是看了，身子乏着往回走，一头汗，一身土，心里还是那么慌。穿在身上的卡其布的中山装，脱下来抖土就得好一阵子。还得拿笤帚一下一下、不轻不重地拍打，被呛得直咳。老虎下山一张皮，得爱惜着穿。

城壕的集市，平时是小集，出来的都是做小买卖的。吃的似乎只有两样：一个是麻花，当地人叫麻躺。山里的老汉，出门从自家地里剜一把旱葱,到集市上卖了,用卖葱的钱买两根麻花,细绳绳拴着提回去给孙子吃,等于赶了一回集。一路上土打风吹,麻花上头落的土有一钱厚,孙子脏手拿着,吃得香脆。麻花要酥,还要脆。一个是油糕。这个也是油炸的,一口油锅,油冒泡,给糜子面里裹进去红糖,团成一个圆饼,在油锅里出了铁锈红,夹出来搁在油锅上的铁丝架子上,带在身上的油,原滴回锅里。油糕熟一个,架子上架一个,排成一排。吃油糕不能急,得轻轻咬,一小口一小口咬着吃。糜子面黏性大,烫,猛咬会镶嵌在牙齿上,舌头转动,剥离不下来,牙根都能烫疼。更不敢大口咬,里头的糖更烫,吐不出来,咽不下去,能把口腔烫出水泡。169队不论谁吃油糕,都得提防刘补裆,他拿起一个吃着就走了,坐板凳上正吃的就得掏钱。卖农具的,在地上摆一大片,都是铁匠铺里打的,直的弯的,带尖头的,带刃口的。卖菜的,数量都不多,也是连土带泥直接搁在地上,土豆、萝卜、辣子、豆角,都是一堆,都是一种;南瓜有两三个,白菜只有一棵也等着买主。卖娃娃耍活的,气球,一种叫咪咪的哨子,彩色的玻璃球,积木,塑料手枪。女人用的东西多是零碎,无非花手帕、袜子、照脸的镜子、擦脸油、扎头发的皮筋。花手帕样样多,不同颜色的,不同图案的。手帕的功用也多。当地的女子,拿花手帕不光是擦汗、擦眼泪,平日里装裤子口袋里,露出一个角,也能吸引目光,拿手里甩动着,也多了些风情。169队的男人来到集市上,眼睛可忙了。李双蛋就是在花手帕的摊子前，搭话认识了那个寡妇。

月初月末的集是大集，那就不是一般的热闹了。

人都来了。似乎还有多余的人，在继续加入进来。都是深色的衣裳，看过去黑压压的。夏天也穿着外套，风纪扣再热也不解开。当地人似乎怕风，人不对劲了，哪里疼了，就说被风吹了。刮风天不出门，提前没料到，走路上遇上刮大风，看见废弃的窑洞，一定跑着进去躲，风过去了才出来。

似乎有分工，一部分人负责张罗买卖，一部分人走走看看，闲逛。也许下一次，角色又会调换一下。也有兼而有之的，把自己的卖了，又去买别人的。

隔一段路，会出现一个棚子，是临时搭建的。里头热气腾腾，是卖清汤羊肉的。锅灶在里面，桌子在里面。这个吃着解馋，吃着过瘾。当地人只用两个字，叫清汤。羊是现杀的，也是现煮的，汤里的调料搭配，各家有差别，吃味道能吃出好还是不好。肉捞出来，晾凉，切片，一层层码放在木头的方盘子里。一碗二两肉，铺在碗底，加熟萝卜片，加粉条，把沸腾的原汤盛进去，多半碗，再给添进去一疙瘩羊油泼的油泼辣子，搅动几下，在清亮的羊汤上面浮一层，变得红彤彤的，不光是好看，但这个好看也必须有。吃的时候，一定配一块白面饼子，吃一口饼子喝一口汤，或者就把饼子掰成方块，泡到汤里头，勾着头吃，抱着碗吃，连吃带喝，娘老子来了也不知道，对面那个吃得肚子胀一头栽倒在地上也不知道，眼里没有别的，只有清汤、清汤、清汤。汤喝完了，就喊着再添，添汤不另收钱。吃一碗，就像洗了一回澡，浑身热，浑身舒坦。也像当了一回皇帝，只要清汤是我的，天下就是我的。多少人舍不得花钱，多少人还是要了一碗。刘补裆恨不得把命压上，在问人借钱呢。就连最节约的赵铲铲，经过思想斗争，也下决心走进了棚子。吃肉不吃蒜，营养减一半。吃了蒜嘴臭，在人堆里挤，哈气，羊膻气和蒜味那么大，前后左右的人只顾着走路了，顾不上在乎。

走到东头的河滩，先闻见刺鼻的屎尿味，就看见成群的羊，一头一头的牛，一头一头的驴。羊挤成一堆，牛和驴之间有一定距离。地上一堆堆牛粪、驴粪，有的还冒着热气。

当地流传着一句话，出门靠驴子，吃饭靠糜子，穿衣靠皮子，花钱靠女子。第一句，当地山路多，弯曲难行，人骑，拉磨，驮重物，都离不开驴；第二句，山地水土薄，除了小麦之外，多种植杂粮，高秆的玉米、高粱，产出多的荞麦、豆子，其中糜子是主粮，磨砺着人们的肠胃；第三句，草多，羊就多，羊肉吃了，羊皮反穿，穿一辈子的都有；第四句，谈成一门亲事，最大的开支是彩礼，女子养大，不能亏本，要价高是一定的，可家家都愿意男丁兴旺，过去男孩金贵，女子贱，女娃娃打小就被嫌弃。

人们算着日子，盼着过会。如果过会，那比大集还要让人牵挂，不光城壕的人，周边连畔种地的也来。亲戚在另一个县的，接到消息，也坐着车来。过会也叫过庙会，通常在麦子收割之后，在八月，选一个好日子，就开始了。大集才一天，过会是八天。年景好了，过会过十五天的也有。城壕的街道都不够用了，出了街道也拥挤着人。走进山里，在山的褶皱里走一天，也许遇见一户人家，抬头看见的也许都是光秃秃的塬峁。可是，广大的山地零散稀疏，一个见不到一个的，却能以微弱的能量吸收了人，安置了一户户人家，当这些人会聚起来来到城壕，就成了一支大军，就成了数不过来人头的人群。各种买卖，占据着低处的、高处的，占据着各种可能的空间。就连树上都挂着衣服、挂着皮鞋。外地的汽车，拉着货物来了，卖家具，卖苹果，竟然还有卖水泥的。大集天黑了就收市了，过会晚上更热闹。为啥？看大戏！闲置了一年的戏台子，就在镇政府旁，在一个大院子里，灯火通明啊！戏台子的额头上挂着横幅：陕西兴平秦腔剧团。远路来的，请着来的，难得。天天晚上都有演出，有本子戏，有折子戏。去晚了，台子下面没地方，坐板凳的，坐砖头的，一个个仰着头，就连偏巴洼，也尽是攒动的人头。

何乱弹念叨着，演《窦娥冤》一定要看，早就想美美哭一回了！看苦戏就是费眼泪呢。赵铲铲说，《周仁回府》也看得伤心呢。这一天，说登场的演员，一个像马友仙，一个像雷开元。天哪，神哪，都是如雷贯耳的名字呀！何乱弹说，我不活了，我不活了。他这是激动啊。老工人爱看戏，年轻人不喜欢。胡吼乱叫的，心脏负担都加重了，有啥看头？还有那些演员，不知是脏着脸化的妆，还是化妆把脸化脏了，脖子黑的，手黑的，不像演戏的，像淘粪的。"别乱说！"杨队长收拾停当，也准备下山。《铡美案》杨队长都能背下来，照样演一场看一场。上年纪的都是戏迷，从小听秦腔长大的，听戏都能忘了吃饭。看戏更不用说，一边看，一边还要跟着哼哼呢。谁的肚子里不是装满了戏文哪！演出还没开始，年轻人也早早来了。不是心脏受不了吗？受得了。台子下面，乖媳妇、俊女子都来了，能不来吗？离得近近的，闻着雪花膏的味道，香，和人联系在一起的香。偷偷看一眼，看腰身，看脸蛋。还有小动作，捏一下毛辫子呀，碰一下肩膀啊。假装没注意，踩一下脚，有的生气走开了，有的笑一下，乘机说话，大胆拉手。甩开了再拉，再拉。被骂上一句，吐上一口，那也高兴。刘补裆走来走去，贼一样，一时确定不了目标。徐二看东看西，拿眼睛翻拣着、挑选着，像在逛商店。169队的年轻人，怎么一个个变坏了？这边骚动着，那边的大鼻子、二鼻子、三鼻子，脖子上有弹簧呢，也盯了这个盯那个。也是转悠着，在台子下面选美呢。这最需要专心了，这最见不得干扰了，听见动静，知道是169队的，就不舒服了。看清楚这是谁的场子！

　　是先从扔胡基疙瘩开始的。打身上不疼，点着了捻子一样，冒起一股子细烟，就找是谁。其实知道是谁。互相扔，都装作不是我干的。扔着扔着，升级了，一块砖头飞过去了，径直打到了大鼻子的头上。大鼻子一阵眩晕，手摸发热的部位，的确热乎乎的，还黏手。血！这还了得。台子上在演《打金枝》，台子外面在打人。"打！""打！"双方都在喊打。徐二下手狠、动作快，也能判断形势，差不多了，吹起一声口哨，169队的年轻人见好就收，一个个关灯一样不见了。刘补裆正在兴头上，平时都是挨打，能打人了，就是和挨打不一样，有快感哪！就还在原地，一跳一跳的，嘴里好像在喊口号，目标就特别明显。一会儿，大鼻子搬来了救兵，二十多个人，把刘补裆围住了，都上去拳打脚踢，有的还轮不上。刘补裆跌倒在地，还奇怪，刚才还处在上风，风向怎么一下子就发生了突变？抱着头，蜷着身子，任由比暴雨还激烈的踩踏，向自己袭来，有的落实了，有的落空了。落实了身子下陷、扭曲、抽搐，一番下来，零件基本上散脱，四肢像卸下来又装上去装错了。看着人没有反应了，嘴里的白沫也不增加了，眼皮翻开不见合上了。就暂停。打人也累人呢，得歇一歇，力气回来了再打。大鼻子一个手下，测试了一下刘补裆的鼻孔，呀，不出气了。这不是出人命了吗？大鼻子一激灵，意识到后果的严重，当即使个眼色，又对围观的人说："他还装大象呢。"手下人把刘补裆抬起来抬出去，扔到兽医站门外给牲口熬药的灶台上，一帮人抽签一样，也一个一个消失在了夜色里。

另一边，徐二他们都要上山了，有人说，刘补裆咋没跟上？急忙又返回来寻找。这边戏演完了，空场子上尽是瓜子皮、水果核。最后收摊的卖麻子的老汉说，娃娃怕是被阎王收走了。按照指点，徐二他们害怕着把松软如面袋子的刘补裆往回背。半路上，刘补裆动弹了一下，到了队上，得扶着走路，到房子躺下，嚷嚷肚子饿。何乱弹骂着烧了一碗鸡蛋汤，王轻端着给刘补裆喂下去，刘补裆伸了一下腰，连着哎哟，哎哟，说集体行动怎么不叫我就跑了？就倒头睡下扯起了鼾。

那边，大鼻子心神不定了一晚上，这死了人，得躲躲风头。要动身了，不踏实，又派手下实地侦查，掌握一下具体情况。来到169队，悄悄摸到刘补裆的房子后面，透过模糊的玻璃窗，却看见刘补裆精神抖擞，正跟徐二几个划拳喝酒呢。以为看错人了，以为看见鬼了，再看，确实是刘补裆，打不死，还阳了。回去给头上包着纱布的大鼻子一五一十说了，这个愤怒哇！到头来，还是咱吃了大亏。不行。大鼻子咽不下这口气，二鼻子要报仇，三鼻子发誓扫平169。老鼻子也被惊动了，孙子受伤，也伤了他的心，是内伤，不能这么欺负人，打狗还看主人呢，到我头上拉屎来了，不信狼是个麻的。传话，得给个说法，不给，上门讨说法。不认别人，只认杨队长。不论谁拉下的，都是哥拉下的。咋拉的，咋吃回去。人是杨队长的人，闯了祸，就得杨队长担着，不给说法，也让杨队长头上缠上纱布。这下麻烦了，杨队长明白，事情不能闹大，闹大了不好收场，这一回要是不出面，看样子过不去了。思虑再三，杨队长带着李双蛋登门拜访老鼻子。

　　有理不打上门客，老鼻子要的就是个面子。杨队长一进门，快速上前拉住老鼻子的手，往怀里拉着，又往前送着，说，老人家，我给你赔不是来了。招一下手，李双蛋递过来一壶柴油。老鼻子希望杨队长来，怕不来。真的不来，老鼻子不光难堪，在乡邻面前，腰杆肯定没有以前硬了。只要杨队长来，老鼻子就达到了目的。老鼻子说，劳你屈尊前来，我都过意不去。便用力推辞着，这人来就行了，还拿这么重的礼，咋这么见外的？虽说通了电，但老是不正常，平日里也舍不得亮灯泡，柴油都喜欢，杨队长就拿来了让老鼻子喜欢的。杨队长说，年轻人不懂事，出手重，让大鼻子受伤了。放心，我一定把凶手查出来，吊到杜梨树上，吊一天一夜，把他身上的毛拔得一干二净，绑着交给你老人家，蒸着吃，煮着吃，都随你。老鼻子说，哪里话，哪里话。我还觉得打得好呢。这三个孙子，老是惹是非，记吃不记打，我说了不听，打又打不动，愁得很。杨队长的人打他，也是给我出气呢，也是帮我管教呢，我感谢还来不及呢。杨队长一听，知道事情缓和了，就说，三个鼻子，现在调皮一些，男娃娃嘛，都是这样，好着呢。依我看，以后大有出息呢，给你老人家扬名呢，争光荣呢。老鼻子听了鼻头都亮了，借你吉言，借你吉言！又呵斥三个鼻子，记住了没有，以后不许和杨队长的人比长短，多学着些，别一天到晚瞎晃悠，也干些正经事，不定杨队长把你们三个收编了，还能吃上公粮，吃上白蒸馍。三个鼻子也过来，给杨队长点头。大鼻子虽然憋着火，有些不情愿，但还是说，谁打的我我都忘了，杨队长回去，替我问候刘补裆好，说我想他了。老鼻子生气地说，瞎种，有这么说话的吗？你把人家的命差点儿要了，别以为我不知道。杨队长忙说，刘补裆该打。那就是个挨打的货，没人打皮肉还痒痒呢。说着话，谈着心，不知内里，看着以为走亲戚呢。话说开了，气氛活跃了，像是没有前面的紧张一样，相互之间也就没啥过不去的了。杨队长觉得人情给了，再逗留又得没话找话，就起身要告辞。老鼻子说，来了哪能这么走！李双蛋以为风云要变，说再晚天就黑了，路上怕是有狼呢。老鼻子说，有狼怕啥，你烧上一张符，狼就眼瞎了，狼皮褥子给杨队长。回头就喊，把酒菜端上来！当地人喝的酒，都是自酿的黄酒，家家一大缸，味道略酸，都是加热了喝，拿碗喝。不习惯的不光喝不下去，还很快上头。当地人从小喝，连喝三碗，喝饮料一样。不喝醉咋能离开？目标就是杨队长，一碗又一碗，这叫心诚。老鼻子喝了几碗，说老了喝不动了，让三个鼻子好好陪杨队长。一个鼻子都够杨队长受的，哪禁得住三个鼻子？李双蛋说，盛情难却，有我一份，杨队长的酒，我替他喝。一碗又一碗，喝了多少碗，开始还数数呢，后面数字就乱了，就说不清了。反正，后面的酒全是李双蛋喝了。这一顿饭，吃的啥忘了，喝的啥知道。直喝得三个鼻子都趴桌子上了才结束。出了门，走出去一段路，杨队长尿尿，站不稳，扶着李双蛋的肩膀尿，尿半天也没有尿完，舌头大着说，尿的都是酒，还是这么酸。你咋不尿？李双蛋说不停出汗，酒都从头上跑了。返回的路上，李双蛋搀扶着杨队长，像是搀扶刚动完手术的病人。杨队长说，李双蛋，好兄弟，咱都好好着，你好好着，我好好着，我以后不会亏待你的，有我在169队，你就是半个队长。

有了这一层关系，也许还有别的交道，不说谁知道呢？反正，给人的感觉，杨队长和李双蛋的关系，似乎上了螺丝，还多紧固了一圈两圈丝扣。李双蛋得到什么了吗？似乎没有，似乎有。可是，连个班长都不给，和杨队长的关系也特殊不到哪儿去。无非带出去跟着办事，无非代酒撑个场子。李双蛋也清楚，醉了说的话，怎么能当真？不过，老鼻子这里说狠话，大鼻子放风要灭了169，危机之下，李双蛋不光给杨队长长了脸，还让老鼻子不敢小瞧，咋说没有功劳也有苦劳，帮忙是互相的，现在既然能关照一把，却不给关照，李双蛋很生气。

不过，这件事要是放远了说，也是有说道的。杨队长扣了李双蛋的工资，李双蛋没完没了，惹的是一个人，既然惹了，那就惹到底，看看螺丝拧断了有多疼。如果不扣，那就不一定了。不扣，大家不少一分钱，扣了，也多拿不了。可是，别人累死累活，你睡在老家的热炕上就把工资挣了，这个不在理，也没有这个先例。要是都这样，谁还在山里苦守，谁来搬死重死重的铁疙瘩？看着李双蛋折腾，大家不劝，装不知道。

107

毕竟工资没有了，李双蛋的日子不好过，甚至还有些同情。野外队的生活如此单调，这也算个乐子。玩十点半想赢，却经常输呢。李双蛋在杨队长跟前只是斗气，那就斗吧。有人的地方，就有刺儿头，哪里都如此。刺儿头有的能治住，有的能上天，李双蛋似乎两样都靠不上。如果闹得不可开交，就会有人出来了，出来就有态度，就有立场，那是不能含糊的。不过，还没到这一步，估计也不会向前发展。因此，李双蛋想要回工资是不可能的。李双蛋不甘心也是能理解的。假若李双蛋真的达到目的，169队就乱了，杨队长这个队长就难当了。这个李双蛋，你哪怕偷队上的柴油去换鸡蛋，只要大家不知道，把你吃得打鸣，也是你福大，就是看见了也会假装没看见。这明着要工资，要扣了的工资，要没上班扣了的工资，这和明着抢有区别，也差不多。这不是白要吗，能要上吗，也不想想。你要上了，我不答应。我可以旁观你要，就是要看你要不上。要上了，你试试。这叫一码归一码。目前看，风向是确定的。李双蛋转不过弯，杨队长不打太极拳。尤其是李双蛋在杜梨树下点火，杨队长没有客气，一来就动手，更是挫伤了李双蛋的锐气，丢脸丢大了。以后在169队活人，活出成色来更没有指望了。所以，这件事情最后咋收场，还真不好说，还真难说。

十一

老鼻子上来了。

老鼻子骑驴上来了。

老鼻子骑驴，大鼻子牵驴，二鼻子、三鼻子赶驴，上来了。

上到太阳坡，上到169队来了。

叮当，叮当，驴脖子上摇动的铃铛声清脆悦耳。以为是娶亲的路过，几个人就出去看，想看骑在毛驴上的新媳妇。一看不是，是老鼻子，是大鼻子、二鼻子、三鼻子。花子也听见声音，大叫着出去，狗仗人势，准备扑上去咬一口，一看，很惊恐，似乎老鼻子带着杀气，花子便收住身子，夹起尾巴，不出声了。杨队长迎了出去，连说"稀客，稀客"。花子态度也变了，跟在后面，讨好地摇着尾巴，毛驴突然仰起头，打了个响鼻儿，把花子吓一跳，花子喉咙里咕噜了一声，身子侧着要倒了一样，悄悄溜开，在一边找了个僻静处卧下，像是怕驴过来踢它。杨队长把老鼻子一行接进院子，一边吆喝胡来把驴拴好，一边礼让着把老鼻子他们往队部请。徐二在院子里晒太阳。早上的太阳好，明晃晃的，又凉凉的，在水里过了一遍一样。徐二的目光和大鼻子对上了，像是要拴个疙瘩，大鼻子的目光一下子又收回去了。刘补裆和王轻正在玩十点半，已经赢了5块钱，高兴得合不拢嘴。听说老鼻子带着三个鼻子来了，压低声音说"咱们继续"。王轻要出去看，被刘补裆拉住，说，有啥好看的，大鼻子手里攥着一包生石灰，专门扔眼睛呢，咱们继续。杨队长心里嘀咕，老鼻子来到169，这可不寻常。老鼻子脸上堆着笑，说来看看杨队长。大鼻子的怀里，抱了一大壶黄酒。杨队长接过来，递给胡来，说，收好，看住，别让哪个馋鬼偷着喝了。又对老鼻子说，你老人家来就来了，咋这么客气呢！老鼻子眼睛扫了扫队部的摆设，又盯着桌子上绿色的电台好奇地看了看，说，这房子看着就像干部的房子，能镇住人呢。杨队长说，哪里哪里，就是宽展些，来人多了，能坐下，说话方便。又大声喊何乱弹，给驴喂些草料！何乱弹说，咱们队上没有养过驴，也没有来过驴，没有备下草料。老鼻子听了，眼睛斜了一下，何乱弹身子一哆嗦，意识到话没说好，伸了一下舌头。杨队长说那就喂些豆子！何乱弹说豆子也没有了，早上做早饭，把剩下的一点儿灰豆都熬到稀饭里了。杨队长有些生气，要啥没啥，你个笨蛋，光知道说没有，好好着，去，去拿两个蒸馍喂给驴！老鼻子听到这话，忙说，驴早上喂了，不用管。就是没有喂，那也不能给吃蒸馍。这牲口咋能吃这么好的，咋能吃得跟人一样，这是糟蹋粮食呢。老鼻子这句话，杨队长乍一听以为别有他意，是针对刚才何乱弹那句话的巧妙回击，接下来老鼻子又说了一句，杨队长觉得自己想多了。老鼻子说，你把蒸馍拿来，拿来我吃，我牙口不全，也吃得下去呢。杨队长说，你老人家要吃蒸馍，那也得热了吃，还得有菜。又扭头朝外喊，准备饭！老鼻子说，早上吃过了，哪吃得下去呀！我就这么一说。杨队长说饭一定要吃，早上是早上，一路上叫毛驴颠上颠下的，肚子饿得快，要吃呢，不吃不让走。一边看着老鼻子，心里在嘀咕：这老家伙上山来，不知又要使出什么花样？果然，老鼻子喝了一口水，缓缓地说，听说咱们169队要调走了，还远得很。杨队长接话，是呀，就等通知呢，来了通知就走。老鼻子说，虽然你们是干大事的，我只是个山里人，也算在一个地界上相处了一场，你们这要走了，还真有些舍不得。杨队长心想，这么假的，可没少折腾人。嘴里说，就说呢，我们也是习惯了这里的水土，也愿意留着这里，可上头有命令，不走不行啊！东拉西扯了一阵，老鼻子说，李双蛋在吗？这个人，可是个嘹人[1]。杨队长一惊，大

---

[1] 嘹人：陕西方言，形容这是个特别好的人。

约估摸出老鼻子此行的用意了，就说，在呢，一会儿叫过来问候你老人家。老鼻子又问，听说咱队上前几天失火了，还把房子烧了？杨队长又一惊，连这都知道了。就说就是的，火大得很，没法救。老鼻子说，水火无情，只要人好着就好。杨队长唉了一声，就是这话，偏偏人就出事了，在医院躺着呢。老鼻子就安慰，福祸要来了，躲不过，这你们要走，是个大动静，难免会惊动四方土地，叫李双蛋念个咒，点个香，能保佑平安呢。又提李双蛋，这老家伙的肚子里，装的是紫药水，还是红汞水？杨队长又有些看不透彻，扭过头，又大声对外面喊，火烧上了没有？何乱弹回应着，烧上了。杨队长说，麻利些。就对老鼻子说，你说的这个事情，李双蛋外行着呢，要是真的能行，就不在野外队搬铁疙瘩了。老鼻子说，也不一定，有的高人，就是在人堆里修行呢。杨队长就说，那回头有时间了，我找李双蛋再摸摸底。说着说着，老鼻子像是随口说的，来了这么一句，听说房子着火，还把一样东西也给烧了。杨队长又是一惊，扭过头朝门外面喊，拿老汤把猪腿卤上！外面又回应着，好，煮上。这次是胡来。老鼻子被分神，也转移了一下话题，说早就听说169队有十几年的老汤，可金贵了。杨队长说，这野外队跑来跑去的，也拿不出来啥，你来了，尝尝我们的卤肉，也是感谢你这些年的关照。杨队长嘴里说的，和心里想的自然不一样，不过老鼻子听不出来，就客气着说，那就太高抬我了，这叫我愧不敢当啊！杨队长说，哪里话，我把你当自己人呢。老鼻子笑了，说，杨队长那我就不见外了，就跟着你享一回福。三个鼻子本来金刚一样站在老鼻子旁边，听到有好吃的，嘴唇动着，也放松下来了。杨队长对他们说，有凳子呢，坐下坐下，站客难打发呢。三个鼻子就看老鼻子。老鼻子口气硬硬地说，杨队长看得起你们，还不赶紧坐下。三个鼻子就挨着老鼻子坐下，上身却直直挺着。

老鼻子不愧是老鼻子，说着闲话，心里有主意呢，知道啥时候说啥。这不，杨队长刚把话题扯远，又被老鼻子拉回来了。老鼻子说，火烧了的是啥东西，杨队长知道吧？杨队长说，知道，是个肉团子，队上的娃娃从外面捡回来的。老鼻子说，这可不是一般的肉团子，是太岁。这个老东西！杨队长心里骂道，原来冲着这个上门找事来了。嘴上却说，是呀，肉团子就是太岁，太岁就是肉团子。老鼻子提高了声音，闯下大祸了，太阳坡要遭殃了！话音刚落，外面拴着的驴也呜昂呜昂地大声叫了起来。花子正蹲在食堂门口，眼巴巴瞅着何乱弹朝锅里放肉，吓得在原地打了个滚，打算逃跑又不知往哪里跑，也汪汪汪大叫了三声。何乱弹先是听见驴叫，就有些慌神，又听见狗叫，又有些紧张，本来顺着锅沿缓缓往锅里放肉，一下失手猛丢了进去，气得骂花子，叫叫叫，真是个狗东西！那边，杨队长一边说没那么严重吧，一边朝着门外，也提高声音喊，把肉炖烂烂的！回过头对老鼻子说，炖烂烂的，吃开来你老人家能嚼动，也好消化。又想起什么似的，又把头对着门口方向

113

喊，再准备两瓶子酒！又回过头对老鼻子说，队上有城固特曲呢，一会儿给你多敬几杯。老鼻子就说，那更过意不去了。不过，这太岁的事，我可得说说。杨队长似乎也有了什么妙计，而减少了顾左右而言他之法的使用，便说，那你老人家说，我也听着长些学问。老鼻子说，我说这些天天天右眼皮子跳，跳得跟青蛙一样，我都恨不得叫大鼻子拿个铁夹子给夹住。原来是太岁被火烧了。这太岁，不光是一宝，也还是这太阳坡的保护神呢！老鼻子这句话一说出来，杨队长大体猜出他来169的目的了。打了这些年交道，杨队长了解老鼻子的深浅，老鼻子也知道杨队长的斤两。

这野外队在孟阳一带转圈圈，不论到哪里，说是看不见人烟，都会冒出来人的，相互之间不来往是不可能的，施工想要顺利，那只是一厢情愿。回数多了，也有经验了，该让几个就让几个，让不了的就先搁着，等着把事情放凉了再说。到工地上去，车正走着，路上横了一棵树，只得停下，看是咋了。能咋？就是两三个老太婆，就是两三个年轻媳妇，就是两三个娃娃，就在树后面坐着呢。这路是走车的，这路是走人的，人坐路中间，还拿树挡着，就是不让过嘛！说是不让过，看场景多祥和的，老太婆在做针线活或择韭菜，年轻媳妇在奶娃娃，娃娃在做作业呢。山里的路，一天过不了几辆车，要过的就是矿区的车，知道169队的车要过来呢，挡的就是169队的车。能硬过吗？能强过吗？不能。试着把树搬开，有本事试试！老太婆抱腿呢，年轻媳妇喊欺负人了。本来不见个人，一下出来许多人。手里拿着镰刀，那是出来割草的；手里拿着䦆头，那是出来挖土的；手里拿着铁铲，那是出来拾粪的。至于这镰刀、䦆头、铁铲，有没有别的用途，暂时还不知道。根据情况发展，也许就能知道了。所以，这路就过不成了。就是徐二也不敢动手，就是老邓也在旁观，就是李双蛋也不顶用。说好话行吗？行不通。就是杨队长也只能干看着。不过，如果杨队长有个态度，就好办了，关键要看是啥态度，可挡路人要的态度，杨队长有的能给，有的不能给。那好，那就不让路。挡路就挡路，总得有个理由吧。有，理由多了去了。

这个说他二大爷一辈子不吃药不打针，好好的人，晚上看你们工地上探照灯亮晃晃的，就多看了几眼，人就不适应了。问是眼睛疼吗？说不是，是脑仁子疼。说探照灯是你们的，你们得给看病。这个说，家里的窑洞，裂了个大口子，人不敢住了，不定哪天窑塌了，出人命呢，你们得修。说你家里的窑洞在哪里都不知道，凭啥。说你们的汽车路上过没过？说过了。说你们的汽车重不重？说重，能不重吗？装人呢，装铁疙瘩呢。这就对了，就是你们的重车过来过去的，把窑洞震动得住不成人了。这个说家里喂的鸡不下蛋了，你们得赔。这又是咋了？咋了？你们工地上声音那么大、那么吵，人听了都烦呢，鸡听了害怕，就下不出来蛋了。过去遇到挡路的，一壶柴油、一条棕绳也能解决问题。现在，人家把标准提高了，得花钱。可是，169队没有一个人会自己掏钱的，就是杨队长也不会，就是吴先进也不会。禁得住一次，禁不住两次呀！成了习惯了，回回都得往出掏，除非带个会计一起出工。这得在电台上请示，得打报告。这好，过不去就回。这一天不用出工了，这一天就耽误了。刘补裆可高兴了，回去玩十点半，回去喝酒。这种事，一年里发生几回，这不算啥。把羊赶进工地，也有过。堆大土堆把工地的出口堵住，也有过。别说当地人不讲理，别说当地人胡搅蛮缠。谁没个难处？靠山吃山，你到了这个地盘上，留点儿买路钱，也是看得起你，也是缘分。哪个大夫能肯定脑仁子疼不是探照灯的灯光晃的。哪台仪器能证明窑洞裂开的大口子与震动无关。谁又能让母鸡说话，说是它自己不想下蛋了，声音一点儿都不吵。还想抵赖，抵赖不了。事实是推不翻的。不有个结果，一次不行，两次，两次不行，三次，有本事别走这条路。不走的路都得走三回呢，哪能不走。再说了，169队就没错吗？有，别以为不知道，知道呢。汽车走路上，大雨冲了个坑，过不去，从玉米地开过去有过吧？庄户人不能守在玉米地看护着，让你给跑了，车轱辘印子在呢。刘补裆路过果园，哪一次不进去摘苹果吃。吃就吃吧，咬一口就扔，尽挑大的红的，还大方地给人让呢。工地上的废料，半路上倒进河道，河水都变黑了，别不承认，这东西农民家里不生产。人和牲口都吃这条河的水呢，吃了拉肚子，吃了掉膘。他们咋做得出来呢？良心叫狗吃了。这述说起来，桩桩件件，都在账上记着呢。都叫人越说越气,越说越想骂人,恨不得上去撕,上去咬。你们势大,我们忍着。还强龙不压地头蛇,反过来了,蛇汤都滋补了你们的身子了。

老鼻子说,你169队来到太阳坡,动静大。这里打洞,那里挖坑。都打到心窝子了,肠子肚子挖出来了还不停,还在打,还在挖。哪个地面禁得住这么打这么挖?再打再挖,怕是要把太阳坡打空、挖空,漏了底,漏到地球另一边去。这打出来的,都是黑糊糊,挖出来的,都是脏水水。这里一摊,那里一池子。有用的,车拉上跑了,用不上的,丢下不要了。好好的太阳坡,风里有了怪味道,雨里有了酸味道,井里的水不甜了,衣裳洗几遍也洗不净,庄稼不精神,果树不坐果,原来的女娃娃,个个长得乖,现在呢,个个长得丑。杨队长你摸摸胸口,能说这和169队打呀挖呀的没有关系吗?杨队长支吾着,说这个怕不好说,都是没影子的事,联系不上,联系不上。老鼻子说,我今天来,也不是和你辩论来了。我也知道,这个跟你说了也是白说。不是你杨队长要打要挖,也不是169队要打要挖,这个我知道。我要是在你的位置上,我要是在169队,我也得打,也得挖。我知道,这个我怪你怪不成。杨队长说,就是嘛,还是你老人家明事理。老鼻子说,事理归事理,太阳坡的人,都懂这个事理。虽说有埋怨,咱矿区派你们过来,来到太阳坡,也给咱修了路,也把卖不动的洋芋买走,拉粮食都是好价钱,这些咱清楚着呢。还有就是哪里选工地,这里取土，长了庄稼的，长了草的，能给的也给着呢，不能给的也尽量照顾着呢，这个我也承认，这个咱这里的人记着情呢。杨队长听到这儿，一阵高兴，你老人家这么说，都叫我坐不住了。这世上要是多有几个你老人家这样的明白人，啥事情都能成，啥事情都能好。就扭过头，又对着门口方向喊，饭熟了没有？外面胡来回应，快了。杨队长又大声喊，麻利些，等着吃呢！外面何乱弹回应，就好，就好。

　　老鼻子说，杨队长给我戴高帽子，我就戴上。不过，该说的话，我还是要说。杨队长说，你老人家尽管说，我听着呢。老鼻子说，你们在太阳坡又是打又是挖，把能打的打光了，能挖的挖完了，没啥打上了，啥都挖不出来了，沟子一拍，要走了，要到中原去打去，去挖去。可这太阳坡的人，哪儿都去不成，还要在这里活人呢。上一辈的人，坟在太阳坡，下一辈子的人，根在太阳坡，可这一辈子的人，眼看着就过不下去了。说到这里，老鼻子哽咽着，一滴浑浊的眼泪，在眼眶里旋动着，发出照相机镜头聚焦时的那种声音，接着涌了出来，吧嗒一声，落在了地板上，杨队长离了有两大步，都清楚地听见了，身子不由得打了个冷战。三个鼻子也没料到老鼻子会动情，叫着："爷爷！爷爷！"一脸的急切，一脸的愤懑，眼睛盯着杨队长。呜昂！呜昂！外面的毛驴似乎感应到了老鼻子的伤感，配合一般，也叫了起来。这一回花子没有翻跟头，何乱弹也有心理准备，很享受地跟着哼哼了起来。

杨队长说，你老人家话这么重，我心里都难过呢。其实169队的日子也不好过，几十张嘴，不干活就挣不下钱，也眼看着要断顿了。要是在这一片地界上有粮食吃，谁愿意走呢？太阳坡上晒太阳，胳膊枕在头后面，身子展开晒，多舒服。老鼻子说，好坏你们能走，太阳坡的人指望啥呢？有身子没有脚，只能在原地吃黄土，喝西北风。这太岁被烧了，就这么一点儿盼头也没了。这太阳坡的风水，也就全被破坏了。无真道长的真身，也从呜呼鸟的身子里出不来了。杨队长听到这一句，眼睛都鼓出来了。这个老鼻子，还是扯到呜呼鸟上了。就说，太阳坡的风水，一直在呢，生了根了，谁都拿不走。老鼻子说，哪会呢，夜里，无真道长给我托梦，说他已经快找见太岁了，真身还阳，就可以重修真无观，永保太阳坡风调雨顺，人人平安不得病。杨队长"啊"了一声，这么神哪！老鼻子说，可不是嘛。无真道长说了，有他在，有真无观，太阳坡一年可以考上十个大学生，五年可以出一个县团级干部，十年能出一个省长，这一下全没有了，全转移到别处去了。一年考上一个大学生都难，五年出一个乡长都算奇迹，十年出一个县文化馆长都烧了高香。本来可以上大学的，在乡下抱粪呢；本来坐县长位子的，赶大集时摆摊呢；本来当省长的，给供销社看大门呢。这一个天上，一个地下，可不是一般的亏欠，亏欠的是一辈子，亏欠的不是一茬人，是一代一代人。好运停了，传不下去了，没有好运了。太阳坡求失①了，太阳坡毕了！

杨队长说，如果真的这样，那确实可惜了。不过，事在人为，老天成全一部分，个人努力一部分，再加上神灵的保佑，我看都有可能。话再说回来，要是睡下就有吃的端到跟前，我也愿意呢。可就在眼下，169队的人睡下了，吃的也快吃完了。肚子里没有粮食，人睡下就再也醒不过来了，你说恼煎②不恼煎。老鼻子说，就是呀，169队有169队的恼煎，太阳坡有太阳坡的恼煎。169队的恼煎，搬到中原就过去了，太阳坡的恼煎，没有了太岁，过不去呀！杨队长心里又是一沉，这个老鼻子，还惦记着太岁。看来，得让老鼻子把底牌亮出来，今天这出戏才好收场，不然说到天黑老鼻子也不把布袋子里的猫叫人看，要是呜呼鸟再叫上两声，一晚上又不得安宁了。就说，事情到这儿了，你老人家看咋办，我听听你老人家的高见。老鼻子察觉到了杨队长的焦急，知道火候差不多了，就说，办法自然有，那就是得在杜梨树下办一场法事，我今儿个来，就是找杨队长商量这个来的。

杨队长就问，那这法事该怎么办呢？心里却明白，老鼻子提出的要求，让他不光感到为难，甚至应承不了。但老鼻子上到太阳坡，绝对不会为一个简单的要求而劳顿辛苦的。既然张

---

① 求失：陕西方言，指完了，表示毫无希望与办法，用于人们感到绝望时。
② 恼煎：陕西方言，指令人烦恼和煎熬的事情。

嘴，就把嘴张大，而且还要让杨队长无法拒绝。老鼻子说，这场法事，要办成太阳坡最隆重的法事，不然没有效果，无真道长不满意，就等于办砸了，那还不如不办。杨队长说，那怎么才能在无真道长那里交代得过去呢？其实话里的意思是清楚的，老鼻子认可了，就等于无真道长同意了。老鼻子说，要请四十个道长，一个都不能少。乖乖，杨队长一听，这和169队的人数都差不多了。就说，整个孟阳城，怕是都没有这么多的道长。老鼻子说，孟阳城的道长就是能找下，那也不顶用，外来的和尚好念经，同理，外来的道长道行深。要从终南山请十个道长，从武当山请十个道长，从三清山请十个道长，从崆峒山请十个道长。都得专人去，把道界公认的道长请来。杨队长心里嘀咕，这哪是办法事，这是开全国大会呀！老鼻子继续说，道长们到了太阳坡，也得有专人陪着，吃喝伺候着。法事得进行三天，一天三场，每一场内容不同。道长来了，如果还有其他要求，都得一一照办。至于后面还要怎么详端①，也只能走一步看一步。杨队长说，这也是听没听过，见没见过，老人家内行啊！老鼻子说，这都是无真道长托梦具体安顿的。我没那么高明，就是看书，也看不下这些。杨队长说，既然无真道长都给你交代了，这还就是真的，我完全相信。老鼻子说，杨队长也是通情达理之人，这么说，我也替太阳坡的万众，向杨

---

① 详端：陕西方言，指某事具体怎么去做。

队长道一声谢谢呀！杨队长说，不客气，看你老人家客气的。老鼻子说，那咱们就把具体的安排合计合计。办法事，太阳坡人再恓惶，出人出力都是应该的，这花费的多少，可就得杨队长支持了。杨队长说，老人家说到这儿了，我也不瞒你。我能定的，当下就定，169队再不济，柴油棕绳还是拿得出来，还不行，把花子杀了献给无真道长我都同意。用钱的地方，我这里也不会含糊的，公家没有，我拿工资，我的不够，全队人拿，一个月工资不够，拿两个月，总之不能把事情耽搁了。老鼻子听到杨队长这么干脆，一时有些意外，也吃惊地把眼睛鼓了出来。就连身边的三个鼻子，也由于来这一趟进展如此顺利而露出喜悦之色。

老鼻子说，这事情办成了，太阳坡也有福了。杨队长就是太阳坡的大恩人，我们要把你杨队长的名字，刻在石头上，立在村口，天天上一炷香。杨队长说，这可不敢，这是咒我呢。我受用不起，你让我多活些日子，我娃娃还没成家，指望我攒彩礼钱呢。老鼻子说，杨队长不必为难，你儿子的婚事，包到太阳坡人身上了，满太阳坡的女子，由你挑，由你选，看上哪个就是哪个，保证让杨队长把儿媳妇娶回家。杨队长说，我那儿子命贱，高攀不起太阳坡的女子，我就在老家给找个能做饭的，也就能交代过去了，剩下的是凑合着过日子，还是想上进，我就管不了那么多了。老鼻子还要再说，杨队长摆摆手，说，老人家，咱们不说这个了，咱们说正事，正事要紧。你老人家还有啥说的吗？老鼻子说，没有了，该说的都说了，已经说完了。杨队长说，那就好，那就好。你看，你老人家把该说的都说了，我也字字句句都听到耳朵里了。这下，也该我说了，我还有话没有说呢，等我说了，把你老人家说的话，跟我说的话，咱们一起对对，看哪里合适，哪里不对劲，咱们就都清楚了，也好把事情定下了，咱们都好好着，比啥都好，你老人家看这样行不？老鼻子显然没料想到杨队长会有这么一个转折，也不知道杨队长会说什么，只是觉得情况没有想象的那么乐观。可杨队长要说话，也只能听着，只能听着看。老鼻子明白，这叫对等，至于谁能说过谁，老鼻子有信心，就说，杨队长尽管说，我仔细听着。

杨队长就问老鼻子，说离太阳坡七十里地，有个地方叫月亮洼，你老人家应该知道吧。说知道，就是没去过。三个鼻子他舅爷的二伯父的大姨妈她婶子有个远门亲戚就在月亮洼，知道这个地方呢。杨队长说知道就好办，知道我就好说话了。老鼻子说，我洗耳恭听。杨队长说，在月亮洼，也有一座道观，叫真有庵，主持叫有真，你也听出来了，叫庵的，修行的都是道姑，有真就是一位道姑。这个有真，可是个了不得的高人。怎么个了不得？她活了一百零一岁了，看上去，还像个女娃娃，头发是黑的，皮肤光光的，一道皱纹都没有，手指甲长长的，亮亮的。更了不得的是她的功夫。打坐时，原地提一口气，身子就能升起来，升到树梢那么高，在空中松一口气，身子又能缓缓回到地面上。由于有真道姑道行高深，在当地声望极高，她给人们化解迷惑，消灾除难，人们都愿意供奉，可虔诚了。老鼻子听了，"呀"了一声。杨队长不急不慌，缓缓说，在真有庵前，也有一棵树，这也是一棵三百多年的神树，不过不是杜梨树，是花椒树。庵里清静下来时，有真道姑也常在树下走动。有一天，上天的紫霞仙子给有真道姑托了一个梦，说上苍相中了她，只要从即日起，每天在花椒树下打坐三个时辰，连续三年，到最后一天的最后一个时辰，就会接到神谕，也能位列仙班，从此长生不老，造福众生。老鼻子又"呀"了一声。杨队长还是保持着从容不迫，说有真道姑高兴啊，就按照紫霞仙子的要求，寒来暑往，风雨无阻，天天到花椒树下打坐。坚持了三年，到了最后一天，三个时辰就快过去了，有真道姑就能升天了。可不知怎么回事，这之前，都是精神饱满，可在这最后一天，都到了最后一个时辰，有真道姑突然困倦得不行。这要是睡过去了，岂不耽误了大事。于是，有真道姑从花椒树上摘了一片叶子含在嘴里。咱们都知道，花椒是一味上佳调料，花椒叶也有用处，蒸花卷撒上切碎的干花椒叶，好吃呢。花椒叶能提神，谁都知道。不过，有真道姑犯了一个大错，这棵花椒树，不同于别的花椒树，花椒叶，不同于别的花椒叶，月亮洼的人，从来没有谁摘花椒叶，也没有谁采花椒，花椒熟了，自己落下来，落在树下。传说花椒和花椒叶的药性太强了，已到了极致，没有人能服得住，谁要是真的尝一口，就会昏迷，而且散发一种气味，闻见的人，也会眩晕。这棵花椒树长在月亮洼，这里的人给不懂事的年轻人，给走亲戚过来的，给出嫁当地当媳妇的，都要反复叮咛，这棵花椒树上的花椒叶，摘不得，这棵花椒树上的花椒，采不得。老鼻子又"呀"了一声。杨队长看着老鼻子，一字一句地说，有真道姑也是太过焦急，也觉得她修炼了一辈子，能抵抗住，能控制得恰到好处，结果，一片花椒叶含在嘴里，竟然昏睡过去了。这还了得，时辰到了，没有接上紫霞仙子的神谕，升天的事情给错失过去了。有真道姑道行再厉害，再沉得住气，也禁不住这个打击，醒来之后，万分绝望，吐出一口鲜血，人就变成了一只鸟，真有庵也随即轰然倒塌。这鸟，夜里有人听见在叫，很忧伤，叫出的声音，听着像在说哀哉，哀哉，所以呀，当地人把这只夜里叫唤的鸟，称之为哀哉鸟。

这一回，轮到老鼻子吃惊了，急忙问，你咋知道这些的？杨队长笑眯眯的，说，老耳朵说的。老耳朵是谁？老耳朵呀，是月亮洼的名人，口碑好，威望高，当地人断不下来的事，土地划分哪，财产分配呀，婚姻纠纷哪，都找老耳朵，给断得一清二楚，让当事方心服口服。老鼻子又"呀"了一声，这么厉害。他联想到了他自己，觉得啥时候也会会这个老耳朵。杨队长说，老耳朵有三个孙子，一个叫大耳朵，一个叫二耳朵，一个叫三耳朵，个个呱呱叫，有出息，都给老耳朵长脸。说到这，杨队长有意看了一下三个鼻子。老鼻子也扭过头，对三个

125

鼻子说，看人家，看人家，好好学着些。三个鼻子心里有些恼怒，嘴里是是是答应着。杨队长说我还没说完呢，说有真道姑变成的哀哉鸟，也是夜里叫，也是把鸟屎拉到花椒树上，当地人也是传言，说鸟屎落在谁的头上，谁就会变成哀哉鸟，也是害怕得不行。"啊！"老鼻子又吃惊了一次。杨队长说，不过哀哉鸟心地和善，和呜呼鸟一样，不会祸害人的。老鼻子应和着，这就好，这就好，似乎把一颗悬着的心也放下了。杨队长说还有呢，在花椒树下，也有一个太岁，也是哀哉鸟发现了，能还原真身。老鼻子张大了嘴，这么巧！着急地问，那太岁呢，被哀哉鸟发现了没有？杨队长说，跟这边的太岁一样，没有了。老鼻子都站起来了，嘴唇磕绊着问，是不是也被火烧了。杨队长说，不是，是被水淹了，化到水里了，消失了。老鼻子叹气，完了，这下完了。哀哉鸟也没指望了，月亮洼也没指望了。杨队长察言观色，大声说，咋没指望了，指望大着呢！这又是咋回事？老鼻子都坐下了，又再次站了起来。杨队长说，这里头，有个大秘密。老鼻子不坐了，往前走了一步，结结巴巴问，啥，啥，大，大秘密。杨队长拍了拍老鼻子的胳膊，说，你老人家坐下，坐下我给你说。老鼻子听话地后退了一步，坐下来，眼神迫切地看着杨队长。杨队长说，有真道姑，是无真道长的姐姐，他俩是亲姐弟！老鼻子又"啊"了一声，语气都颤抖起来了，像是短了半个舌头。杨队长说，无真道长和有真道姑，打小就天资聪慧，相貌不凡，对奇门绝学，无师自通。在有真道姑十一岁、无真道长十岁那一年，有一位来自长安子午峪的得道高人，游走孟阳，遇见这姐弟俩，惊呼这是上天安排，让他寻到了传人，便悉心点拨，专力教导，把终身所学，尽数传授，不光开启了姐弟俩的慧根，还指引了他们的未来，离开时，给分别取名有真和无真，叮嘱他们可在年满十八岁时，一个到月亮洼，一个到太阳坡，广传清音，继续修行，条件具备，就可以修建真有庵和真无观，一则用来安身，再则也是发扬道家精神，用功力护佑一方百姓，让他们服，让他们信，每个人都能晚上按时睡觉，早晨早早醒来，过上平平安安的日子。活神仙哪，老鼻子拍了一下大腿，就得有这样的，就得有这样的。

杨队长说，真无道长和有真道姑，是同时间被陈抟老祖和紫霞仙子托梦的。一个在杜梨树下打坐，一个在花椒树下打坐，都是在最后一个时辰，一个跑肚子，一个口含花椒叶，耽误了成仙升天的大事。两个人，分别变成了呜呼鸟和哀哉鸟，一个夜里在太阳坡呜呼呜呼叫，一个夜里在月亮洼哀哉哀哉叫。老鼻子赶紧说，这就对上了，就是这么回事，都得想个办法，都得详端一下才成啊。杨队长说，不过不急，这其实是上天的有意安排。老鼻子又"啊"了一声。杨队长说，位列仙班，哪有那么容易，必须经历一番磨难，而且是大磨难。唐僧取经，还经历过了九九八十一难呢。当神仙的资格，不是随便就可以获得的。而且，这还没完，还得再发生一场水火之灾，让太岁被火烧，被水淹。不然，就是发现了，也没有作用。只有被火烧了，被水淹了，再一次吸收天地之气，造化生成，才能圆满，才能让无真道长和有真道姑从呜呼鸟和哀哉鸟身子里出来，还原为真身，这也是他们命中注定的。老鼻子好奇地问，那为啥一个要火烧，一个要水淹，咋就不一样呢。杨队长说，这个好理解呀。无真道长是男的，有真道姑是女的，一个在太阳坡，一个在月亮洼，一个主阳，一个主阴，自然就得用不同的方式。主阳的得火烧，主阴的得水淹，这才能增加阳气和阴气，才能对应到无真道长和有真道姑的身上。老鼻子听了，啧啧着说，是这个道理。杨队长说，道理还没完呢，有真道姑给我托梦了。老鼻子又把眼睛瞪圆了，也托梦了？托梦了，不但托梦了，还告诉我，你老人家今儿个早晨要来。啊，连这都知道。不光知道，还让我告诉你，道场不设，法事不做，还没到时候呢。老鼻子也料到这句话了，又没有更好的说辞反驳，只能随着杨队长的话点头。杨队长加重语气说，不然，天庭怪罪下来，真无道长和有真道姑还要再受惩罚，咱们普通人，也没有好果子吃。你看，169队为了成全无真道长，为了让无真道长过了火烧这一关，把一间房子都搭上了，我都被矿区追查责任了，也只能接受，也嘴苦得说不成。老鼻子听了这话，有些泄气，也感到无奈。说，既然有真道姑都给你托梦了，那只能按有真道姑说的来，事情往后放，这个不勉强。杨队长说，可不是吗，咱们凡人，自己做事情不打紧，跟老天爷有联系的，就得合乎神灵的规矩，不然出了乱子，坏了章法，咱们谁都担待不起。老鼻子连连称是，就是的，就是的，来的时候盘算的那一套，看来只能都咽到肚子里，再也提说不成了。

杨队长和老鼻子说着话，门口早就围了一圈人，一个个支棱着耳朵在听。就连花子也蹲在人后，尾巴夹得紧紧的，也在听一样，也听得懂人话一样，都忘记了老鼻子那头让它心毛的毛驴。杨队长看到人堆里有胡来和何乱弹，声音平平地说，不做饭去，凑什么热闹。胡来说，肉早就炖烂了。何乱弹说，蒸馍都热了两回了。杨队长说，那还不赶紧端来，还等到啥时候？回头对老鼻子说，咱们一会儿吃饭，咱们边吃边聊，一定吃好喝好，这要离开了，以后难得有这样的机会，我还有好多知心话要和你老人家说呢。又扭过头，提高声音对门外说，别忘了拿酒过来，今天要喝酒呢！又瞅着门口的人说，散了，散了，好吃的没有你们的，散了，散了，都好好着，好好着。

到离开，老鼻子也没有见到李双蛋。李双蛋也是有面子的人，杨队长不叫，不是不能来，但来了就低了身份，所以人在房子里，动静大小，都听得到，局面宽窄有判断，李双蛋等着听一声杨队长的吆喝呢！可是，到老鼻子离开，李双蛋也没有出门。

十二

开会。开会了。

杨队长一吆喝,大伙儿稀稀拉拉出来,提着自己的小板凳,往队部走。169队会少,多少?王轻来了四五年了,参加过两次会,一次啥内容忘了;一次是给吴先进投票,似乎是上报材料里有这么一项,矿区要求的,上面也来人了,就投票。不然,杨队长替大伙儿把钩钩一打,不用开会。如果说开会,那是很叫人奇怪的。工地上的铁疙瘩没有搬,那才麻烦。队部的那台绿色电台里,问的,答的,从来没有开会了还是没开会这个内容。169队就这么多人,有个啥事,给班长一说,就都知道了。不愿意知道的,也不影响啥。我搬了铁疙瘩,得给我发工资,这就够了,凭啥要开会呢?杨队长是这么认为的,大伙儿也是这么想的。不过,轮到王轻上早班,杨队长会在食堂开饭前，敲窗户叫，起来了，起来了，该上班了。发现王轻已经起来了，就不再敲了。只叫过一次，发现王轻不爱睡懒觉，之后，杨队长要叫就去叫别的年轻人了。

王轻走到队部前，已经有不少人先到，人都坐下了。有的嘴里叼着烟，一口一口吸着，有的自己在卷烟。是当地出产的旱烟，颜色发青，切碎了，呈末状，叫旱烟末子。都是用烟锅子抽，旱烟装烟袋里，烟锅子捅进去，掏着剜着挖着，一只手还在烟袋外头捻着按着挤着，拽出来，烟锅子就装满了。烟锅子抽烟，口水多，烟嘴上湿漉漉的。169队抽烟的，喜欢把报纸裁成二指宽的条，卷着抽。

王轻出于好奇，学着卷烟，也抽了半支，虽然上学时不学好，偷着抽纸烟，也领教了旱烟的厉害，知道有醉酒的，没料想有醉烟的，而且就是他本人，头晕，恶心，意识混乱，睡了一下午，呕吐了两回，才慢慢缓解过来。169队抽旱烟的人，都是为了省钱。就是一条一块两毛钱的羊群，也舍不得。那时候，人和人见面，给发一支纸烟，那是看得起。有纸烟抽的，都是一个人抽，不让人。偷着抽纸烟，怕人讨要，当人面抽那是炫耀呢。老邓和胡来还抽一种黄烟叶，更厉害，169队再没人敢抽，王轻更不敢抽。那是一种颜色近乎河塘淤泥，又像锅灶里的黑灰的烟叶。不用纸条，直接把整片的烟叶，一层层卷到一起，卷成一根烟棒子。这种卷烟，抽一口，不可咽下去，在嘴里停一下，把大部分释放了，小部分吸到喉管口，当即就往出吐，要是吸进肺里，要命呢。烟瘾再大的人，也会塌方一样弯下腰，舌头吐出来收进去，咳都咳不出来。当地出产的另一种烟叶，也叫黄烟叶，味道就平和多了。生产纸烟，就以这种烟叶为原料。在集市上买上几片，干透了，卷烟的时候拿手捏也能捏碎，卷烟筒子抽，不打头，也不辣口。不过，这种烟大多让烟厂收了，难得见到质量过得去的。

郭公公问王轻，这都要从太阳坡滚球蛋了，还开个什么会呀？王轻说，杨队长叫开会，咱们就开会，听听都说些啥。郭公公说，你倒听话，这要去中原了，你刚认识的女朋友怕是不会跟你去，你还不想办法？这才是你要关心的。一句话让王轻难受起来，想对郭公公发火，瞅了一眼，嘴唇动了动，啥也没说。的确，王轻不但不能说，还得感谢郭公公呢。虽然郭公公的话是王轻不愿听的。因为王轻认识的女朋友，和郭公公还有关，甚至是郭公公创造了机会，才让王轻一步步有了进展。何况在169队，王轻合得来的人再多，但只和郭公公往来密切，天南地北，四野八荒，也能说到一起。

那是夏天的一天，休工没有事情，人无聊得慌，正好韩明仓带上李师傅的车去孟阳城，王轻和郭公公搭便车，出去散心。孟阳城不大。一条街道，是个弓形，弓的中间段有一座石桥，桥下面有河道无河水。河床被开垦成一块一块的菜地，种的是大葱、油白菜、豆角、辣子。大热天的，有人抡着带长杆的粪勺正给菜地浇粪，菜地里雾气腾腾的。桥这头是汽车站，是矿区机关，桥那边是孟阳政府部门，住户多，店铺也多。王轻和郭公公往桥那边走，往热闹处走，走到一半，看见前面走着一个女子，郭公公加快步子，和那个女子平齐了，就搭话。女子拿一块手帕，包了几个杏子，正边走边吃。郭公公就说，给我也吃一个杏子。王轻大吃一惊，认不认识呀，就这么张口，要是挨上一通骂，那也是活该。情形却相反，那个女子不但没有生气，还就给了郭公公一个。郭公公说，我们一块两个人，也给他一个。王轻的心又在咚咚跳，女子看了王轻一眼，真的也给了王轻一个杏子。169队在山里跑，什么果子没有吃过。人家种的，野生的，把树摇疯了，也不见人过问。孟阳这地界，杏子树多，家家院子里都长几棵，熟透了，又吃不完，自己往下掉，在地上摔成泥，稀屎一样。有的会把杏子摆在窗台上，晾晒成杏干，有的嫌麻烦，只是把杏核留下，钉锤砸了，取里面的杏仁，要是苦杏仁，就用水拔几天，去除苦味。当地人爱喝的油茶，里头一定得有炒熟了的杏仁。那个香，别提有多香啦！山里还有野杏子，刚熟不能吃，酸，涩，还苦；等到完全熟透，里头变软，像一包水，特别好吃。一口一个，一口一个，不由得就吃多了。桃饱人，杏伤人，李子树下埋死人。瓜果再好吃也得适度，杏子吃多了伤胃呢。可以肯定的是，这个女子的杏子可不会伤胃，即使是酸杏子，那也叫有味道；即使是苦杏子，那也甜得掉牙。这样的杏子，吃一个是不够的，再要第二个，那就转变了性质，成了啥都没吃过的馋嘴猴了。即使是馋嘴猴，表面上看馋的是杏子，其实不是杏子，是别的。

郭公公和这个女子套近乎，只是随意的一个举动。走了一段路，也没说几句话，急着赶李师傅的车，就和女子分开了。多遗憾哪，王轻有了懵懂的想法。回到169队，郭公公忘了这件事，王轻却在意起来，眼前老是这个女子吃杏子和给他杏子的样子。王轻也够贼的，知道在有的时候，吃杏子人不能多，多一个人，都是外人，碍事呢。于是，过了一段时间，王轻又找机会，瞒着郭公公，一个人去了一趟孟阳城。可是，那个女子姓啥，干什么的，都一概不知，这不是抓瞎吗？可这王轻似乎吃的不是杏子，吃的是迷药，竟然就认为去上一趟孟阳城，一定不会空跑。王轻有目标又没有目标，只能盲目在石桥两头游走，希望能遇见那个女子。也是邪门，世上有巧合，也是孟阳城小，在桥头一家服装店，王轻看见那个女子在试衣服，王轻的心跳加快了。就假装不知道，假装在逛商店，一回头，看见了，就惊讶地说，是你。女子笑了一下，继续试衣服，似乎没有想起上次在桥上相遇的事。王轻有些失望，说，杏子，杏子。女子想起来了，"哦"了一声。试完衣服，女子不满意，就出了服装店，王轻跟了出来，没话找话。女子说，对你我没印象，那个尖嗓子的咋没来？王轻说，他有对象了。女子笑了起来。王轻也意识到说了不合适的话，脸都红了。这反而让王轻胆子变大，就问女子有对象了没有。女子说，你管我呢，不知道。显然，王轻从女子的语气里，听出对他不反感，也隐隐觉得，女子没有对象。一起东一句、西一句说着，王轻知道女子姓左，叫左文，在孟阳的气象站上班。这样的单位工作单调，而且见人少。不然，怎么可能轻易搭上话。

就这样，王轻和左文认识了，这可比打一口油井都难哪！只能说王轻运气好。算不算一种补偿呢？东边不亮西边亮，为了改变命运，在169队做好事连连受挫，王轻都自暴自弃，对于人生没有啥追求了，却看到了最具诱惑性的曙光。王轻的精神振作起来了，牢骚话都少了。王轻的反常，让郭公公感到奇怪，知道原因之后，郭公公没有生气，还帮王轻出了不少主意。啥叫哥们儿，这才叫哥们儿。之后，差不多在半年里，王轻和左文一起吃过一次饭，看过一场电影，拉过一回手。主要的是王轻没有经验，女子也不主动。王轻觉得这也是正常的，哪有女的随便向一个刚认识的男的示好的？王轻他爸又不是县长。还有一个原因，王轻难得出山一次，两个人见面机会少。即使如此，王轻感觉到他和左文能相处，有结果的可能性很大。郭公公今天提起了话头，让王轻忧虑起来了。他要去中原，左文是孟阳城的，愿意跟他走吗？要走又怎么走？这的确是个大难题，王轻没有主意，心里落满了瓜子皮。

杨队长说，人都来了，咱们就开会。吃烟的烟吃着，说话的话说着，声音小一些，别压过我的声音。可不是嘛，开会就是吃烟，就是说话。虽然难得开一次会，那也是要吃烟，要说话。杨队长这么认为，其他人也这么认为。韩明仓堆了一脸笑，给大伙儿发纸烟。他总是堆一脸笑，只是今天显得有些古怪。发纸烟，这个不容易。吃烟的，不吃烟的，都接上，有的夹到耳朵上，有的点着品起了味道。到了老邓跟前，韩明仓把剩下的半包都要给，老邓一把打开，扔到了地上。刘补裆和何乱弹在地上抢，何乱弹手快，抢上了，高兴得嗷嗷叫着，把纸烟装进了怀里。杨队长咳嗽了一声，说，好好着，开会了。又清理了一下嗓子，大声说，首先，由韩明仓做检查！一旁的韩明仓，早有准备，立刻收起笑容，摸索着从口袋里掏出来几张纸。胡来就说，还是写的。意思是，这个很正式，也代表一种端正的态度。老邓把胡来瞪了一眼，似乎不这么认为。韩明仓说，我对不起大家，我犯下了严重的错误……就哽咽着说不下去了。这时候，说话的已经不说话了，吃烟的也忘了吃烟，都看着韩明仓。韩明仓手里的纸片，扇风一样，随着不停打摆子的手来回扇着。我，我，我……韩明仓"我"了几句，突然跪下了。这个大伙儿没有想到，连杨队长都"呀"了一声。韩明仓跪着，似乎觉得好受了一些，手也抖得不厉害了。脸凑到纸片上接着念，我把队上的猪腿，往自己家里拿，我不是人，我是猪，怎么罚我我都没意见……韩明仓又哽咽起来，几滴眼泪顺着脸往下走，掉在了膝盖上。韩明仓还要接着念，杨队长说，好了，起来吧，能认识到错了，这就有了态度，关键是不能再犯错，看你认识还算到位，就别耽误大家时间听你唠叨

136

了，起来吧。下面几个人也附和着说，行了，够深刻了。韩明仓合住双手，一边不停作揖，一边站了起来。杨队长说，要不是还有要紧事，韩明仓过不了这一关，就是你们答应了，我也不答应。这一回，算是把你饶了，看你以后表现，再有损害集体利益的行为，一定加重处理。杨队长正了正音说，现在说正事，说正事。

杨队长拿眼睛扫了一下，算是把每个人都看了，表情变得更严肃、更庄重，也显得不寻常。大家的注意力自然就集中了，杨队长说，这要走了，不上班了，成天吃了睡，睡了吃，都好好着才对，偏不好好着。这些日子，生了不少事情，有的是大事情，有的是怪事情，这169队，又是风又是雨的，这169队，还摇晃得不行。我就不想开会，可是，今天这个会，非开不可，再不给大家说道说道，169队的天就塌了，就不得了了。杨队长说着，特意把眼光在韩明仓的脸上停了一下，韩明仓的头勾下了。在李双蛋的脸上停了一下，李双蛋扭过头看着别处。在刘补裆脸上停了一下，刘补裆讨好地笑了一下，嘴唇却歪着。杨队长说，我知道，咱们要走了，一些人不愿走，这个正常，离老家近，水土上习惯，一些人无所谓，反正到哪里都是搬铁疙瘩。不过，咱们都是有组织的人，走不走，不是咱们能定的。让走，不想走也得走。咱们就是满山跑的命，这一回跑得远，心里没有底，这个也正常。不过，咱们都知道，不走不行了，不走没有活路，咱们是非走不可，留下是吊命

137

呢。走了才有奔头，人挪活，再不走就只有死路一条了，这个，咱们都知道。这些年，越往后，越没盼头，打井打到太阳坡，井里头不出东西了，井里头是干的，不能再打井了，白扔钱呢。咱们就是靠井里头的东西换粮食呢，这跟家里一样，这跟种庄稼一样，这要是嘟噜嘟噜往出冒石油，咱们想走，也不让走，咱们还要在树林子里挖井呢。没办法了，要走了，那就痛快着走，到了新地方才有工资，才能让老婆娃娃有吃的、有喝的，这个理，但凡是个人，都能想明白。可是，有的人唯恐天下不乱，还闹腾出了动静，有的人脑子木了，也跟着起哄，这不允许。杨队长突然提高语气，眼睛直直的，焊条一样，在李双蛋的脸上划拉着。王轻对郭公公说，有人要招祸了。郭公公把韩明仓给的纸烟点着，美美吸了一口，吐出来一个扭曲的烟圈，又张大嘴迎上去，猛吸一口气，把烟圈捉了回去，立刻关住嘴，用鼻孔出气，出来了淡淡的两股子烟。杨队长说的，却和王轻猜的不一样。杨队长说，在这里，我要表扬李双蛋。大家都翻了一下眼睛，有些奇怪。李双蛋也迎着杨队长看过去，也有些奇怪。杨队长说，国庆节要杀的猪，都提前杀了，给大家吃到肚子里了，这也没有安稳住人心，一把火把一间房子烧了，也把吴先进送到医院去了，多亏没出人命，这个得感谢李双蛋。吴先进救火，是英雄行为，李双蛋救人，也是英雄行为，这个李双蛋立了功，不能不算数。李双蛋听到这儿，神情放松下来，头略略抬高了一些。大家也都变化着表情，表现出对杨队长这句话的赞同。

杨队长说，李双蛋对我有意见，也许还在心里恨我，我不计较，也不会报复的。今天当着众人面，我把态度亮明，大家做个见证。我当了这个烂队长，管的人不多，管的事不大，那我也要一碗水端平。我不怕人在背后嚼舌头，也不怕人给我脸上吐痰。李双蛋的事情，摆在那里，都看得见，放谁也只能按规定办，没有例外，也不能有第二种方法。不然，169队就乱套了，我这队长就被人掀翻了。对李双蛋，我是对事不对人。这一次，李双蛋救人，我不能假装不知道，这叫一码归一码。我都了解清楚了，不是李双蛋，吴先进就跟太岁一样，就变成灰了。李双蛋救了吴先进，也救了我，救了169队，怎么夸赞也不过分。我已经向矿区打了报告，请求隆重表彰救火的吴先进、救人的李双蛋，现在，就等着矿区的决定下来。吴先进和李双蛋，该骑马骑马，该戴大红花戴大红花，矿区的领导牵马，矿区的领导戴花，我们也跟着光荣。现在，咱们大家先给李双蛋鼓个掌。杨队长话音一落，一帮人稀里哗啦地拍手，刘补裆站起来冲着李双蛋拍手，老邓拍手的声音最大。李双蛋活了半辈子，虽说也是江湖乱捣，荤的素的都能吃，可是还没经过这样的场面，一时不自在起来，脸都涨红了。显然，他预感杨队长会针对他找麻烦，却没有预料到杨队长会表扬他，因此手足无措，不知道怎么应对才妥当。待到大家的情绪平静下来，杨队长说，还有几句话，也得说到前面。169队要走了，属于非常时期，各位班长不能当甩手掌柜，得把你的人看好，大家也约束一下自己的行为，别惹出什么乱子来，脸上不好看还有余地，脸变成沟子叫人踢，就别怪我不客气了。随后，杨队长定了定，咳咳了几声，大声说，这里我宣布三条规定：一个，只要离开这个院子，就得请假，该给班长请的给班长请，该给我请的我得知道。到山下赶集，原则上不允许，三个鼻子盯着呢。探亲假暂停使用，你回去了，回来回到哪里都不知道，别把队伍给跟丢了。各个班在每天早晚，都要统计人数，报到我这儿来。这是一个。二个，不许传播小道消息，一切关于调动的事情，都以我传达的为准。对于故意扰乱人心、制造不良事端的，严肃处理，该罚钱的罚钱，该上报的上报。这是二个。三个，喝酒不许喝醉。一个人喝也好，五个人喝也好，喝个差不多，睡觉能睡着就行了。酒也是钱买的，不心疼身体总心疼钱吧。都好好着，好好着。谁要是喝醉满院子跑，闹事，谁就别再喝酒。说到这里，杨队长又停了一下，又拿眼睛把每个人扫了一遍，一只手伸出来，手掌向上弓着，像翻扑克牌那样翻了一下，说，我说的说完了，散会。

　　李双蛋往房子走，在想另一件事，杨队长是不是也学过算命，会一点儿法术呢？要不，怎么会在老鼻子跟前，说的一套一套的,又是有真道姑,又是哀哉鸟的,还扯出来了个老耳朵。这是杨队长瞎编的,还是在哪里听说的?李双蛋判断不出来,感到很迷惑。看来,杨队长的城府还挺深的。想到这儿,李双蛋有些紧张,也有些失落。

十三

　　169队的人不睡懒觉,都出来了。一个一个,扔水泥袋那样,把自己扔进了卡车槽子。一个一个,扔进来了将近二十个人,车槽子都填满了。老邓神情庄重,一把拉开车门,坐到驾驶楼里,看了看李师傅。李师傅松开离合器,一只手把着方向盘,一只手转动着挡位杆,踩在油门上的脚稍稍用力,车子小幅度摆动着,车轮子转了起来,车子开始缓缓驶出院子。老邓把头伸出来,给杨队长摆摆手。杨队长站在原地,一直在摆手。胡来也在摆手。李双蛋没有摆手,手背在背后。郑在没有出来,透过活动房的窗户看着。老邓又把头歪着偏上去,看了看车槽子里的人,似乎是确认一下有没有落下谁,这才缩回来,坐正,看着前方的土路,身子左摇右摆。车槽子里的人,身子也左摇右摆。在车后,土尘滚滚,169队的那一片房子看不见了，那棵庞大的杜梨树看不见了。

这一帮人这是干什么去？不是出工，因为停工好些日子了。穿的衣服也不像，因为显得挺隆重、挺正式的。他们这么早出发，这是去孟阳城去。不过，不是逛街道去，不是散心去。这一帮人都有任务呢。而且，还不好意思，难为情，都是下了决心，而且，杨队长做了思想工作呢。

前一天，杨队长就找了王轻和郭公公，说吴先进在医院里，这一段时间都是赵铲铲和刘大海在照顾，也该替换替换了。刘补裆听到了，主动要去，说给吴先进端屎倒尿，他一百个愿意。杨队长说，你到了孟阳城，怕是成天当醉鬼了，还指望得上你。刘补裆搓着手，有些失望，也不敢再嘴硬。王轻很高兴，这下就有机会和左文见面了。这一次离得近，一定得多来往，争取把两人的关系靠实。郭公公无所谓，不过，在孟阳城里待着，总比在太阳坡有意思。谁不喜欢热闹哇，谁不喜欢逛街呀！

杨队长还对全队人发出了动员。这个有难度，总算有成效，拉了整整一车人呢。干啥去？植皮，一车人，向着孟阳城，向着医院出发了。

自打送吴先进去了医院，说169队的人忘了他不确切，说天天惦记着那也没有。杨队长每天都在电台上了解，得到的信息有限，有从矿区过来的人，也打听一些零碎情况。大体上能确定，吴先进的伤情非常严重，已经威胁到了生命，也惊动了上上下下的领导。矿区李指挥专门做出批示，抢救吴先进，动用所有资源，不惜一切代价，有一丝希望，就永不放弃。为此，矿区成立了抢救吴先进领导小组，在医院成立了由专家组成的抢救小组。医院腾出专用病房，实行二十四小时不间断看护。考虑到矿区的医疗水平，还从北京、上海、广州多批次邀请全国知名的专家前来会诊，光是大型手术就已经做了十多次。

吴先进的伤情，主要是烧伤面积大，出血和感染的防治成为难题。当时，吴先进二次冲进房子，火势相当凶猛，他瞬间就失去了意识。也是上天有眼，也是机缘巧合，他倒下时身体俯卧，脸部和胸膛的一小部分，正好浸入了盛放太岁的水盆里，才没有完全窒息，也对身体最主要的部位起到了降温的作用。加上李双蛋及时从火海把吴先进拖了出来，这才避免了一场惨痛悲剧的发生。可是，身体其他部位的皮肤都没能保住，肌肤层暴露在外，红赤赤的，直接和空气接触，无法再生，又不停渗出液体，创面要愈合，要长住，只有一个办法——植皮。

吴先进的头上和胸膛的一小部分有完好的皮肤，可以进行移植。可是皮肤太少，而需要移植的面积又很大。在这种情况下，通常只能采取异体移植的办法。

矿区所在的孟阳，只是一个小县城，手段有限。为了获得死婴皮，便派出具有专业知识的医护人员拿着介绍信到省会西京，和各大医院联系。给吴先进还移植过猪皮。科学实验证明，猪的细胞结构，和人类的有98%的接近，因此，从理论上来说，不但猪皮可以给人移植，就是猪的心脏，也可以给人移植。该想的办法都想了，该用的办法都用了，再有办法吗？有。办法总比困难多，领导小组就提醒，既然吴先进是矿区的典型，能否发动矿区的职工也为抢救吴先进做些贡献呢？

一个人只有一张皮，有的人皮肤损坏，尤其是露在外面的皮肤，还影响形象，就把屁股上、大腿上的皮肤，移植到脸上、胸膛上。这移植的是患者本人的皮肤。要是让一个健康的人，从身上活生生割下一块皮肤，移植给另一个人，毫无疑问，是不会有人同意的。不信试试，那人一定会问，你咋不把你的皮割下来一块？你先带个头，带个头我看看。然后呢，就没有然后了。抢救小组考虑到了这一点，提出了一个能够实行的方案。

然而，很多皮往吴先进身上移植，是长不住的，是变不成吴先进的皮肤的，但也很重要、很必要，虽然只能起到减缓和阻挡肌肤渗出体液的作用，但有益于吴先进的康复，也能减轻伤口的疼痛。能长住，能匹配的，只能是吴先进自己的皮肤。可是，可供移植的只有有限的几个部位，只能剪成邮票大小，贴在需要移植的身体上，周边则是其他皮肤，这块皮肤就像岛屿一样，叫皮岛。周边的皮肤，就是来保证皮岛成活的。反复进行移植手术，和时间赛跑，吴先进的身上，一块一块地有了新皮肤。吴先进能呻唤了，吴先进能吃流食了，吴先进能睁开眼睛看人了。奇迹呀！前前后后一百多台手术，进手术室参与手术的有上百人。吴先进经过抢救，被从死亡线上拉回来了。

矿区医院因为抢救吴先进，被领导一次次表扬不说，医疗水平也上了一个大台阶。为啥？还问为啥？那么多国内顶级专家现场制定医疗方案，进行手术准备，亲自做手术，矿区医院的医护人员，跟着看，跟着学，跟着动手，一台手术，就是一次现场教学，就是高端培训，就是临床实践，这样的机会多少人一辈子也遇不上。按说不能这么说，可这是事实，从这一点来说，吴先进救火有功，也为矿区医院医疗水平的提高立了功，尤其是在治疗严重烧伤方面，在国内也排得上靠前的名次。有十个大夫发表的论文进入医学文献库，有五六个大夫被大医院挖走，这都是用吴先进的痛苦换来的。不过，话说回来，这样的抢救模式和抢救规模，也只有在当时的环境下才能出现。

吴先进虽然保住了命，却成了残疾人，终生得坐在轮椅上，终生得服药。由于神经损害，四肢有时会不受大脑控制甩动和蹬踏，身上失去了大面积的皮肤，只是把肌肉长住了，不透气，排汗功能几乎失去，这也让吴先进日夜难熬，到了夏天，不敢出门，最怕见太阳，那个热，如同被烧烤一般，骨头缝都咯吱吱响着呢。吴先进的媳妇也陷入了难言的悲伤之中，变得沉默寡言、表情冰冷。

那天割皮，郑在也想去，犹豫来犹豫去，终归没有去。郑在自从房子着火烧毁太岁、烧伤吴先进后，性格大变，不愿见人，整天沉闷不言。杨队长也说，这娃成这样了，怕得找大夫看看。还安顿李师傅多留神，有啥不对劲了，赶紧告诉一声。

王轻和郭公公到了孟阳，其实没有啥事。每天早晚到医院去，也就是转悠一下，病房的门都不让进。王轻就想要见左文，一天早上就动身出发，去县气象站的气象观测点。左文说过，平时她在这里上班，一个月一轮换。在城外的一座山上，有一条能跑车的简易路，走着远，有一条人走的路，难走但节约时间。经过了一片树林子，还经过了一片庄稼地，高高的山峁上，就能看见气象站的风向标了。左文见了他，会感到意外吗？他要去中原，左文会怎么想？这些，王轻都不知道。

走近了，院子里有几间房子，有一片菜地，种的辣椒、西红柿。王轻找左文，就看见左文站在屋檐下正吃着馒头。见到王轻，左文"呀"了一声，忙擦擦嘴，问王轻，吃早饭了吗？王轻说吃了。王轻问，咋吃这么简单的？左文说上班路远，早上吃饭，都是凑合。到中午，自己在宿舍做饭，就认真一些。王轻虽说和左文见过几次面，来左文的单位，到左文的宿舍，还是头一回。到底是女孩子的房子，陈设简单，看着却舒服。被子叠得整齐，上面还盖一块花手帕。床头的小桌子上，放着擦脸油的瓶子、镜子，一个玻璃瓶里，插了一束淡紫色的野花。两个人坐床上说话，开始还生疏，没话找话，一会儿就变得自然了。毕竟，左文也是个大方的人，要不，怎么会随便给他和郭公公吃杏子呢。

王轻就说，169队要去中原，这以后分开了，离得远，见一次面就更难了。王轻这样说，是在试探左文的态度，如果她因为这个而和他分手，那也没有办法，他不怪左文。左文说，去了好着呢，男人家就是走南闯北的。我们站上有一个，男的当兵，在海南岛呢，也没见死去活来的，娃都能跑了。王轻听了这话，出乎意料，受到鼓舞，就说，其实到了中原，说回孟阳，脚一抬也就回来了，现在交通方便，不影响啥。还说了来孟阳陪护吴先进的事情，说可能得一段时间。左文高兴地说，这好哇，可以天天见面了。王轻就往左文身边靠，拉左文的手，左文没有反对，还能感觉到左文的呼吸正变得急促。王轻索性大起胆子，猛地把左文的脸扳住，嘴唇凑了上去，疯狂地在上面啃了起来。这么突然，都没有想到，一惊之下，双方却不要脸了一样，都盼了很久有着迫切需要一样，互相迎合着亲热起来。王轻的身子里不停掠过电流，身子不停震颤，左文也发出了阵阵呻吟，脖子歪着，任由王轻降下暴雨一般的袭击。不过，王轻的手要在左文的要害处摸索，都被左文拉开了。间隔一会儿，手又不老实，又被左文拉开，王轻就不强求了。在稍微停顿的间隙，左文通红着脸，有些羞涩地说，你们男人坏得很，人都没有防备呢，就扑上来了。王轻嬉皮笑脸地说，不坏就没有机会了，你打我骂我，我也要跟你好，我也要娶你，我已经决定了！左文拿手指头戳了一下王轻，说，想得美！王轻说，该美了就要美，想着一定美，没有想到这么美，美死算了。左文正正身子，说，看你急的，日子长着呢，馍馍不吃在笼里呢。又说，中午别走了，我给你煮面吃，吃了再走。

十四

　　后半夜下雨了，是一场过雨。169队的人，大多睡得死死的，被雨声吵醒的没有几个人。郑在自从房子着火后，睡觉一直不踏实，似睡非睡的，就听见哗哗的，雨像是盆子泼一般，中间响了几声炸雷，还带着电光，呼啦一下，整个太阳坡都亮了。郑在就睡不着了，头在枕头上转来转去，想哭又哭不出来，心里一紧一紧的。赵铲铲被惊醒了，睁开眼才意识到不是在孟阳城的招待所，人已经回来了，回到太阳坡了，嘴里说了一声"打"，翻个身，继续睡。徐二感觉脑仁子裂了一下，头顶活动房的铁皮像敲鼓一样，感觉雨点大，还猛，还有力气。一颗雨点，起码有巴掌大。就开开窗户，打算伸出手看雨点能不能把手打疼，刚开了一道缝，窗外似乎有个大力士要把窗户整个拆掉，他赶紧用力顶住窗户，把插销插上。这一折腾，没瞌睡了，身子却燥热起来，想起老婆范幺妹，不知道这会子是睡着了，还是也被雷声震醒了。范幺妹会想他吗？徐二掐指头一算，和范幺妹也有快半个月没见过面了。徐二就想，雨这么大的，该旱死的人，还是旱得冒烟，这要是去了中原，范幺妹又不能一起去，那可怎么办？杨队长听见下雨了，把睡觉的姿势调整了一下，把被窝往上拉了拉，瞌睡又来了，睡吧，杨队长心想，近来欠瞌睡，睡吧，早上起早些。杨队长还判断，明天一定是个大晴天。花子在电光初闪时，在院子里乱窜，还绝望地叫了一声，待到雨下大，也一溜烟躲在了活动房下的缝隙里，不敢再出声，现在估计也睡下了。

真是这样，过雨就是这样，来得快，走得也快。下了一阵子，丢下来那么多雨水，天上就留下了一朵一朵白云。早晨阳光刺眼，要不是看外面地皮是湿的，还不会知道夜里下雨了。倒是树林子这一边，树叶树身都湿漉漉的，太阳光照过去，发出万千细碎的光点。

169队的院子，很快被太阳收走了水分，空气里有烤蒸馍的味道。天气好了，人心情也好，就想吃东西，就联想到了烤蒸馍。那只能在冬天，在生火炉子的日子里，才有这种享受。把蒸馍放在炉盘上，隔一阵转一下方向，隔一阵看看下面别烤焦了，等到烤得焦黄焦黄的，拿手里颠来颠去，拍拍拍拍上面的煤灰，外面是硬的，是一个盔甲一样的壳，里面是粘连的，热气关得久了，呼呼呼发散，咬着吃，撕着吃，世上好吃的粮食就数它了。可是，现在是大夏天，吃不上烤蒸馍，只能想，只能想着过个干瘾。

随着太阳上升，院子里待不住人，都回房子了。杨队长不怕热，蹲在院子中间，手里拿了个焊枪，旁边堆着铁皮、钢管，又焊了起来。这头顶烫，脚下闷，手里还端着一疙瘩火，杨队长真是不怕热。

杨队长到底在焊个什么呢？

一个多月前就在焊，中间断断续续的，受了些影响，快忘记了一样。这两天队上安定，杨队长又焊上了。169队这个电焊机是小型的，一个人抱怀里也能抱走。从矿区领回来，难得派上用场。也都不会用。老邓琢磨了一天，动手实验，浪费了好几根焊条，护罩使用也不规范，还让电焊光把眼睛刺坏了，热毛巾敷，冷水冲洗，才不再迎风流泪。不过，老邓也有收获，给自己焊了一个铁板凳，可结实了，在地上使劲扔也摔不坏。也有问题，热天在外面坐，凳子的铁皮面吸收热量充足，沟子着火了一样。同理，要是在冬天，铁皮面也容易冷，坐上去一定像坐在冰块上一样。老邓就是老邓，用旧毛巾裹棉纱，缠到凳子面上，再拿麻绳拴了两道，解决了这个问题。杨队长看老邓都会用电焊了，也激发起了学习技术的热情，也实验，也练习，终于能把两块铁皮焊接在一起了。开始焊缝粗，疙瘩多，不平整，还有漏眼，经过多次反复，手和眼基本上能配合，手底下的移动也有些样子了。当杨队长取开面罩，端详他的成果时，何乱弹就说，这手艺考个八级焊工问题不大。杨队长呵呵着，有些得意。老邓说，169队要是设立一个焊工岗位，总不能让杨队长兼吧。杨队长说，那是，不能。胡来说，杨队长会电焊，有空把炊事班后面的猪圈门焊一下，猪圈门都坏了好长时间了，拿铁丝拧着凑合呢。杨队长说，这个可以让老邓焊。老邓说行。何乱弹说，那顺便也给我焊一个铁板凳。老邓说，那我先把你的嘴焊住。何乱弹忙捂住嘴后退着说，没有嘴了就骂不成人了。老邓做出要打的姿势，笑了。

  杨队长鼓捣电焊机，开始都是小打小闹，给一个铁片中间焊一截管子，看不出有啥用；也把一个螺母和另一个螺母焊在一起，看着怪怪的。显然，这是在练手。再后来，把几块铁片焊在一起，变成一块长的铁皮，有人说是挡板，挡什么呢？不知道。又焊了一块方的铁皮，有人说是踏板，在哪里踏呢？不知道。又焊了一块更大的方铁皮，有人说是盖板，盖在什么上呢？不知道。问杨队长，不说。光说，好好着，自己看。电焊机旁又出现了铁管子，长的，短的，是撬杠还是抬杠也看不出来。杨队长不漏一个字，似乎在考验人的眼力，又似乎有意让人看不出他在焊什么。不过，关心的人大体上能够形成一致看法，这又是铁皮又是铁管子的，杨队长已经不是在进行实验，也不是在练手艺了，明显的，杨队长在焊接一样东西。这个东西还不小，当然也不会太大。毕竟，169队虽然不缺铁家伙，可要找到够用的合用的废旧边角料，也没那么容易。杨队长总不至于把井架拆了，另外焊上一个铁塔吧。总不至于把大罐破坏了，另外焊成一个铁笼子吧。杨队长要完成的铁制品，得考虑现有的条件，得符合实际。这一点是能肯定的。随着杨队长电焊方面的工程的加快，渐渐能看出一些眉目，看出一些门道了。

最先看出来的，是赵铲铲。

别看赵铲铲一天闷声不响的，没事爱琢磨，脑子还是够用的。连渔网都能买回来，连养鸡场都能写在信纸上，赵铲铲就想，杨队长制作的器物，一定是实用的，也是常用的。杨队长在院子里火光闪闪的，赵铲铲看了几次，开始没有看明白，再看就看出来了，杨队长焊着的是一辆架子车！是一辆铁架子车！何乱弹就说，通常的架子车，车帮车沿，从头到尾，都是木头的，最多在车沿包一拃长的铁皮，那都稀罕，这铁架子车装上火炉子也不怕，装上硫酸也不怕，这得用几辈子才能用坏呀。胡来就骂，就你皮干。杨队长就是焊个铁房子，那也是手艺高。这说到铁房子，又挖了赵铲铲的心。他原来住的房子着火烧毁了，他的被窝，他的箱子，跟着变成灰了，杨队长说过给他补助，到现在也不见动静。有事没事，就看着一堆黑乎乎的铁房子叹气，看着看着也有了想法，动手！赵铲铲找来老虎钳、大剪刀，从报废了的房子上剪割下来了一大块铁皮。

难道赵铲铲也要焊个什么物件？不是的，169队的电焊机，不是随便谁就能用的。何况只有一台，杨队长占着呢。赵铲铲是不是拿铁皮出气呢？不像。赵铲铲不会白费力气，那得多吃一个蒸馍呢。赵铲铲把铁皮用砂纸反复擦，擦掉铁锈，又上下左右敲敲打打，又来回修剪变成了一个圆形。别看这活动房的铁皮，那可不是卷烟囱的薄铁皮，厚着呢，结实着呢，跟钢板差不多呢。修剪妥当后，赵铲铲在院子里挖了个坑，拿着锤子继续敲打，叮叮咣咣，不停敲打，在不同部位，用力大小掌握着，敲打又敲打。都看出来了，赵铲铲在敲打炒瓢！嘿嘿，变废为宝，赵铲铲这一次，不是空想，也没有走偏路。这一次，聪明的赵铲铲在手底下变出了一个实在家伙。

杨队长焊了一辆铁架子车，谁叫人家是杨队长呢。活动房报废了，就是不去中原，也扔在原地生锈，不仅占地方，还让人看着联想，联想起吴先进，又得难受，又得叹气。活动房子的铁皮够大了，大到能打制不止一把炒瓢。赵铲铲能打，胡来也能打，老邓也能打，何乱弹也能打。受到启发，169队的老工人，你打，我也打，都从活动房上剪下来一块铁皮，学着赵铲铲的样子，挖出土坑，叮叮咣咣敲打上了。人干啥只要是给自己干，动力足，不会的能学会，不精的能学精。有时候，甚至不需要老师，不需要培训，都能外行变内行，变专家。打炒瓢没有多少技术含量，难不住169队走南闯北的老工人，而且停工这些日子，骨头都难受，力气无处发泄，敲打一通，正好可以活动活动，可谓一举两得。

一时间，169队的院子里，出现了一个又一个土坑，每一个土坑跟前,都蹲着一个人,远看以为拉野屎呢,近看像是在野炊呢。一时间,沉寂的太阳坡,敲打声此起彼伏,时而清脆响亮,时而猛烈激越,变得热闹起来,交响着铁锤和铁皮的合奏。

只要杨队长使唤电焊机,花子一定躲远远的,电焊光和闪电光一样,都让它害怕。花子又特别喜欢热闹,毕竟,169队的生活,难得有新内容。敲打炒瓢的声音,花子开始不敢听,听了几次,似乎感到了陶醉,在一个个土坑前奔跑、摇尾巴,像是在请求要给帮忙一样。何乱弹跟前,花子轻易不过去,可能是最近挨骂挨多了,何乱弹老是拿花子撒气。

赵铲铲的炒瓢已经完成,他对自己的成果很是满意,都已经拿报纸包住,藏到床下面了,还一天几次拿出来,去掉包装,把炒瓢拿手里端详,脸上笑眯眯的,似乎看到了老家媳妇看到炒瓢后的惊喜,似乎闻到了用这把炒瓢炒菜散发的香味。看到别人也在打炒瓢,又后悔没有再打一把。可是,能用的铁皮被别人下手,剪得已经没有啥了。算了,占便宜的事情,得有个分寸,不然右边的眼皮子跳呢,两只耳朵烧呢。

被大火烧毁的活动房,虽然黑乎乎的,但还是能看出房子的模样,基本是完整的。包裹在外面的铁皮被一块一块剪走后,就剩下一副空架子了,里头那些变形的和成为灰烬的物件全暴露了出来,看上去有些恐怖,有些惊心。郑在不愿意看,却忍不住看,看一眼身体就有了反应,就发抖,一会儿觉得冷，一会儿觉得热，喝水都咽不下去。睡枕头上，总感到有尖刺在刺头皮。他不由得想起以前在这间房子里的情景，那里留下了他的气息，留下了他的鞋印子。一天一天地，他在这间房子里活动，走出走进，现在房子就要消失了。也许刮一场风、下一场雨，房子就被吹走了，就被冲走了。他想起了太岁，想起了呜呼鸟。有呜呼鸟吗？如果没有，他怎么在夜里还是能听见叫声？如果有，为什么又不现身呢？

郑在的梦也多了起来，有一次，梦见太岁在他身上爬，爬到胸口停下了，慢慢地，似乎加入到了他的身体里，成为他身体的一部分。他要拿出来，却感到疼，还流血了，胸膛上都是血，手上都是血。他大叫着，一下子醒来了，汗水湿透了床单。他还出现了幻觉，总感到身边有人，却什么也没有。总听见有人叫他的名字，却不清楚是谁。外面，敲打铁皮的声音，他听着特别刺耳。有人打成炒瓢，高兴地炫耀，也让他不舒服。他也知道他这样是和自己过意不去，也知道别人没有刺激他的意思，可是，他就是跳不出来，就是不能把情绪控制住。他很烦恼，也很焦虑，他渴望变回以前的他，努力了，却做不到。他想冲出去骂人，他想摔碎镜子。就是看一阵在房子里飞来飞去的苍蝇也感到忧伤，似乎是苍蝇让他忧伤的。

郑在想起了吴先进，想起他那天从火场被拖出来，浑身是伤，躺在地上一动不动的样子。他就后悔没有随着车子去孟阳，也为抢救吴先进做贡献。现在，这些在外面割了铁皮打炒瓢的人，许多都去医院割了皮，他们都比他强，比他还关心吴先进，而他这个当事人有什么理由责怪他们吵闹呢？想到这些，郑在又深深地自责起来，眼睛里的泪水，一股一股，止不住往出涌动。

十五

刘大海回来后，一直处于亢奋状态。他突然间爆发，啊！你已经浴火重生！猛地张大嘴，你是凤凰，你正在凤凰涅槃！炸雷一般，普罗米修斯！普罗米修斯！不了解的人，一定会吓一大跳，正走路打个趔趄都有可能。可是，在169队，大伙儿早就习惯了，都不慌张，也不奇怪，该干啥干啥。有时候，会有人好奇，问那个奥斯……奥斯什么斯基是谁呀？名字怎么这么长啊？这下麻烦了，刘大海会拉住你，给你从头说起，细细道来。首先说出正确的全称：是——奥斯特洛夫斯基！记住了吗？很好记：奥斯特洛夫斯基！奥斯特洛夫斯基！后面才是长篇大论的开篇。如果你厌倦了，他会给你发纸烟，只要你听他说完，中间还带着感叹词，是这样啊！你知道的真多！这下懂了！这样，刘大海会特别高兴，再给你倒一杯麦乳精，让你抽着烟，喝着营养品，不好意思离开，得耐着性子听他把话说完。

平日里看见太阳落山，刘大海会眯上眼睛，虽然空着手，也比画着，做出指挥交响乐队的动作，显得特别陶醉。夜里出现一阵流星雨，刘大海会变得忧伤起来，把一只手掌捂到胸口上，一只手掌打开伸出去，喃喃着，流逝，流逝，我已经青春不再，却虚度了时光。刘大海有一本诗集，成天翻着看，都翻烂了，又用面汤的汤汁黏合、修补，还把水泥袋撕开，用里层的牛皮纸包上了书皮。刘大海只要有空闲，就在河边、山峁峁上、杜梨树下，旁若无人地大声朗诵。其实，就是没有人，河里的青蛙都不叫了，山峁峁上的蚂蚱都蹦出去好远，树上本来有一只鸟，也匆匆飞走了。大伙儿听得最多的一句是，大海，自由的元素！听了一千遍了，甚至一千遍都不止了。人多的时候，只要谁说"来一段"，刘大海马上进入状态，就开始了，就开始——"大海，自由的元素！"有时候，人都忙着呢，刘大海也要朗诵，就被拒绝了，刘大海很失望。他说这是艺术，崇高的艺术！不过，何乱弹经常听刘大海的艺术，还会连连夸赞。听着听着，何乱弹就问，有纸吗？给张纸。何乱弹是要在纸上记啥呢，还是着急上厕所呢？何乱弹有便秘的毛病，常为拉不出来苦恼。自从发现听刘大海的艺术有催便的作用，就成了刘大海的忠实听众。

赵铲铲本来是个安静人，喜欢待在房子里想问题，主要是如何发家致富。刘大海艺术起来，就把他的思路打乱了，赵铲铲只能赶紧找个僻背地方，等刘大海的热情凉下来了再回房子。刘大海脾气好，他知道何乱弹听他的艺术是有目的的，但也不生气，说艺术能净化一个人的灵魂，也能让一个人排便通畅，艺术不是万能的，没有艺术是万万不能的，要相信艺术，相信艺术的魔力，神奇。赵铲铲不爱艺术爱发财，刘大海开导他，高尚的艺术能让人忘却烦恼，让人意气风发，精神上的富有是最大的财富。赵铲铲说，我要是有一个养鸡场，精神肯定富有，我还不在169队干了，我回老家热炕头上坐着去。刘大海摇着头，要觉悟哇，我的同志，我的战友，我的亲人！

　　刘大海之前和李双蛋住一个活动房。按说，一个懂法术，一个懂艺术，应该能相处，还可以互补，却成了卖面的和卖石灰的，一个见不得一个。刘大海说，你神哪鬼的，糊弄人呢。李双蛋说，你左一个"啊"，右一个"啊"，快吃药去。这一个屋檐下，不光一个瞧不起一个，说不定还一个剋一个呢。刘大海睡得晚，不是看书就是写作，到了兴奋处，热血上头，拍大腿，拍床头，李双蛋正养神呢，注意力难集中，就嫌打扰了。李双蛋有时候会抓一把空气，说"走你"！刘大海刚想到一个绝佳的句子，也跟着走了，就抱怨李双蛋。李双蛋要睡觉，刘大海不关灯，这都后半夜了，明天还要上班呢，你起得了床，我瞌睡没睡够哇！李双蛋就找杨队长告状，说刘大海害他。杨队长问咋了。说一晚上灯都在头顶亮着，把他的元气都吸光了。这一次，杨队长向着李双蛋，就给刘大海说，灯不是你一个人的，是一个房子里的人共用的，不能老把灯占着，该亮灯了亮灯，该关灯了关灯，十二点以前要关灯，你不睡别人要睡呢，这亮着灯，让人咋睡？杨队长以理服人，刘大海答应了。可是，灯黑着，刘大海灵感来了，摸黑写不成啊！怎么办呢？刘大海自己用墨水瓶制作了一盏煤油灯，这可是自己的、自用的。按时关灯，行，那就关。不过，煤油灯点着了，就由不得李双蛋了。于是乎，刘大海就着煤油灯那不怎么明亮的火苗，继续读他的书，继续写他的字。来了激情也控制不住，又在拍大腿，还要拍床头。李双蛋那个气呀，气得咬牙呀，真想念个咒语让刘大海夜里尿床、白天撞墙。可是，刘大海好好着，刘大海吃饭睡觉都好着呢。一天，刘大海夜里要点煤油灯，找不见了。问李双蛋，说没看见哪，你的东西，又没有交给我保管。哪去了呢？花子怎么在活动房背后乱叫，还嫌人不烦吗？出去看，在活动房背后，看见了煤油灯已经摔碎了，灯油流出来了，灯绳像死蚯蚓一样。谁干的不用问都知道，怎么这么狠呢？连一盏油灯都不放过。刘大海伤心哪，但也没有发展到要死要活那一步，归结起来，大半夜的亮着灯，对别人有影响，这个无法否认。刘大海的情绪无处释放，写了一首诗，题目叫《灯祭》：

　　握紧的拳头

握紧的灯

松开了

发烫的热血在流淌

玻璃的希望

跌成了碎片

弯曲的灯绳

被抛弃在光的祭台上

再也看不到

暗夜里升起的

那一抹黎明的旗帜

燃烧才是使命

才是勇敢

一盏灯

一盏跋涉的灯

倒下了

在寻求真理的半路上

倒下了

忧伤的手指

折断了

忧伤的指纹

模糊了

在风中

在雨中

停止了苦苦的挣扎

看来，李双蛋和刘大海真拴不到一个槽里，再这样下去，矛盾激化，斗出火星星来，更让人头疼，更难以处理。杨队长决定把刘大海调整到赵铲铲的活动房去，赵铲铲多安静的一个人哪，自然也不愿意，有一些抵触情绪，都想说出一声"打"了，可他不敢，这得分对象。赵铲铲还有个优点，心软，禁不住劝，杨队长两声"好好着"一说，又把赵铲铲的肩膀按了一下，赵铲铲态度就变了。赵铲铲就说，杨队长都发话了，那就来吧。有意思的是，两个能般配的住不到一起，两个反差大的，却基本上相安无事。刘大海看书，赵铲铲发呆，刘大海拍大腿、拍床头，被惊醒的赵铲铲说一声"打"，拧过身子又睡着了。这看谁跟谁，难道有某种神秘的力量，使得刘大海和赵铲铲互补了性格里的缺失，有这个可能，也值得进行医学方面的研究。事实证明，刘大海和赵铲铲不但没有变成死对头，还能保持相对而言的和睦。

刘大海有才，169队的人都这么看。有一年冬天，刘大海和队上几个人，来回走了二十里山路，去另一个队看了一部电影《金姬和银姬的故事》，回来都很晚了，刘大海睡不着，还沉浸在电影的情节里。为了更好地温习，也是真心喜欢，刘大海根据记忆，在纸上把整个电影的情节故事，从头至尾写了出来。等于写了一个剧本，不过他不是作者，只是重复了一下别人的劳动，就这都不得了。169队看过电影的读了，说跟电影丝毫不差，没有看过电影的读了，等于看了一场电影。消息传开，刘大海在矿区都有了知名度。矿区报社的记者来169队采访，看了刘大海的《金姬和银姬的故事》手稿，惊奇不已，又看了刘大海一麻袋手稿，更是发出了尖叫。后来，在报纸上发表了一篇新闻《169队有个"大作家"》，还配发了刘大海创作的一篇小小说《拖把》。这一下，知道刘大海、知道刘大海写了一麻袋的人更多了。杨队长也很高兴，说在咱们队，有吴先进，有刘大海，都是宝贝，大家都跟着沾光呢。谁要是不知道169队，就提他俩的名字，保准就知道了。这逛孟阳城，买东西遇见不讲理的，就拿这两个人的名字震慑；这住矿区招待所，到医院打针，服务员护士态度不好，就拿这两个人的名字感化教育。

矿区隔几年，会举办文学创作学习班，一次一个月，包吃包住不要钱。这一次，通知刘大海参加。报社的副刊编辑，是一位曾经被打成右派的老头儿，据说在写一部长篇，其中还把刘大海写进去了。他对刘大海多有鼓励，说刘大海只要继续努力，多发表作品，就有希望调到报社当编辑。天哪，这可是改变命运的大好机会。请来讲课的可不是一般人，是火红全国的贾平凹。吃饭时，刘大海坐到贾平凹旁边，离偶像这么近，由于太过激动，忘记了夹菜。贾平凹很有人情味，说，你吃，你吃，咱们边吃边说话。贾平凹也知道刘大海写了一麻袋稿子，就夸赞刘大海，说当作家，就是要写，要多写。刘大海受到鼓舞，夜夜不停笔，一个月的学习，写了四十篇小小说，装订起来，厚厚一本，让学习班的其他学员又羡慕又惭愧。学习期间，学员们还经常在一起讨论作品、交流心得。一个年纪大的学员，对刘大海敬佩有加，大声说，刘大海，好样的！刘大海得到表扬，虽然兴奋，还是有一些自知之明的，他再写也写不到贾平凹的水平，给贾平凹拾鞋都不够资格。光是一篇《满月儿》，简直神了，简直不是人写的，偏奇就是人写的。后来，刘大海又在矿区的报纸上读到中篇小说《蒿子梅》，是贾平凹来矿区讲课后，走动了几个井队，回去不久就完成了。而且特意选择在矿区的报纸首发，为此，老编辑专门打报告，申请出了一期专刊，出版后引起了轰动。刘大海读了四五遍，都是他熟悉的生活，贾平凹为什么写得这么出色呢？就幻想哪一天自己也能写这么一篇，那就太幸福了，就是让李双蛋发功得一场大病也愿意，就是少活两年都愿意。可是，老天爷对他的请求，就像没有听见一样，刘大海再努力，也没有得到外界的认可，投出去的作品基本上都石沉大海了。

　　刘大海抱着麻袋，不由得伤感起来。这是吴先进从大火里救出来的，他的多少心血都在里面，虽然投出去又退回来，虽然有些还在修改，还是草稿，但刘大海看重这一麻袋的手稿，这是他点灯熬油一个字一个字写出来的，这是他精神的结晶。假如葬身火海，刘大海的文学梦就没有天，也没有地了。抚摸着麻袋，就是抚摸着未来，这个未来还不确定，也可能并不美好，只要选择了，刘大海无怨无悔。再联想吴先进满身烧伤的样子，联想由一声不响，死去了一般，再到发出呻吟，痛不欲生的样子，刘大海裤裆里疼了一下。是的，他也为了给吴先进植皮，贡献出了皮，由于情绪总是波动，伤口还没有完全愈合，一激动，就刀子划一样。他只是割了小小的一块皮，就带来了痛苦，那吴先进呢，全身都是血，都是水疱，简直就是上大刑，那又该怎么忍受，又怎么忍受得了？刘大海的内心翻腾着，这些日子的所见所思，已经让他憋不住了，要喷发了。他要把这些写出来，要写出一部让贾平凹看了都震撼的作品。刘大海再也难以克制写作的欲望，他把脸盆倒扣在地上当板凳，把稿纸摊开在床上，拧开钢笔写下了一个标题《吴先进：一个大写的人》。想了想，又写了一个标题《火之子》。还不满意，又写了一个标题《生命的赞歌》。刘大海的床单上，有墨水的印痕，有汗液和遗精留下的斑块，夏天热，味道大，这多少对他的思路造成了干扰。刘大海有些生气，这文章写不好，怎么对得起吴先进？怎么对得起英雄？他狠狠揪了一下头，竟然揪下来了一撮头发，而灵感也一同爆发了，他想到了一个更好的题目:《他的灵魂在大火中是那么高大》。

刘大海拉开架势,正要奋笔疾书,感觉身后站了一个人,由于太专注,没有注意,吓得一哆嗦,啊,是杨队长,是赵铲铲叫来的。赵铲铲没恶意,就是说刘大海行为反常,太反常了。杨队长说不一直都是这样吗?说比平时严重,揪头发呢,会不会在医院这段时间受刺激了。说他看了吴先进的样子,也都害怕,就是不在跟前了,也不敢在脑子里想,想了发毛呢。刘大海爱激动,别发展成精神病,给169添麻烦。杨队长听了,觉得该重视一下,就过来看。看到刘大海摊开在床上的稿纸,就说,写文章呢?刘大海说,就是,写吴先进呢。正常啊,回头看看赵铲铲,好好着!又对刘大海说,就该写,你是咱们队的笔杆子,只有你最了解吴先进,你能写好。刘大海说一定的,尤其要写吴先进不顾危险冲进火海的过程。杨队长说,就是,这个是重点。刘大海说,这一次要写得长长的,把吴先进以前的先进事迹写进去,来说明英雄不是一天变成英雄的,也是一步一步成长起来的。杨队长高兴地说,不愧是高手,这一下子就把主题抓住了。不过,在里面也要把169队怎么培养吴先进多写几笔,这个也很重要,要在169队的集体里突出吴先进,在169队的队伍里突出吴先进,这样才有说服力。刘大海连连点头,说到底是队长,见解就是高明。杨队长说,写文章我外行,说这些只是给你一个参考。刘大海说,杨队长要是也愿意写文章,早把大作家当上了。杨队长说,好好着！别拍我的马屁了。看着字腿腿我就头晕，我就吃不了这碗饭。你好好写，要是嫌这里干扰，可以到队部去写。刘大海摆着手说，不用了，谢谢杨队长！我就在这里写，在这里写习惯了，换个地方脑子就堵住了。

这天晚上刘大海做了一个梦，梦见矿区报的老编辑把长篇小说写出来了，厚厚一大摞，让刘大海提意见。刘大海说，哪敢哪敢，我学习。刘大海看到里面写了他，写他人在野外队，热爱写作，写了一麻袋，虽然投稿总是失败，但从不灰心，不断地写，坚持写，终于得到认可，京城的杂志都来信约稿，让他写一部报告文学，专门写吴先进。做梦的刘大海高兴得笑出了声，终于熬出来了，终于要出名了，能不高兴吗？正得意呢，书里的刘大海说话了，可是，只有一个刘大海呀，怎么多出来一个。正奇怪呢，书里的刘大海说，你也别骄傲，在矿区，写文章的，不光有你一个刘大海，厉害人还没出现呢。不出几年，会有三个人，一个叫高大上，写出《我还想有个家》，出版后引起轰动，迅速脱销，连续再版；一个叫大高上，写出《我在雨里我在雪里》，发表后引起争议，许多评论家热情参与，撰写文章，热度持续半年之久；一个叫上大高，写出《我家有头花脸羊》，在省一级广播里连续播出，还被收入小学课本，本人因此评上了高级职称。这三个人，被外界称作"矿区文学三剑客"，走到哪里都有文学女青年围观，讨要签名。刘大海听到这些，说，那我还费个啥劲，写这么久了，刚有些名堂，追赶贾平凹，那一百个不可能，在矿区有个地位，也算没有白奋斗一场，可这还没有巩固呢，又被后面来的超了，丢不起人哪，干脆金盆洗手算了！书中的刘大海发出了严厉的声音，你就无手可洗！怎么这么禁不住试验，跟强人比，才会更强，跟屄人比，越来越屄，振作起来！刘大海一下子醒来了，一种紧迫感油然而生。书里的刘大海还有一句话在醒来的刘大海耳边回响，要努力呀，不能放弃呀，谁笑到最后才笑得最好哇！刘大海心想，别说笑到最后，能哭到最后也是很难的。

十六

徐二正想老婆呢，老婆就来了。天热，范幺妹脸上红扑扑的。在第一时间，169队的人都知道范幺妹来了。队上全是男人，身上有天线，能接收信号一样，来一个女人，就发现了，就都知道了。范幺妹是徐二的，别人看是白看，不过看了咋也在替徐二高兴呢。徐二想老婆，自然的，范幺妹也想徐二了，要不，谁愿意顶着大太阳到山上来呢？范幺妹长相说不上好看，也说不上难看，不过耐看，徐二咋看都看不够。可一个在山上，一个在山下，都得上班，难得团聚，这让徐二和范幺妹很是烦恼。不过，这一次，范幺妹来到太阳坡，还有一件急切的事情，那就是和徐二商量，去中原怎么才能两个人一起去。不然，这分开就远了，见个面就不是十天半月了。徐二似乎没有明确主意，这让范幺妹又急又火，就说，你骂人的本事哪儿去了，被狗吃了吗？范幺妹说出此话是有缘由的。

范幺妹以前在太阳坡下的一个采油站上班，条件差，现在好一些，在城壕的作业区上班。采油站女工多，城壕的男人都不找，采油站的更看不上，希望找孟阳城的。这样，就有了调动岗位的理由和条件。城里上班啥都方便，要是有门路，没有几个愿意在山里上班。说起来都在矿区，山里头的，城里头的，一个天上，一个地下。比都不用比，就显出高下了，显出等级了。那徐二用了什么高明手段，把范幺妹追到手的呢。这个在169队不是秘密。徐二是靠骂脏话，把范幺妹追到手的。骂脏话？对，就是骂脏话。

那阵子，徐二远远地，见到过范幺妹在采油站上班，就注意上了。有时候范幺妹出来在院子里忙活，弯腰抬胳膊的，停留时间长，徐二隐藏起来，悄悄观察，就动了心，丢了魂。可人家一个女的，怎么会注意到一个注意她的男人呢，就是注意到，又怎么可能搭理呢。不可能。不可能搭理一个不认识的，不可能搭理一个野外队的。徐二不认识范幺妹，范幺妹也不认识徐二，徐二没有搭讪的机会，就是找借口去说话，也不会留下什么印象的，说不定还会给个冷脸。徐二想不出妙计，就恨自己，恨自己无能，转而恨范幺妹，恨范幺妹不知道他在恨她。只要看到范幺妹上班，就远远地叫她。范幺妹算是把徐二记住了。

何乱弹忙乱了一阵，刚把火生上，出来透口气，手在围裙上胡抹着，一看，院子里怎么有个女的东瞅西望的，脸上马上堆满笑，紧走着走过去，看着面熟，又看着面生，问找谁呀。其实也认出来了，是矿区的人，不是当地人。也是奇怪，一般区别人，口音上听，能听出哪里的。或者从神态上看，能看出城里的还是乡下的。要么看穿戴，能看出是学生还是石匠。这矿区的人，不通过这些方法，搭眼一看，就能判断出来，像是有记号，像是在脸上写着，真是奇怪。就连花子，也能认出矿区的人，见了一律摇尾巴，从来没有出过错。何乱弹看出这女子是山下采油站的，就嘀咕来找谁呢。女子说话了，你们队长在哪个房子？要是男人，何乱弹会盘问，女的就不一样了，要不是手头还有事情，带路是一定的。何乱弹指了指队部，还叮咛，是那一间，是那一间，担心女子走错了，女子给何乱弹笑了一下，就径直过去了。

杨队长见一个女的来了，也是奇怪，这169队除了来探亲的家属，啥时候来过女的呀。看女子年轻轻的，神色不对劲，又有些迷惑，这不知道又发生了什么。女子说话了，你的人你管不管！不好，事情不好，果然是来找麻烦的。就问咋了？咋了，女子脸都涨红了，你手底下的徐二骂人呢。骂人？多大个事。杨队长心想。女子说，骂得可难听了，我都不愿重复。这个徐二，我收拾他。杨队长给女子递过去一杯水，说你消消气，这咋说也不该骂人，这咋说骂人是不对的。那我问你，徐二为啥骂你。女子呼一下站了起来，把杨队长都惊了一下，女子说，我气的就是这个，为啥？啥也不为！我就不认识徐二，我就不知道徐二是谁，他就跑到我上班的站外头叫我，叫了好几天了。这还了得，杨队长说，你坐下喝口水慢慢说，这徐二人在呢，我叫他来，让他给你赔罪。就喊徐二，你过来一下！其实徐二已经知道范幺妹到队上来了，从窗户上看见了。徐二也有些害怕，不过，除了害怕，还有些别的说不清楚的感觉，听见杨队长叫他，假装不知道范幺妹在，大声说来了，就来了！可人却不动弹，倒点了一支烟大口大口抽上了，能看出徐二很紧张，能看出徐二的脑子在运转。不见徐二露面，杨队长从队部出来了，范幺妹也跟着出来了。杨队长提高声音喊，这人呢，死哪里去了，这人呢？正说着，徐二出了房子，勾着头，小跑着往杨队长这边跑，姿态上显得很谦卑，像是真的，也像是装的，猛一抬头，一看杨队长身后的范幺妹，又猛地停下了，像是没有预料到，像是才看见杨队长身后有个人。杨队长万万没有料想到，说时迟那时快，一个身影闪过去，是范幺妹！上去就踢了徐二一脚，一声哎哟，徐二手按着胯骨，做出很疼的表情。嘴里喊打人了，打人了！范幺妹还要踢徐二，徐二朝后退着，躲着，没有踢上。杨队长说，踢得好，用力踢。谁叫你骂人家女娃娃的，一个大男人，骂人家女娃娃，你还是个人吗？踢你都是轻的，把你嘴皮子撕扯了，撕下来丢地上拿脚踩，都是应该的。就对范幺妹说，你先不急着打，叫我问清楚了再打。就问徐二，你说，你为啥骂人家。徐二说，她叫范幺妹，在山下采油站上班，我喜欢她，喜欢不上我气得很，就骂了她。范幺妹听了，更生气了，眼睛瞪得圆圆的，拳头攥得紧紧的。杨队长说，什么，我没听错吧，喜欢？有你这么喜欢的吗？喜欢了可以直接说，不好意思了可以写信，也可以托付人说合，也可以请人家吃饭，吃差不多了再说。

169队来了个女的，男人们都出来了，没有出来的，也趴在窗户上直勾勾看着呢。有的人看着看着，整个人都不适应了，看得自己都不好意思起来了呢。要是一个男人上门找事，早就被打得尘土飞扬落荒而逃了，也不看看，这里哪容得下外人撒野，正想打人呢，正好练练手。这来了一个女的，那就不同了，那就另外了。盼都盼不来，请都请不来，自己送上门了，一定要多看几眼哪。不过，女的能来，说明胆子也够大的，因为，即使在矿区内部，大家对于野外队的看法也不一致，相当比例的人，认为粗野，认为动不动爱亮家伙，不好招惹，惹不起一定记住躲得起。这下好，来了一个女的，这些男人不但没有敌意，一颗心，似乎变软了，变甜了，再厉害的女人，也看着喜欢，看着高兴，都是图着看热闹，也愿意看徐二的笑话呢。就连花子，似乎也向着范幺妹，仰着头看不说，还把尾巴摇得像雨刮器一样。

杨队长咳咳了一声，发话了，小范，你看这样行不，现在呢，让徐二给你写检查，写保证书，检查一定要深刻，保证书绝对不许凑字数。让他写好了你拿上，怎么也是个证据。徐二说，杨队长也说话了，我现在就给你写检查，写保证书去。你到我房子，我给你冲上麦乳精，你一边喝着一边在一旁监督。范幺妹看了徐二一眼，目光不那么凶狠了，还有些异样的光线在闪，嘴里却说，谁到你房子去，我不去。杨队长说，要么到队部，队部宽展，不过队部一会儿要开个会，你在里面怕不自在。这样，如果不去徐二的房子，去别的房子也行，由你选。范幺妹为难了，队部不能去，去别的房子，她更不愿意，左右看看，看看都是些啥人哪。就对徐二说，那我就去你的房子，我就盯着你给我写检查，写保证书。徐二说，是是是，我要不好好写，你就踢我，不过踢轻一点儿——徐二双手作揖，接着说，都踢过一回了，像是被管钳砸了一下。采油工的常用工具，就是管钳。范幺妹笑了，捂着嘴说，放心，我不会脚下留情的。

杨队长看范幺妹跟着徐二往房子走了，就对围观的人说，都散了，看也看够了，都散了，都好好着。大伙儿就有些遗憾地散了。有的房子对着徐二的房子，就趴在窗户上看，看着模糊，只能听，只听见范幺妹说你老老实实的，徐二房子的门关上了。只听见范幺妹说我跟你没完，徐二房子的窗户关上了。只听见范幺妹说你这个人咋这么坏，徐二房子窗户的窗帘拉上了。话说人都散了，花子没有眼色，摇着尾巴，跟着徐二和范幺妹后面，一副讨好的神态，也不去它的老地方——食堂门口蹲着去。徐二和范幺妹进了房子，花子蹲在门口不走。门关上了也不走。窗户关上了也不走。窗帘拉上了还不走。似乎第一次来到169队的范幺妹，身上藏了好吃的，一会儿会给它吃一样。

就这样，不打不成交，徐二和范幺妹好上了，好得像一个人似的，好得跟一团火似的。不过，徐二的方法，某种程度上，具有唯一性，不可复制，不宜推广。169队的年轻人，眼热去吧。这个世界上，只有一个范幺妹，和徐二正好着呢。

好事也出门，先是徐二他爸他妈知道了。高兴啊！儿子在野外队，找个媳妇有多难的，不用打听，哪个女娃娃没瓜着，怎么可能找野外队的呢。看照片，范幺妹耐看着呢，就是面相稍稍冷一些，这以后过日子，估计是范幺妹当家。这也好，徐二有时就是有点儿二，得个厉害媳妇管着。徐二也是激动啊。徐二的家，离孟阳也有数百里距离，也是个县城，探亲回去，野外队的衣服都不敢穿，怕熟人知道了瞧不起。约同学吃饭，女同学最难约，一定问还有谁，要是没别的同学，没别的女同学，都会编谎，说她妈住院了，说她奶奶要过三年呢。这来了，有说有笑的，吃毕，徐二想单独约一个女同学看电影，人家看出徐二的意图了，就说她二姨从上海过来了，正等着呢。就说弟弟打人了，说好了时间，过去给头上换纱布呢。这徐二能咋？咋也不咋。所以，在矿区把范幺妹找上了，天上掉下来了一块大冰糖，梦里头都甜得咂舌头呢。徐二和范幺妹好上了，徐二他爸他妈知道了，范幺妹她爸她妈也知道了，而反应呢，正好相反。范幺妹她妈早就给范幺妹打过招呼，不许在采油队找对象。范幺妹她爸也给范幺妹提说了几次，迟早要把她调回孟阳城。虽说范幺妹上有哥，下有妹，也是爸妈的心头肉，不能常年在山沟沟里受恓惶。范幺妹她爸虽说不是当官的，可也不是没有门路，有几个同学，都在矿区的要害部门拿事着呢。采油队的都不让找，范幺妹吃错药了，昏了头了，竟然找了个狼不吃的。面对父母的反对，范幺妹态度明确，除了徐二，她谁也不嫁。这还反了。你到底图个啥？矿区啥都缺，就是不缺好小伙子，眼睛闭着，也能在孟阳城抓一把大学生。跟野外队的，也变成野人了。不行！野外队咋了，野外队的人也是人，我看徐二好着呢，我就跟定徐二了。看把你有理的，还由了你了。别看现在嘴硬，等到了那一天，哭都来不及。范幺妹说，我不哭，我笑呢，就是跳进热油锅，我也笑呢。范幺妹的父母，看到女儿这么固执，为了避免两个人接触，找关系先把范幺妹从太阳坡下的采油站，调到了城壕的大队部，然后再抓紧想办法。范幺妹的父母明白，只要下一步把女儿调回来，这见不上人了，再享受着城里的好日子，和徐二的关系，就容易断开了。

　　范幺妹的父母，也是忘了自己年轻时咋过来的。这男人和女人好上不容易，一旦好上了，要分开，那也是极其困难的。金绳绳，银绳绳，比不上个肉绳绳。徐二和范幺妹，就是肉绳绳，拴到一起了，拴成了死疙瘩，那是任谁也解不开的。

本来，一个在太阳坡上，一个在太阳坡下，要见面，腿脚上受罪呢。只要有空，徐二就下山了；只要能走开，范幺妹就上来了。这把范幺妹调到城壕，距离远了，相互思念起来，不但有了高低的落差，还增加了地理上的长度。可是，人在恋爱中，起主导作用的，是脑电波，产生的是化学反应，反应过程复杂，反应结果，常常不受外力控制。自古而今，这样的故事还少吗，都把图书馆装满了。这发作起来，能让徐二连翻两架山不后悔，能让范幺妹连过两条河不叫苦。见面的次数减少了，见了面之后，其热度达到了沸点，能把两架山烧塌，能把两条河烧开。这一天，都半夜了，徐二出现在城壕大队的门口，而范幺妹像是有感应，也觉得徐二来了，出来看，徐二就是来了。两个人就沿着大队门外的马路走走停停。头顶的月亮，又大又圆。月光照到徐二脸上，看着阴森森的；照到范幺妹脸上，女鬼一样。可在范幺妹的眼里，徐二更帅气了；在徐二的眼里，范幺妹就是女鬼，也甘愿把他的魂魄勾了去。范幺妹就说到她父母的反对，说她个人问题，她自己决定，她不会按父母的意思来的。徐二说，他能找上范幺妹，这一辈子，就没有白活，如果有下一辈子，下一辈子再说。范幺妹说，别操心下一辈子了，眼下就有麻烦，得想个办法，不然，这一辈子都要落空呢。徐二说，我不让落空，就是呜呼鸟给我头上拉屎，让我也变成呜呼鸟，也要驮着你，飞到子午岭的老树林子里不出来，天天给你找好吃的回来，把你喂得白白胖胖的。范幺妹说，你又说远了，我说的是眼下，眼下咋对付呢。徐二说，眼下是你爸你妈不同意咱两个好，可我就是要跟你好。范幺妹说，还用说吗，咱们好着呢，我爸我妈搅和着呢，我爸我妈那边咋办。徐二说，能咋办，就是无真道长变回来，也无计可施。要是大鼻子，我上去打一顿，让他告饶，可你爸你妈我一句坏话都不会说，我还盼着也跟着你叫一声爸叫一声妈呢。范幺妹看着徐二被月光照得阴森森的脸，更喜欢了；徐二看着范幺妹被月光照着像是女鬼一样的脸，更心疼了。

  范幺妹的父母知道女儿和徐二关系不但没有疏远，还更加密切了。这怎么可以，绝对不可以！老两口又急又恼，也许忘记了也许吃不下，都少吃了一顿饭。父母人在孟阳，城壕离得远，又不能盯着，又不能不管，不能眼睁睁看着生米煮成熟饭，熟饭变成大便。得干涉呀，这是为女儿好哇！难道有错吗？错在哪里？错了也是对的！范幺妹她妈把老招数都用上了，带话说，气病了，住院了，哭了一天一夜，一只眼睛的视网膜脱落了，看不见东西了。还是女人了解女人，范幺妹没有上当。范幺妹她爸有经验，派出儿子，也就是范幺妹的哥哥来到太阳坡，当面给徐二施加压力。没有料到，儿子在太阳坡喝了一场大酒，和徐二成了哥儿们，立场完全倒过来了。回到孟阳，尽说徐二的好话，说范幺妹和徐二一看就有夫妻相，一看就般配。把他爸气得又上了一回厕所，把他妈气得摔坏了一个茶壶。正焦虑呢，又从城壕传来一个可怕的消息：徐二和范幺妹要私奔！严格讲，也不算私奔，而是要到徐二的老家领证、举办婚礼。而且具体日子都定下了。这还了得，这怎么能允许？虽说女大当嫁，那也得明媒正娶，那也得找个好人家，找个孟阳城的大学生。这私自做主，就要跟野外队的野人跑了，还没王法了，还没家法了，可不能这就把女儿让人领走。范幺妹他爸急忙给城壕的大队部打电话，话说得很硬：必须把范幺妹看住，是死是活都要看住，要是范幺妹不见了，大队就得负责。范幺妹她妈就在大队部先喝农药，接着在大队部的门口上吊。随后，范家人还要和大队打官司，一年打不赢打两年，十年打不赢打二十年，总之没完没了，有完也没了，总之要一直耗下去，把城壕大队彻底拖垮。

这严重了。这严重了。

城壕大队的人，也意识到这件事情不可轻视。范幺妹的父母，这是要拼命啊。刚吃过晚饭，来了几个小伙子把范幺妹围住，说了一声"对不起"，就把她关进了值班室，从外面把门给锁上了。窗户上的插销，也拿粗铁丝拧上了。门外面，也安排了人，随时听动静，随时报告。这一下，范幺妹就是变成呜呼鸟也飞不出来。这就等着天亮，等着范幺妹的父母过来接人，再有啥就牵扯不上大队了。

徐二还不知道这边的情况，左等右等不见范幺妹，一了解才知道范幺妹的父母给城壕大队说了狠话，范幺妹被关起来了。依照徐二的脾气，打人会犹豫，抢人不用过脑子，何况是范幺妹，关她的人才是犯法，范幺妹心都属于他了，人也愿意属于他，抢人有理。可是，城壕大队的人传出话来了：都是吃石油饭的，别让我们为难，有本事让范幺妹的父母点头。不然没了人，事情闹大了，闹出人命，就不是脸上不好看，就不是下不了台，受影响的人就不是一个两个了，杨队长的乌纱帽怕也保不住。这样的结果，自然是徐二不愿看见的，那怎么办？不能眼看着失去范幺妹呀！

这边徐二急得团团转，那边范幺妹也是恨不得钻地缝和徐二会合。人要是能化成一股子烟就好了，李双蛋的法术真的管用就好了，世上真的有呜呼鸟就好了。范幺妹和徐二都这么期盼，又无不失望和绝望。无奈之下，徐二只好折返，准备回到太阳坡。和范幺妹的事情只能先搁着，只能走一步看一步了。半路上遇见了刘补裆、王轻、郑在几个。原来，他们闻说情况有变，赶过来增援，说杨队长也知道了，也是愁得来回走，愁得多吃了一个蒸馍，多吃了两根青辣子，正不停地揉肚子呢。刘补裆说，不着急回，回去热菜就变成凉菜了，应该守在城壕，看看还有没有希望。徐二觉得有道理，就是干等，也等到天亮，见了范幺妹的父母，掏心窝子说说，说不定说动了，说不定范幺妹的父母回心转意了呢。郑在也说，范幺妹为了你被关在里面，你这走了，等于放弃了，对不住范幺妹的一片心。徐二更觉得要回到城壕，虽然见不上范幺妹，起码也是表明一个态度，回头范幺妹知道了，也会被感动的。

范幺妹一个普通女子，没有什么大本领，就是待人处事不会拐弯，性子直，和徐二好上后，胆子变大了，更有主张了，这也是徐二最佩服的。范幺妹宁可和父母闹翻也要和他在一起，他能给予范幺妹的，就是爱她、疼她、顺着她，再别的就没有了。

徐二想象着和范幺妹拜天地的场景，不由得叹了一口气。烟！王轻理解这时候徐二的痛苦，抽烟吧，抽几口，人能好受一些。时间在移动，又像是停止了。深更半夜的，169队的几个年轻人，坐在城壕大队对面的山坡上，远处看，只能看到几点红火星，狼眼睛一样，一闪一闪，看不出是鬼火还是人火。胆子小的掉头就跑，胆子大的也只敢扔石头。可是，在山里头，在这个时间，哪里会有人出来呀！

不要轻视女人的能力，尤其在困境之中，智商可以归零，也能够翻倍。范幺妹被关进值班室，一看，有床，有桌子凳子，仔细找，没有钳子，没有改锥。自然不会有。坚硬的，能撬能拧的工具，一样都没有，就连圆珠笔都没有。再找，还是没有。低下头，在墙脚找，在桌子后面找，在床底下找，找到了一枚生锈的钉子。拿着试验了一下，拴窗户插销的粗铁丝能松动。范幺妹心中有数了，藏起钉子，躺床上，睡觉。一觉醒来，里面黑，外面黑。透过门缝，看见有个人，坐凳子上，耷拉着头，身子间或歪一下，又纠正过来，看样子似乎睡着了，只是没有睡实。再等等，再等等，范幺妹在心里给自己说。房子里安静,能听见她轻微的、起伏的呼吸。

太阳坡上,杨队长睡下又起来了。这年轻人都去了城壕,万一和采油大队的人动起手,拳头不长眼,169队就出名了,他杨队长也就出名了。可不敢出个乱子,可不敢闹出什么来。思来想去,杨队长叫上李师傅,坐在大卡车上,下山了。杨队长要到现场去看看具体都是啥情况,也好权衡着处理。

话说范幺妹趁着看守她的人睡着了,用铁钉解除了插销上的粗铁丝,偷偷从窗户翻了出来,踮起脚轻轻走着,走出了大门,四下观望着,她知道徐二一定在外面,一定在等她。而杨队长的大卡车,也刚好开到离大门不远处,车灯的光,把范幺妹整个人都收拢在里面,亮晃晃的,很显眼,像是在电影里出现的人物一样。山坡上,心神不宁的徐二看到了,不是电影里看到的,是真的范幺妹,天上掉下来的一样,就在眼前!徐二疯了一样跑下来,两只腿像是机器人的腿一样,速度极快。一帮人,就这样会合了。杨队长对于这种突发情况虽然没有估计到,不过依照常识也能看出一二来。还来不及询问,就听见采油大队的院子里,似乎传出说话的声音,传出走路的声音,忙招呼大伙儿上车,催促着李师傅狠踩油门,一路狂奔。这一路,够得上惊心动魄了,也像电影里才有的场面。到了五公里外的路口,车停下了。一车人都在喘气,好像不是坐车坐了这么远,倒像跑着跑了这么远。杨队长对徐二和范幺妹说,只能送你们到这里了,再怎么走,得你们自己想办法了。能不能走出去，到徐二的老家，就看你们的造化了。徐二眼睛湿湿的，范幺妹的胸膛一鼓一鼓的，还没有从刚才的紧张状态下挣脱出来，也点着头。杨队长摆着手，让徐二和范幺妹赶紧走。徐二拉着范幺妹的手，对杨队长、对大伙儿说，就不说"谢"字了，回来再说"谢"字，回来请大家喝喜酒。范幺妹一个一个看着大伙儿，一个一个，和王轻、和刘补裆、和郑在拥抱了一下。到杨队长这里，迟疑了一下，也拥抱了一下。杨队长有些不习惯，还是接受了，又摆摆手，好好着，快走，快走！徐二和范幺妹刚走出去，又被喊住，杨队长把一只手电筒塞给徐二，再一次摆摆手，走，走，好好着！徐二和范幺妹远去了，手电光一会儿一上一下，像在给黑夜划口子，一会儿又在地上点一下，又点一下，像是在地上翻找什么、挖掘什么。

杨队长这下放心了，吆喝大伙儿上车。大卡车掉转头，突突着冲开黑夜的阻挡，走在折回太阳坡的路上。刚才快，这会儿慢，不急不慌，还摇摇晃晃。快要路过城壕采油大队的门口时，远远地，灯光照过去，路上站了一排人。情况明摆着，都清楚，走不过去了，这怕是得打一架了。刘补裆几个，都在车上找家伙。杨队长下了车，走上前去。对方也走出来一个人，是个头头。对方说，人跑了。杨队长说，人跑了。对方说，人是自己跑的。杨队长说，人是自己跑的。对方说，跑了得追回来。杨队长说，追了，追了一程，没追上。对方说那也算尽到心了。杨队长说都尽到心了。对方一挥手，人让开了。杨队长上了车，也给对方挥了一下手，说哪天到太阳坡来喝酒，大卡车就开过去了。

徐二和范幺妹出逃，影响很大，不过，对采油大队，对169队，没有多大影响。年轻人自己做主，单位上该做的都做了，范幺妹的父母也不是蛮不讲理的人，也知道该谁承担责任。范幺妹如愿以偿和徐二成亲，也得到了惩罚：范幺妹的父母不认这个女儿了，公开宣布断绝关系，不再有任何来往。

这一回范幺妹来到太阳坡，除了和徐二商量怎么才能一起去中原，还有一个忧心的事情，就是和父母的关系怎么修复。去中原，听说有政策可以同步办理调动，但没有见到正式文件。范幺妹说，要是到跟前还不见明确，我就把工作扔了，跟你到中原当家属去，这样可以天天给你做饭。徐二说，那还不把我满福死了，下班回来就有好吃的，天黑了还有更可口的。范幺妹说，只要你吃不烦，让你天天吃个够。徐二嘻嘻笑着，说，再吃都饿着呢，光是补欠下的，估摸都得补二十年才能补回来。范幺妹说，看把你心贪的，可你不能图自己快活了，你说我父母这边，到现在也不理我，该怎么办？到了中原，离得更远了，我怕是真的成了没爸没妈的人了。徐二说，这还真有可能，我也想叫你爸一声爸，叫你妈一声妈，可老人家就是不给机会呀！徐二说起这个，也焦躁起来，不知如何是好。那还是他和范幺妹成亲回来，提着四色礼，到孟阳城拜见岳父岳母大人，敲开门，范幺妹她妈就没让进去，把四色礼扔了不说，她爸拿着拖把就出来打，把徐二的新衣服弄脏了，把徐二的手戳破了。范幺妹当时也生气了，说了绝话，说我没有你这个妈，没有你这个爸，就是死到外头，也不再进这个门，拉着徐二，头也不回就走了。可是，毕竟是自己的生身父母，日子一长，不想是假的，不难过是假的。唉，范幺妹又叹了一声气。徐二说，车到山前必有路，你爸妈要原谅你，看来还得一些日子，不过，等咱们有了娃，你爸你妈的态度就会变过来的。范幺妹说，这倒是，人常说隔代亲，我爸我妈再恨咱们，也不会不心疼亲孙子的。徐二就说，那咱们到了中原就要娃。范幺妹说，好，要娃。

范幺妹来到太阳坡，自然是徐二高兴。不过，169队的男人们，由于很久很久没有见过女人了，乏味的生活，似乎补充进来了新鲜的、看得见的，从而得到了调节，也产生了些许的幸福感。没有人要求，说话、走路都和平时不一样了。平时穿个大裤衩，光着上身在院子里晃悠的，都从活动房里出来了，又意识到了什么，赶紧折回去，穿个背心再出来。徐二是玩十点半的高手，很少输，刘补裆想玩了，一般不找徐二，别的人也是。范幺妹来了，找徐二玩十点半的人多起来了。以往要是输了，大呼小叫的，有范幺妹在跟前，情绪的流露都变得节制了。输光了也不离开，也要看徐二和别人玩。徐二也是的，在范幺妹面前也不好好表现，竟然手气差，竟然连连输钱，还不在乎。刘补裆就说，人只能得一头，碰了女人，就碰不上好牌。范幺妹假装生气了，说你刘补裆没有碰女人，咋不见你赢呢？话刚说完，刘补裆就输了一把。就说，我这臭嘴，说得把好牌说跑了。啥时候我要找下媳妇了，我就不玩十点半了，哪有闲工夫哇！赵铲铲说，看把你美的，你的媳妇怕还在你老丈人的腿肚子里转筋呢。徐二说，面包会有的，到了中原，媳妇就找上门了。刘补裆说，本来我都怕去中原，你这一说，我倒盼着去呢。因为女人的话题，一些人朦朦胧胧地有了向往，这主要是还没成家的，一些人又有些失落，这主要是媳妇在老家，去中原离老家更远的。中原是个什么样子，又有什么在等着大家，似乎都心中无数，这又有些叫人感到虚空。可是，谁又能阻止得了呢？吃了这碗饭，就由不得自己了呀！

十七

169队难得来个外人，就是过路的一天也见不了一个两个，这快要搬走了，似乎被惦记上了，隔三岔五就有人来，来了就有动静，有的动静还挺大。杨队长的神经也绷得紧紧的，盯着内部，别再出乱子，也留意外部，别带来灾祸。总之，就两个字：安全。第一个，人安全；第二个，财物安全。这两样保证了，他这个队长也就尽职了，也就安全了。虽说只有四十来号人，那也是一个集体。说大不大，上千人的厂子，也被高人管得碟子是碟子碗是碗；说小也不小，人里头啥人都有，林子里啥鸟都有，太阳坡上还有呜呼鸟呢，169队谁花花肠子，谁爱耍怪，谁是非多，杨队长做到了心中有数。至于外头的人，只能根据具体情况具体分析，分别应对，出门会心慌呢，上门的咱自己首先胆正。这不，一个没见过的，贼头贼脑，正胡乱瞅呢。"找谁？"这一声把这个人惊得一哆嗦。花子都睡着了，也一奔子跳过来，围着这个人转，对着裤腿嗅。这个人带着哭腔连连说，把狗看住，把狗看住。杨队长说，它不咬好人。哪里呀！花子常年待在山里，智商似乎也退化了，矿区上的人能认得，不叫，给摇尾巴，这是一定的。可在有的时候，169队的人探亲回来，种地抱粪的，砍柴盖房的，身上味道变了，区分不清楚了，花子就又扑又咬，上一次就差点儿把赵铲铲裤子撕破，等回过神，事实已经造成了，无法挽回了。气头上的赵铲铲满院子追打，花子满院子跑，可把大伙儿看高兴了。这一次奇怪，这个人是个外人，而且看穿戴也不是矿区的人，更不像城壕的人，花子围着转了几圈，竟然走开，回到炊事班门口睡觉去了。杨队长问，你是干啥的？这个人笑着先给杨队长发了一支纸烟，说联系个业务，找咱们领导，联系个业务。杨队长说，那就跟我来，到队部说话。那人忙说，我就说嘛，一看就是当官的，谁能有这么周正，这么有脸面，您贵姓？杨队长有些不耐烦，姓杨。啊，杨队长。

这个人跟着杨队长进了队部，腰弯着，说我是小白，169队我头回来，别的野外队我去过三两家。杨队长说，我们除了在外头采办粮食，就没有啥业务。杨队长牢牢盯着小白看，说，你说，你是干啥的？口气上，像是盘问一个骗子。小白说，杨队长啊，人要吃要喝呢，我也要吃要喝呢，要不大热天的我也不会上到太阳坡了。杨队长说，你吃不吃喝不喝不归我管,那是你的事,不是我的事,我们这里不接待叫花子。小白说,那是,那是,我咋能白吃呢,我有手有脚,我靠自己呢。杨队长说,我这里没有权力招工。小白说,那我咋敢高攀,我自己有营生呢,我这营生杨队长一定需要呢。杨队长说,那你说,我怎么就需要?小白说,我是放录像的。杨队长"哦"了一声,算是听明白了。近来,孟阳的一些偏远地方,有一些人,自己带着录像机、投影机、幕布,走乡串户,给愿意的人放录像,放的都是一些港台武打片。山里人哪看过这么热闹的,觉得新鲜,就有人出面,花些钱包场看。在城壕一带,就有三帮这样的。以前,山里人在农闲时节,看的是灯影子,看了没有五百年,也有三百年了,一代一代人都爱看。灯影子就是皮影戏,在城壕就有专门以此为生的人,都是家传的,所有家当两口箱子就装下了。在场院里能演,在房子里也能演,一块窗帘大的白布绷开,叫亮子,看的人在前面,演的人在后面,一盏煤油灯点亮,各种皮影的人物被一个人操控,在亮子上动着、替换着。还有一个人,弹拨三弦琴,腿上绑着铜钹,旁边放着锣鼓,一个人顶一个乐队。再有一个人是主唱,唱的是道情。戏文无非帝王将相、男欢女爱,到了要紧处,到了高潮,操控皮影的、伴奏的,一起扯开嗓子,跟主唱一起唱,叫帮腔,这时候的这种唱腔,没有唱词,就是感叹,一声比一声高,一声比一声沧桑,钻心呢,惹眼泪呢。

169队的工人在山里施工时,有时遇上附近有灯影子,就看一阵子，也跟着叫好，也跟着高兴和难过。空气里，散发着麦草垛干燥的气息，牲口粪的气息，旱烟的气息，煤油灯的气息，人的汗味和脚臭味都混合在了一起，成为大山里人们娱乐时的记忆。踩着露水往回走，头顶的星星，手一伸就能够着，像是能一个一个敲下来，拿着当冰糖吃。演出结束了，人散了，戏班子收拾着，表情平静又隐忍，这场景曾深深触动了刘大海，他写了一篇文章《一声道情一声疼》，把自己都感动了，拿毛巾擦眼睛，可是，投到矿区报，竟然没有发表。也许，这样的题材，不适合挖石油的人看吧。

　　小白这么一说，放到以往，也许就把人赶走了，放到现在，倒有些用处。杨队长寻思，过几天169队就要走了，前些日子闹得人心乱，这几天还算稳定，再放上一场录像，让大伙儿娱乐娱乐，也没啥坏处。就问都是啥片子。小白一听有戏，高兴了，说都是好看的，都是香港拍的，打是真打，疼是真疼，刀子飞来飞去的，人也天上地下的，可吸引人了。杨队长问咋收费，放几个片子。小白说一百块钱，放两个片子。杨队长说，矿区电影队来，我们不花钱就能看电影，你这个还这么贵的。小白说，不一样啊，我放的片子，别说矿区电影队没有，就是孟阳城的电影院也看不上。杨队长说，你说得再好，也不能由着你胡乱要价。就这样你来我去，说了一阵，总算说妥了，八十块，放三部片子，另外管一顿饭，尽饱吃。小白就赶紧叫和他一起来的帮手过来。人正在杜梨树那边等消息呢，听见吆喝，小跑着过来了。169队的人听说有录像看，都很兴奋。一年到头，野外队没有啥文化活动，不是没事了玩十点半，就是到山下赶集、逛庙会。矿区的电影队，几个月来一次，放的都是老掉牙的片子，看得都不爱看了。录像新鲜哪，一定要看，开开眼，解解馋。天刚擦黑，169队的院子里，人就坐满了，个个仰着头，眼巴巴地盯着挂在队部外面的白布。

　　录像开始播放了，声音大得很，也有些听不清。一个人在耍拳，往东边一拳，呼的一声，朝西边一掌，哗的一声，又拿胳膊肘击打一棵树，树应声而断。何乱弹叫出了声，"厉害！"突然，这个人跳起来，双腿对着观众扫荡过来，大伙儿下意识往后躲，前面坐着的，身子倒在了后面坐着的怀里，又意识到人不会从那块白布里出来，便有些不好意思。是呀，从来没有看过呀！随即，书写潦草的片名在激烈的伴奏声中猛一下推了出来。光是片名，都看着怪怪的，都血淋淋的。真能打呀，真能挨打呀！一对一打的，一个人对七八个人打的，一群人打在一起的。拳头比铁还硬，别说打人，打上就倒，打柱子，柱子一个窝窝；打瓦罐，瓦罐碎裂成一堆碎片；打石头，石头裂成两截。最厉害的不是一开始就厉害，打倒起来，打倒起来，彻底打倒了，还是起来了，起来了不说，挨了那么多打，像是没有挨打一样。而且，到最后剩下的一定只有他。别的呢，还用说吗？倒被他一个个打死了。狗日的还会飞呢，这还是人吗？不光能飞到树上、房顶，还能从一座山飞到另一座山。有一个白胡子老头儿，衣服也是白的，只有鞋子是黑的，如果无真道长现身怕就是这个样子。李双蛋看得专心，尤其对背着宝剑，嘴里念念有词的人物的一举一动格外留意。片子里一定有女的，而且一定有大仇要报，又总是报不了。女的一定长着大眼睛，跟牛眼睛一样大，脸蛋却不大，还是瓜子脸。这女的咋这么好看呢？赵铲铲咽着口水。徐二也朝前押着脖子，范幺妹也被迷住了，发现徐二的神态，掐了一把，徐二才回过神。男主角被打残了，胳膊上吊着绷带，头上缠着棉纱，这还不算完，竟然被踢到山崖下面去了。正揪心呢，山崖下却是一个湖，男主角落进水里，眼看要淹死了，画面一转，他却躺在床上，一定要在天亮时醒来，一定要疑惑，这时候就出现了一个叫花子，衣服破破烂烂，还缺了两颗门牙。可别小瞧，这才是真正的高人，就是叫花子救了男主角。而且，叫花子还不停地捉弄男主角，还拿一根柴火棍打男主角，打着打着，就把功夫传授给男主角了。男主角再次出现在人们面前，就和原来不一样了，不过别人看不出来，要过招才能领教。各种打，各种躲，男主角就是不出手，还背着手，身子里像是有一个弹簧。等到要出手，哪是在打呀，还没挨上，对手就摇晃，就抱着胸口呻唤。

　　空气里有拳头，有电，有大锤，就是眼神都有杀伤力。大伙儿跟着剧情大呼小叫，连连感叹。大眼睛女子的仇终于报了，恶人死得也费劲，眼看死了，又活过来了，眼看输了，又出现转机。死的时候,眼睛睁着,身子挺一下,再一下,起码得一百次才艰难死去。女子被男主角搂在怀里时,大伙儿都安静了,都期待发生点儿什么,却什么也没发生。而那个死了的恶人,却没有死,手动了一下,这让大家都分外担心,就在这时片子却结束了。虽然没有看到希望看到的场面,主要是男女方面的,大家难免感到失望,但也够不错了,起码把人的心思搅和起来了。大伙儿眼巴巴跟着镜头走,想尿尿了也憋着不挪动,手里拿着烟忘了抽,口水流出来了顾不上擦。看了片子,一个个直呼过瘾,似乎以前白活了,看了片子才补上了,才不叫白活了。

十八

穆龙沉闷着脸，又来找杨队长请假来了。杨队长说，你不是才出去几天吗？这又出去，有啥新线索吗？穆龙那张倭瓜一样的脸显得更愁苦了，说，没有线索。杨队长说，那也得接着找。这都要去中原了，总不能把媳妇扔下就走哇！穆龙说的媳妇，是新媳妇，娶回来才三天，说回娘家，却不让穆龙陪，这一走就失踪了，失踪都好几个月了。

在169队，谁最倒霉？是穆龙。别看他娶了新媳妇，也是他最倒霉。不光是把刚娶的新媳妇给丢了，而且穆龙是169队唯一一个犯人。是的，犯人。他被孟阳法院判刑三年，缓刑三年。要不是因为缓刑，别说娶新媳妇，别说去中原，工作都没有了，人得在监狱里改造呢。看穆龙的样子，打一拳都不会还手，吐一脸自己擦了都不发火，能招惹出多大的灾祸，竟然被法院判刑呢。

那还是两年前，那时候和现在比可不一样，169队多红火呀！那时候，169队工作量饱和，有两个工地，谢爷爷没有分身术，就还得一个看护的。穆龙说自己家庭困难，主动要求看护，杨队长也是同情，就同意了。在矿区，169队的工作，就是油井钻成了，像是水井打出来，得排水，直到排出清水，确定有水，一天能出多少水，这油井也得排水，直到能确定排出的水里，油量占多大比例，一天能出多少油，才停止。之后，再把油井给下一个单位移交。移交之前，虽然不施工了，油井还在169队手里，得有人看护着，看护油井，看护油井上没有搬走的设备。看护工地不出力气，人轻松，就是操心大。尤其是油井近旁，有洒落的原油和泥土混合，成为油泥，油井里，还往外冒能燃烧的气体，那更是不敢有丝毫大意。当地人自从发现原油能烧火做饭的好处后，都会趁着看护的人不留神，偷偷铲油泥。铲到筐子里提回去，在伙房外面挖一个坑存储，做饭时舀一勺子，倒进灶火眼里，那火势不但猛，还耐烧，一阵阵就把水烧开了，就能煮洋芋疙瘩了，就能下手擀面了。可比柴火强多了，就是干硬柴也没得比。偏巧穆龙看护的工地油泥多，偏巧附近的人家也多，看了东边又看西边，让穆龙早晚不安宁，不停呵斥试图进入工地的村民。

当地人看穆龙看管得紧，一点儿机会也不给，眼巴巴看着油泥冒热气，却不能铲回去烧火，就抱怨169队咋派了这么个不通情理的，这靠山吃山是老传统，靠油吃油那也应当啊！不过人是活的，办法是人想的。刚下来的瓜果送来了，尝尝鲜。刚炸出来的油饼送来了，趁热吃。人心都是肉长的，油泥那么多，又没有啥用途，让人家铲上些，也是帮助人呢。何况瓜果甜的，油饼香的，这口子一开就收不住了。这人进了工地就抢着铲油泥，有的位置油泥厚，有的薄，产生的热量也是不一样的。油泥一块块被铲起来，井场上空，油气的味道更浓重了。人闻着，开始臭臭的，慢慢地，闻着像熟肉，有些晕，还有些受活，有些陶醉。这地底下上来的东西，可真是神奇呀！这边呢，还有能主事的掏出了纸烟，这也是巴结穆龙呢。这吃了瓜果，吃了油饼，再抽上一口烟，把人就给美日踏了。吃人嘴软，穆龙也是忘了自己是干啥的，也忘了工地上最见不得的是啥。火柴划着，纸烟没点着呢，耳朵边轰的一声，人还没有反应过来，空气里的气体变成了一个大火球，专门朝油气密集的地方走。正在铲油泥的人，筐子装满了，个个满心欢喜，哪料想得到会祸因火起，愣在原地，叫出声都给忘了。火势凶猛，比老虎都凶猛，井场上的人，本来就有些迷糊，这下更不由自我，都在火里做出各种古怪动作，那是猛火扑向人体引起的肢体反应。跑哇！跑哇！有跑了的，头发被烧掉一片，衣服被烧了几个洞。有没跑了的，头发烧光了，衣服烧光了。穆龙也被大火烧伤了半边脸，连滚带爬，赶紧跑出了井场。紧要关头，保命要紧，穆龙已经顾不上惊慌和害怕了，只能躲在一边，眼看着大火越烧越旺，眼看着整个工地笼罩在熊熊大火里。

等到消防车赶来，等到把大火扑灭，大火造成的灾难性后果已经无法挽回。烧死了两个人，严重烧伤五个人。工地上的设备也被烧毁了，铁疙瘩都被烧得变了形。这可是重大安全事故，必须有人承担主要责任，这个人找不出来第二个，只能是穆龙，就连杨队长也背了一个处分。杨队长开始想不通，后来就想通了，这叫连带责任，这叫领导责任，别以为队长好当。被判了缓刑的穆龙，每个月只能领到刚够吃饭的生活费，还要向有关部门报告个人行踪。穆龙本来就话少，经历了这么大的事件，一天到晚，能说一句话，有时候，一天到晚，一句话都不说。早知今日，何必当初，这能怪谁呢？瓜果还鲜不？油饼还香不？纸烟还过瘾不？那两个死了的，到穆龙的梦里追魂呢。那五个严重烧伤的，在医院里一边叫唤，一边骂人呢。

既然好事成双能成立，祸不单行也就不意外了。穆龙成了犯人，这还没完。穆龙的老家，一年降雨量正常的话，刚够庄稼长熟，偏偏旱得冒烟的年份多。人吃水吃的苦水，牲口都跟人抢水呢。老天爷从来不遂人的心愿，翻过年，大雨却在夏天连着下，穆龙家的房子和村里人家的房子一样是土坯房，由于穆龙在外，修修补补被忽略，禁不住雨水的浇淋，塌了。也不是全塌，只塌了一面墙，就这么蹊跷，就这么不幸，穆龙的老婆被压到下面，挖出来剩下一口气，来不及送医院就过去了。万幸两个孩子在另一头，只是受到惊吓，没有受伤。穆龙在野外队哪有条件照顾娃娃，只得托付给亲戚。有个媳妇多难得，穆龙又变成了单身汉。不过，有可能的话再找一个，穆龙不会不愿意的，在老家找，没有人说合，他这个样子，就是寡妇，也不敢跟他，都看得见，那得受多少拖累。也是邪门，在太阳坡，竟然有人给穆龙说媒，竟然是月亮洼的，还是一个黄花闺女。穆龙去见了一次，心动了，女的就是肤色黑点儿，其他都没说的，尤其是眉眼，看一眼想看第二眼，娶回来就能天天看了。可是，彩礼不少，穆龙哪有哇！169队有穆龙的几个老乡，都愿意借钱，愿意帮一把。杨队长也可怜穆龙，同意腾出一顶帐篷，给穆龙做新房。来来回回，该说清楚的，都说清楚了，需要定下的都定下了，娶亲的好日子，也就到了。

穆龙要去月亮洼接新媳妇，169队的人跟着高兴。李双蛋把中山装都穿上了，也把钢笔别到上衣口袋了。何乱弹说，人家穆龙娶新媳妇呢，你穿这么排场的，不知道的，会问你要喜糖吃呢。李双蛋说，我倒是想，月亮洼的好女子，跟了穆龙了，没有我的了。穆龙也穿上了中山装，不过不是新的，穿过许多次了，看着还没有李双蛋的板正，不过不要紧，谁是新郎才要紧。当地人迎亲，动用的是毛驴，看习惯了，就觉得，新媳妇骑在驴身上，看着才像个新媳妇。169队的人，得有169队的特点，那自然就是李师傅的大卡车了。这尘土飞扬地在路上跑着，也是挺招摇的。能去的都上了车，不是壮胆，不是显得人多势众。又不是抢亲，没这个意思，也没这个必要。都去看看穆龙怎么把新媳妇领回来。在队上而不是回老家成家娶媳妇，还是头一回呢，以往都是蹲在路边，看别人的娶亲队伍经过，既然穆龙在队上娶亲，169队的人，都是穆龙工友，都是自己人，也就算穆龙的亲戚，这样的感觉，还真的不一样，真的新鲜。

　　汽车在一面土坡下停住，到了。早就知道到了。女方家看见起火了一样的一大团土雾在远处旋着，越来越大，越来越近，就喊叫，就左右通知，169队的人来了！一堆人，早早在路边等着，也不怕落一身土，吃满嘴土。车停下，人下来，穆龙打头，杨队长接着，再就是169队的，再就是看热闹的，跟在女方家带路的后面，都上坡爬坎，拐进了女方家的院子。院子大，敞亮，山里的人家，再没有啥，都有个大院子，山里嘛。窑洞却小，装不下这么多人。能进去的得进去，进不去的就围在外面，踮着脚够着看，边看还边问这个是谁那个是谁，主要是分不清哪个是新郎。最想看到的是新媳妇。新媳妇在哪里呀，怎么看不见哪？

　　穆龙来，不能空手，有四样礼呢。最要紧的还有一样，是彩礼，拿一块蓝格子图案的手帕包着，是整整四千块，十块一张的，一百张一沓，总共四沓，总共四百张，这是早就说好的数字。穆龙哪有这么多，其中一大半都是穆龙借的。四样礼里，最有趣的、最奇怪的是两瓶汽水。在当地，四样礼是有讲究的，通常，是两瓶酒，两条烟，一吊子猪肉，一盒点心。这才叫四样礼。穆龙竟然把汽水当成一样礼，真是少见，估计也是为了省钱，又不能把四样减去一样，就凑数凑了一样。不过女方家也没有流露出不高兴。入乡随俗是应当的，不过矿区上的人势大，可以不受约束。按说，这接亲的来了，怎么也得管饭，就是吃一碗臊子面，这也是讲究，也是基本礼节，再穷的人家，都少不了这个环节。不然，以后在人面前抬不起头，被学说上七八年也是活该。这也改革了，这也没有。不但没有臊子面，连一口喝的水也没有。一下子来了十几号人，只有杨队长坐着，其他人就干站着。话说要坐也没个地方，有地方也没有备下板凳。女方家似乎没有这个计划，也不担心坏了事情，男方这一边呢，也不计较，也认可一样。这种情况，特殊，由于野外队上的来娶亲而变得特殊，由于是穆龙这么个人娶亲而变得特殊。这个安排，估计这也是提前沟通过的。婚姻大事怎么进行，有哪些程序，双方的意见一致了，才能够落实到这一步。

　　短暂逗留了一阵，新媳妇终于露面了。新娘子没有盖盖头，这个也是少见。脸面不那么黑了，穿了大红的衣服，新崭崭的，发着绸子还是缎子的光。新媳妇看着很老实，乖乖跟着穆龙一起出院子，一起上车，两个人都坐进了驾驶楼。这个待遇得给，杨队长也不会有意见的。杨队长和大伙儿都上了车槽子，显得喜洋洋的，不像队长了，像家长。新媳妇坐车上，让李师傅分心，看一阵前面，眼睛斜过来，把新媳妇瞄一下。新媳妇大大方方的，一点儿也不羞涩。穆龙也安静，但能看出内心的紧张和兴奋，要不穆龙的拳头咋攥得这么紧的。李师傅的车子并没有往169队的方向开，而是开到了月亮洼，这是履行同样重要的一道手续，是送穆龙和新媳妇到镇政府领结婚证。有了这个证，女方同意，政府证明，穆龙娶下的媳妇就是穆龙的，就是穆龙的媳妇了。政府的办事员经见多了，脸抻得平平的，也不问啥，看了证明，看了户口本，就给盖了章子。几乎没有耽误啥时间，就都妥当了。临走，穆龙留下了一袋喜糖，这是提前就预备下的。

这娶媳妇，起码得摆宴席吧，没有，这个也省了，这个大伙儿同样理解。穆龙成个家花了大价钱了，再没有能耐请大家解馋了。不但不吃穆龙，每个人或多或少地，都给表示了一下心意，也算借着这理由帮上一把。穆龙多可怜的，穆龙多福气的，遇上喜事也是遇上难事了，不靠大家，再没有靠头了。于是，没有仪式，不走形式，回到169队，在大家的注视下，穆龙和新媳妇进了新房。两个人，一男一女，这就算把日子过到一起了。

169队腾出来的一顶帐篷，还不是活动房，是铁架子上蒙帆布搭起来的帐篷。这也够不错了，总归是一个独立的空间。在169队成家，穆龙是头一个，算是集体管、单位管，何况穆龙的情况也特殊，没有人说闲话，还都挺支持的。帐篷里，两张钢丝床并一起，床单是新的，被窝是新的，脸盆是新的，再就没啥新的。也没啥了，要说有，就是穆龙自己用了许多年的木头箱子。对了，还有，还有玻璃的茶杯，瓷的茶壶，也是新的。穆龙给大伙儿发纸烟，给一颗喜糖，就算把喜事过了。后面的事情就成了穆龙的事情了，就成了穆龙和新媳妇的事情了。别人呢，看都不能看，就是帐篷密封不严，也不能看。花子觉得新鲜，倒是在穆龙的帐篷外转悠了一下，没有吃上啥好吃的，就又走开了。

这穆龙能把媳妇娶回来，却把媳妇留不住。娶回来，多费劲的，多费钱的。可媳妇长啥样子，还没有记清楚呢，就不见了，就从169队消失了。有人说，穆龙娶回来新媳妇，当天晚上入洞房，碰都没碰上，新媳妇不让，穆龙也不生气。第二天，又不让碰，穆龙有点儿生气，但没有发作。第三天，还是不让碰，穆龙打了新媳妇一拳，新媳妇没有还手。第四天，没有第四天了，新媳妇跑了。

媳妇丢了，就得找，自然先到娘家找，没有。老丈人说，人交给你了，证也领了，怎么就不见了？一个大活人，箱子里都装不下，就丢了？还要问你要人呢。穆龙没脾气了，这怪谁呢？这怪自己。怪自己没把媳妇看住，一大疙瘩钱哪，还没有开始还呢。就是一条狗，那也不会说跑就跑吧，难道用绳子拴住，媳妇就丢不了？难说。人有了走心了，变成一股子烟也能从房顶出去。谁说的，老牛吃了一口嫩草，这穆龙，啥都没吃上，啥味道都不知道，嘴边的嫩草，就不知道到哪里扬花吐穗去了。

　　有人分析，穆龙娶回来的媳妇，打一开始就没有和穆龙过日子的打算。还了解到，这个媳妇在家里就是个样子，孟阳城里倒是常见，年轻轻的，世面见得多，交往的人多，都是些杂七杂八的男人，在一起吃喝呢，在一起胡来呢。看穆龙人老实，等于空手套白狼，谋了一笔钱，留家里，报答父母的养育之恩，然后就走了，远远地走了。估计在孟阳城不会停留，去省城了。要不然，穆龙把孟阳城找遍了，怎么找不见媳妇呢？要不然，穆龙把孟阳城的女厕所，一个一个都等在门口，问里面还有人吗，直到确认没有人才离开，怎么连媳妇的影子都没有发现呢？

　　何乱弹说，在城壕买菜时他看见了，看见穆龙的媳妇，坐上了一辆汽车走了，不知道去哪里了。那辆汽车，不是矿区的车。要是矿区的车，他能认得。

十九

　　太阳坡总算安定下来了，没有人打架，没有人喝了酒胡闹，最多也就聚一堆玩十点半。除了穆龙还要出去找媳妇，也没有人乱跑。一个个的，都还老实，也忙着整理个人物品。这要去中原了，要的留下，不要的扔了。其实也没啥，都是些单身汉，没多少随身的东西。关键时刻，还是挖石油的能顾全大局、素质高。这让杨队长感到满意。不过，这刚放下的心，这一天，又悬起来了。

　　又发生大事了。

　　这天早上，老邓在外面转悠，再走就走到杜梨树了。眼睛看错了吗？怎么看见树上吊了个东西，还晃悠呢？揉揉眼睛，定定神，再看，妈呀，不得了了，是人。有人上吊了！老邓胆子大，不怎么害怕，只是心慌，有短暂的大脑断片，又很快调整回来，急忙跑过去，差点儿跌倒。到树底下，老邓抬头看，看清是郑在。老邓一边叫喊，一边抱着郑在的下半身，抱住往上送，而不是往下拽，这个做法在救人是无疑时正确的。老邓倒不是有经验，只是凭直觉，凭第一反应，一下子就这么做了。老邓要把郑在取下来却取不下来，郑在的脖子上套着绳子，而且还打了两个圈呢。听到声音，徐二跑过来了，李双蛋跑过来了，几个人把郑在悬挂的树枝用力下压，压弯，这才解开绳子，郑在的身子就往老邓的怀里倒。几个人手脚并用，扶着护着郑在，小心翼翼地放到了地上。老邓拿手指在郑在的鼻孔试探，气息已经很微弱了。老邓又把耳朵贴在郑在的胸口上听，心跳也很慢了。这时杨队长过来了，几步上前，几乎扑到郑在身上，手指甲掐郑在的人中，又把郑在的头抬起来放到腿上，大声叫郑在的名字。"郑在！郑在！郑在！"也是郑在命数未尽，也是放下来及时，只见郑在的身子动了一下，眼睛微微睁开了，看上去，像是里头有一根小棍子支撑着。旁边的人个子都矮小了一些，那是绷紧的神经又恢复常态，而让骨肉自然归位造成的。只见郑在吸进去一口气，又呼出来一口气，身子本来就软，又松弛了一下，身子更软了。这一口气这么一倒换，郑在又从阴间，回到了阳间。郑在看看围观的人，说出的第一句话竟然是为啥救我呀。气息微弱，像是电池用光了电，剩下了一点儿余电。杨队长说，这好好着，好好着，别吓我，有啥想不通的？能好好着吗？好好着。

自从太岁被烧，郑在就落下了心病。开始，大伙儿还害怕鸣呼鸟，也害怕无真道长。随着时间推移，都把这当成一个传说，只是在开玩笑时提说一下。就是真的有鸣呼鸟，有无真道长，又能把人怎么样？不都能吃能喝正常着吗？即便真的变成鸣呼鸟，那也不用整天搬铁疙瘩受罪了，只是对不起老家的老婆娃娃，不能再给家里月月往回寄钱了。可郑在不这么想。郑在相信有鸣呼鸟，有无真道长。这世上的事情，有的能说清，有的说不清。说不清的，那是不让人知道，那是天上的神在管理。郑在是读过书的，也读了一些老书，郑在相信，人的世界之外还有另外的世界，只有个别人，能在这之间往返。无真道长就算一个。也许，李双蛋也摸着了一些门道。平常的人，是不能触碰的。招惹上了，就犯下了天条，那是要受惩罚的。围绕太岁发生的事情，这前因后果都对得上，怎么可能不是真的呢？郑在认为是自己造成了这么严重的后果，不可原谅，不可饶恕。郑在觉得自己有罪，而且罪很大，这个责任，只有他主动承担了，太阳坡才能安静，才不会把无辜的人牵扯进来。把太岁抱回来，还被大火烧了，这让无真道长失去了重生的希望，要怪就怪他一人，这是命定的，这是早就安排好的，不是他恰巧碰上了，不是，得有一个人，有这么一个发现，这个人就是他，不是别人。那么，该发生的发生了，该完成的完成了，剩下的，郑在觉得他不能躲避，不能推脱，他得站出来，他得偿还。拿什么偿还呢？自己最珍贵的是什么呢？还用想吗？还用问吗？随身带着呢！

一个人，命都不要了，那得下多大的决心哪！人在这个世上，过得辛苦，过得容易，都有一条命，命没了，就啥都没了。命在，哪怕在黑地里，还有翻身的机会，哪怕还是苦熬着，命也在，有时说起来一钱不值，有时说起来顶一个银行。命丢了，拥有的一切，都归了风雨；命丢了，一个人就没有了，就归零了。郑在，不至于呀！杨队长就说，你娃瓜着呢，你不活了，你爸你妈得活，没了你，他们还有啥活头。郑在说，我都写了遗书了，我活着没意思，整天都难受的，整天都乏困的。杨队长说，不许。干啥都行，就是不能死，人都怕死呢，你怎么能送死呢？不许。好好着，咱们都好好着。郑在说，我也愿意好，可太岁没有了，无真道长变的呜呼鸟，天天在我耳朵边叫呢，叫我赔太岁呢。老邓插话说，你咋能当真呢！太岁没那么玄乎，我在老家翻修房子，挖出来过，被大伙儿一人切一块，回去炖汤喝了，滋补人呢，没一个受报应，身子骨还结实了，你不用担心！郑在说，我还是觉得亏欠得很，太岁也分高低呢，这个太岁，不是一般太岁，这个太岁成精了，能控制人呢。徐二说，没那么大本事，要真的成精了，还能被你发现，着火了，咋不知道跑？再说，又不是你放的火，太岁被烧，你没有责任。郑在说，可与我有直接关系呀！大伙儿这么说，郑在还是坚持自己的看法。看来，郑在陷入了思维的怪圈，一时半会儿还真是跳不出来了。杨队长说，这样，咱们先回房子，回去你喝点儿水，咱们再合计合计，总有办法让太岁原谅你的。说到这里，杨队长加重语气，说，不论什么办法，都没有上吊这一条。记着，没有这一条！

李双蛋找到郑在，要好好说说。郑在采取了这么严重的举动，李双蛋觉得，非得和郑在交交心，他不能眼看着郑在这么消沉下去，往绝路上走。毕竟人命关天，这件事，说起来，也与他有关，要不是他传话，谁知道呜呼鸟，谁知道无真道长。郑在要是人好着，他也就无所谓了，郑在出了事，李双蛋不用担责任，但心里会难受的。都是一个队的，都吃着一个灶上的饭，人到了绝处，能拉一把，就伸个手，这也是积德行善呢。不论哪个道行，都是为人好的了，不是要人活不下去的。李双蛋就说，其实，有些东西，信了就有，不信就没有。就拿呜呼鸟来说，谁见过，没有见过？郑在说，没见过不等于没有，世上许多事物，都是看不见却存在的。李双蛋说，说得对，有道理，我赞成。那我问你，就是有呜呼鸟，那也不会和咱过不去吧？郑在说，和你能过去，和我过不去，呜呼鸟是无真道长变的，太岁没了，无真道长真身不能现形，我影响了无真道长成仙得道，罪过大了。李双蛋说，这个还真的怪不到你头上，这个是上天不成全无真道长。谁让他在最后一刻因为吃多了杜梨果闹肚子，而错过了时辰呢。人各有命，这就是无真道长的命。其实，这也是上天安排的一种机缘，他错过了，就说明资格还不够，还得磨炼。郑在说，无真道长变成呜呼鸟，够受难了，要是有太岁，还有希望，没有太岁，啥希望都没有了。李双蛋说，这下你又说到点子上了，既然有太岁，呜呼鸟为啥发现不了，反而被你发现了？这说明，呜呼鸟现形的时机，还是没到。其实，老天啥都知道，啥都一五一十看着你呢。你以为你可以随便发现太岁，你的本事还能大过呜呼鸟？不是的。由你发现太岁，这同样是老天的设计。郑在说，就算老天安排我发现太岁，可没有让我毁了太岁呀！李双蛋说，你放火了没有？郑在说没有。李双蛋说，开始怀疑是刘补裆，也证明不是。那么，平白无故的，怎么就着火了呢？郑在说，是呀，就这个我最想不明白。李双蛋说，不光你不明白，我开始也不明白。郑在说，说来说去，我还是有责任哪！李双蛋说，要我说，你还真没责任，要说有，你的责任，就是抱回太岁，可你是好心哪，你不是为了害太岁才搬回来的呀。而这把火，凡人放不了，凡人的火，怎么能奈何得了太岁呢？李双蛋双眼放光，说，这是天火，是神火！这同样是上苍的设计。这说明，无真道长还要继续接受考验，位列仙班，哪有那么容易的？要是谁都上天庭，地上人跑光了，谁来种庄稼，谁来挖石油？就是无真道长现了形，我估摸也得继续修真无观，继续为太阳坡的人作法事，上天啥时候召唤他，也是个未知数。

别说，李双蛋平时神神道道，这一回，给郑在这么一说，还真的见效果，尤其是说到太岁时，说呜呼鸟可能只有一只，无真道长也只有一个，太岁是能再生出来的，就像女人生娃一样，只要杜梨树在，只要杜梨树年年结果子，就还会有太岁出现，也许需要十年，也许需要一百年，那就看天地的精气如何转化，还得看上苍对无真道长的态度。郑在明显地不那么心事重重了，脸上有了血色，都变得红润了。看人的目光不呆滞了，不凝重了。人彻底放松，带来的有身体的变化，也有精神的变化，心情不一样了，表现出来的神态、动作，也不一样。

郑在出来走了。郑在跟人说话了。郑在脸上有笑容了。到食堂打饭，也不是最后一个去了，声音还大得很，两个馒头！何乱弹还以为听错了，这些日子，郑在都是吃一个馒头，怎么突然就加量了？忙说好嘞，把两个大蒸馍架在郑在的饭碗上。杨队长知道郑在的思想变化，也很高兴，也多吃了两根青辣子。又知道这是李双蛋起了作用，看见李双蛋，眼神也变得亲切了，可李双蛋回过去的，却是一张冷脸。为工资被扣的事，李双蛋还在记仇呢。不过，杨队长也不生气，显得很大度。毕竟，杨队长也算是带队伍的，只要这帮人都好好着，只要不闹得鸡飞狗跳的，对于别的，杨队长不往心里去。

可是，也是邪门了，怕啥来啥，可真会选时间，难道还不够乱哪！这天，杨队长正在兴头上，刘大海大叫着跑来了，喘着气说，赵铲铲疯了！没听错吧？杨队长心里一沉，疯了？疯了！啊！那赶紧去看去。

赵铲铲就是疯了，不是装的，是真的疯了。

杨队长来到赵铲铲的活动房，一看人，就觉得不是原来的赵铲铲了，是另一个赵铲铲，是疯了的赵铲铲。赵铲铲双眼手电一样明亮，身体的各个部件，也像刚组装起来，正处于调试和磨合阶段，腿动起来，胳膊动起来，幅度很大。见到杨队长，赵铲铲哗啦一下从床上蹦起来，抬起手，杨队长以为要打人，下意识朝后一躲，赵铲铲却给杨队长行了一个军礼。杨队长正寻思怎么还一个礼，赵铲铲又一屁股坐下，却对杨队长喊，立正！没等杨队长立正，又喊，稍息！杨队长正犹豫怎么回应，赵铲铲身子一弹，双手把自己的头扶正了一下，似乎头上戴了一顶帽子，实际头上是光的，又直了直腰，大喊"我是皇帝"！杨队长这一次接上话了，学着赵铲铲的语气说，你是皇帝。赵铲铲说，我可以娶八个老婆。杨队长说，应该的，应该的。可不是嘛，都皇帝了，三宫六院的，别说八个，就是八十个也不在话下。旁边的何乱弹听了就嘀咕，还八个，谁要让我跟前有上一个，我把谁认干大都行。赵铲铲耳朵尖，似乎听见了，说，何方刁民在堂下喧哗，给我拿下问斩。何乱弹也不害怕，还想争辩，被胡来一把拉开了，回答说，是罪臣何乱弹，遵皇上旨意，已经押解到猪圈里了，等到太阳落山，就在杜梨树下行刑。

  赵铲铲似乎比较满意这样的处理，对胡来说，你可以娶四个老婆。胡来说，谢皇上恩赐！又回头对杨队长说，你可以娶六个老婆。杨队长说，我要不下这么多，能让出来几个给老邓他们吗？心里想，赵铲铲疯了，对等级还是清楚的，胡来是班

213

长，四个，自己是队长，就成六个了。赵铲铲说，你风格高，有素质，不过不得推辞，你就得六个老婆。杨队长说，那好，就六个，一个专门做饭，一个专门喂猪，就使唤了两个了，再两个给我捶腿，还有两个就让要饭去，不然人口多，得饿肚子。赵铲铲说，那不可，不可，我给你调拨多多的钱粮。杨队长说，这倒挺好，光吃不动弹，六个老婆就都成了胖老婆了。老邓插话说，你都当皇帝了，不能光分配老婆，朝纲大事，也要过问哪！赵铲铲一拍大腿，对呀，我怎么把这茬给忘了！呼的一下站起来，大声说，听封！杨队长，封你为总理大臣。又对胡来和老邓说，封你二位为左丞相、右丞相。老邓寻思，这似乎成了穿帮戏啦，这样的官衔，能一个朝里共事吗？胡来心想，疯了的人，能考虑官员名称的匹配吗？就别挑毛病了。杨队长想着得安定住赵铲铲，不能来硬的，也不能言语上刺激，就顺着他的话说，169队一家人，能多娶老婆，能升官，谁都喜欢。赵铲铲你好人做到底，就让大伙儿都尝点儿甜头，都会记着你的好呢。赵铲铲说，总理大臣言之有理，我不会亏了每一个人的，准奏！

　　赵铲铲同意给大伙儿多娶老婆，还封官加爵，这可是城壕过庙会时，舞台上才有的场面哪。虽然是空头支票，也让人产生了一定的获得感，总归比挨骂强。有的官大，有的官小，怎么说也是一个职务，即使最小的官职，也感觉超过了杨队长。给韩明仓封了个大内总管，听着挺对应的。这吃吃喝喝的职务，可不是闲职，赵铲铲还对韩明仓提了要求：这下要干净做人，干净做官，不许把猪后腿往家里拿。韩明仓红着脸答应着，心里却在骂，这个疯子，还记着这事。最有意思的是给刘补裆封了个县令，这可是县太爷呀。连刘补裆都觉得意外，手摆着，似乎在拒绝，嘴里却说，我一定好好干，造福一方百姓。徐二说，刘补裆爱喝酒，爱玩十点半，当县令，怕是要把财政吃穷喝空呢。赵铲铲说，那就派个都督，盯着刘县令，就由徐二担任。徐二笑着说，这好，这好，领旨。赵铲铲封的这些官，有的不搭界，有的挺有水平，像是履行了考察程序。其实，他也是听了评书，看了古装戏，记下的这些。刘大海和他同一个房子，却迟迟不安排职务，就问，皇上，你怎么把身边人忘了？赵铲铲看了一眼刘大海，哪里话，我记着呢。刘大海爱写写画画，就封你为机要秘书吧。古代有这个职务吗？这好像是孟阳城的政府大楼里才有的职务哇。刘大海还没来得及质疑，只是流露出不解的表情，赵铲铲轻声说了一句打，说就这么定了，家有千口，主事一人，我这个当皇帝的，想设立什么职位，就都得按我的办。听清楚没有？围在身边的人，包括杨队长，都跟着严肃了表情，说听清楚了。赵铲铲很满意，说，以后，根据各位爱卿的表现，该提拔的我自然会提拔，该重用的我一定会重用。

赵铲铲这么说，要是他人正常，杨队长一定跳着跳着骂一顿，可人都疯了，骂不成，还得哄，就说，你还是当皇帝，我

215

还是当总理大臣，咱们商谈国事，不管太岁了。赵铲铲说哪里话，我要太岁，我要当神仙。杨队长一听，这个赵铲铲，疯了也不糊涂，皇帝再好，就是天天吃卤肉，也有死的那一天，也有被推翻的可能，这当了神仙，长生不老，天天吃仙丹呢。就说，我马上派人，在太阳坡找，一定把太岁找来。赵铲铲说，既然如此，那也定个时限。杨队长想，这个赵铲铲，还挺注重抓落实的，这一会儿，已经定了两个时限了。就说，三天。回头对胡来说，听见没有，三天，找不来太岁，提头来见！胡来突然被布置了这么难完成的一个任务，还是死命令，正要抗议呢，意识到这是杨队长应付赵铲铲呢，就大声说，请首长放心，请无真道长放心，保证完成任务。杨队长说好。赵铲铲说好。

大伙儿都把赵铲铲当成无真道长了，也把找太岁的事情应承下了，赵铲铲的身份又发生了变化，这一回，他不是要当皇帝，这一回，他说，我是队长！杨队长听了，有些意外，这不是要夺权吗。就问，是哪个队长，赵铲铲说，还能哪个，169队的队长。169队的队长有啥当的呀，这都要去中原了，说好好着，就不好好着，不是这里锅烂了，就是那里墙塌了，这天天被熬煎着，头比身子还大，人都快崩溃了，还有啥舍不得的。要是在以前，这当个队长，在太阳坡上，咋说也是个人物，现在，要是真的能把队长这个位置让出去，杨队长是愿意的。可是，赵铲铲说的是疯子的话，不是矿区的决定啊。杨队长就说，这皇帝管江山，管万民呢，你说退位就退位了，这无真道长能成仙呢，在天上管事呢，你也不干了，当队长，才管几个人，当队长吃亏呢。赵铲铲不上当，说当队长好，我就要当队长。杨队长说那好，当队长，我就给大伙儿说，说听见了没有，以后，大家都听赵队长的。大伙儿就附和说，听赵队长的。何乱弹也是势利眼，当下就巴结上了，说赵队长！赵铲铲答应着，说光知道叫，光知道拿嘴皮子应付，去，到食堂给我拿两个青辣子去。何乱弹说，拿，这就去拿。刚要离开，又被赵铲铲叫住，说拿三个。何乱弹说好咧，拿三个。杨队长爱吃青辣子，队上的人都知道，吃了青辣子，舌头跳呢，烧心呢。队上的人也知道，能吃两个青辣子的人没几个，赵铲铲不是能吃青辣子的人，吃了受得了吗？老邓就提醒，说青辣子辣得很。赵铲铲说，打，这个不用你操心，我能当队长，就能吃青辣子。赵铲铲这是把队长和青辣子联系在一起了，既然是队长，就得吃青辣子，既然是队长，就能吃青辣子。可是，当队长，要是就图个有青辣子吃，没多大意思，那还算不上队长，那只是队长的一个方面。这个也不用替赵铲铲担忧，赵铲铲明白着呢，明白队长的权大着呢。接下来，赵铲铲就开始安排工作了，他说，咱们要去中原了，时间不多了，这些天，愿意赶集的，就下山赶集去。又看着胡来说，食堂的伙食，天天得有肉菜，人人有份，肉还要多，还不能加价，只许按素菜收钱，听清楚了吗？胡来说听清楚了。赵铲铲说，愿意玩十点半的，白天可以玩，晚上不睡觉，也可以玩。晚上玩到十二点以后还能玩的，发钱，一人十块。刘补裆说太好了，坚决拥护赵队长！又对杨队长说，赵队长说的，就是杨队长说的，说话要算数哇。赵铲铲说打，都好好着，好好着。杨队长一听，这话是我常说的，也转移到赵铲铲这里了。正想着呢，赵铲铲又出台了一个决定，谁要是想回老家，都准假，在家里想待多长时间，就待多长时间，回到队上不扣钱。呀，这个决定得人心哪。李双蛋听了，牙花咬得响，拳头攥得紧。要是赵铲铲说的真管用，那他被扣了的工资，不是可以补发了吗。李双蛋明白，这只是赵铲铲说的，不是杨队长说的，赵铲铲说了没有效力。差一点儿，李双蛋都要提出要求了，话到嘴边，又咽了回去。

  赵铲铲让大家自由回老家，谁不想啊。都想。一年里，在野外队，跟野人似的，这要是躺着热炕头上，老婆娃娃在跟前，就是和老婆吵架，就是娃娃淘气把饭碗打了，也是过日子，也是活人。这在野外队，骨头里头的油都熬干了，也只有一年一次的盼头。一时间，大伙儿似乎忘记了赵铲铲是个假队长，是个疯子队长，一时间，大伙儿把赵铲铲当成了真队长。赵铲铲也是聪明，人疯了，选来选去，选了个实在的，选了个虽然名义上地位不高，实际上最能体现权威的职务。大伙儿正陶醉呢，赵铲铲又不合适了，这一次，没有变换职务，而是趴床下拽出了炒瓢。不好，文疯子要变武疯子了。这炒瓢敲到人头上，人头不烂才怪呢。眼看着赵铲铲抡着炒瓢过来了，围在他跟前的人赶紧躲闪，却见赵铲铲冲出活动房，呼的一声，把炒瓢扔到坡下的树林子里去了。花子在外面看热闹，看到赵铲铲一股风一样过来了，也害怕，也躲，却见赵铲铲扔出去了一样明晃晃的物件，本能驱使，花子的喉咙里发出一阵颤音，随即奔向目标，差点儿在半坡跌倒，到了炒瓢跟前，用嘴叼，叼不起来。炒瓢不是皮球，不是玉米棒子，花子哪叼得动。杨队长见状，急忙吩咐何乱弹下去，把赵铲铲的炒瓢给捡回来。何乱弹说这费了多大功夫打下的，怎么就舍得扔呢，这只有疯子才干得出来。可不是，赵铲铲就是疯子。杨队长看到赵铲铲已经表现出暴力倾向，担心惹出更大事端，便把老邓拉到一旁，问赵铲铲会变成武疯子吗。老邓也不能确定，也不能否定。说不是，伤了人算谁的，说是，又没有踢人咬人，又冤枉了赵铲铲。就说，看着像，又不太像。杨队长说到底像不像，老邓说这还得观察。杨队长说等不及观察了，先按武疯子防备着，就问如果是武疯子，有什么对付的办法。老邓说，这个可难控制了。人就是守在跟前，也防不胜防。通常，都是用绳子捆住，再厉害的，用铁链子拴住，还要关到铁笼子里。杨队长说赵铲铲虽然力气大，咱们都力气大，铁链子就不用了，队上棕绳有的是，先把棕绳预备上一根。

赵铲铲这个样子让杨队长忧心。听了控制的办法，都不是太理想，有的，超出了杨队长的承受力。还是刘大海有经验，主要的，是他的二大爷，就是疯子，有过多次治疗的经验，刘大海都知道。刘大海说，人疯了，要么不管，随他去，要么得看大夫，这得花钱。通常，咱们这一带都是去两个地方，花钱少，又方便的，都是去枣神原。在那里，一条街从头走到尾，都是治疗精神病的，都有家传秘方。当对了，一个疗程，就见效。找错人，白花钱还没脾气。为啥这个地方出了这么多治疗精神病的呢？这是有原因的。就像有的村子，一村人出去要饭，有的村子，全都假扮和尚和二僧，这得有人带头，这得有基础。枣神原，地大，粮多，偏讲究耕读传家，有的有渊源，后代争气，都把书念下了。有的那，也努力，也鼓得劲大，却没有见到理想的回报，就气得很，就自己和自己较劲，也看着别人的风光伤神，要是粗人，兴许使坏，或者打一架也能释放怨气，读了书的人爱琢磨，爱钻牛角尖，越想越难受，难受了更难受，堵在心口子上，心口子堵实了，人就疯了。疯子越来越多，就有了市场，有了治疗精神病的，就出了一些医术精湛的。不过，送这里还是有些冒险，万一药不对症，文疯子治疗成武疯子，或者武疯子治疗成文疯子，都不是想要的。所以，通常人们都是把家里疯了的人，送到秦州去，那里有专业的医院，有经验丰富的大夫，治疗精神病，在西北名气大。人们开玩笑，会说，把你送到秦州去，那意思就是，这个人有病，得治，一般的医院，治不了。只有到了秦州，才有可能把疯子变成正常人。

疯子都见过，一个村子总会出现一个，像是上天安排下的一样，就是死掉一个，也会有一个冒出来顶上。要是城里的疯子，多是外来的，而且喜欢站在十字路口的街心指挥交通。印象里疯子就是头发乱，脚上的鞋子通常趿拉着，随时要遗落，却留在脚上。无关的人拿疯子寻开心，小孩子追疯子，疯子停下，又被吓得一哄而散。家里的人一次次找回来，又一次次丢了，耐心也被损耗光了，都打算放弃了，可每当提起又那么牵挂。赵铲铲疯了，大伙儿开始还意外、好奇，甚至因为是局外人而有些看热闹的心理，到后面，就联系到了自己，就觉得赵铲铲挺可怜的，自己也挺可怜的。赵铲铲疯了，毕竟是一个队上的人，毕竟都是下苦的，就有些难过，有些想不通。杨队长也和老邓说，要说疯，穆龙最该疯。经历了那么多的变故，刚娶回来的新媳妇，炕都没暖热呢，就鸡飞蛋打，连个影子都不见了。还不说身上还负着刑期，娃娃也没人经管。穆龙没疯。谢爷爷最该疯。一个人守工地，一天到晚，不光是连个说话的人都没有，一天到晚，纯粹就见不到个人。心里多憋多慌都得忍着，不是忍一年两年，常年就这样，常年就这样过下来了。谢爷爷没疯。还有刘大海，也是动不动就激动，感情上来了就朗诵，煤油灯都被扔外头了还不放弃，不灰心。写了一麻袋文章没地方发表，劳动白费了，多大的打击呀！刘大海没疯。还有刘补裆，身上常年没有钱，大鼻子差点儿被打死，也曾被怀疑火烧太岁，不安了好几天，照样玩十点半，照样喝酒。刘补裆没疯。还有李双蛋，自称会法术，回老家说钱被偷了，却能把老婆哄骗过去。扣了工资后，一直闹情绪，还被我踢了一脚，对我意见更大了，都记仇了。李双蛋没疯。要说谁该疯，在169队，能列出一个名单，即使算进来赵铲铲，那也是排在后面的，竟然就疯了。杨队长还说，这些日子，我希望大家都好好着，事情一个接一个，我都想疯了去，疯了就把这一摊子撂下了，就不费神了。我都没疯，我都不能疯。就是疯，那也得到了中原，把啥都安排下了，把这一帮子人打发了，我才能疯。你说这个赵铲铲，凭啥呀，凭啥疯啊？

赵铲铲疯了，没理由哇，即使有也提不上串，又没有扣工资。倒是买过没有用处的渔网，那也是以前的事了，也不至于让人神经错乱。再说，还打制了一把炒瓢呢，这可是好东西，用来做炝锅面，最顺手了。竟然扔了，不要了。难道人疯了，对自己的物件，都不珍惜了？也是怪。对了，还有，赵铲铲的被褥被大火烧了，不过那也不值多少，何况队上给他又资助了一套。那是为何，为何？对了，还有，赵铲铲一心发家致富，谋划过养鸡，培育蘑菇，都由于资金不足而未能实现，也许这个算。再一想，也没那么严重。金的银的，人都想要，腰变粗的始终是少数人。有梦想，依然停留在梦想阶段的，也不是他一个。

杨队长分析了好几个回合，没有找到原因，就把刘大海叫来了，问，是不是你把赵铲铲逼疯的？哪里呀！刘大海摇着头，我可没有这么大的本事，要是有，我只让一个人疯了去，让李双蛋疯了去。杨队长说，别转移话题，赵铲铲和你住一间活动房，平白无故，怎么会疯？不是你造成的，还能有谁？刘大海说，冤枉啊，我和赵铲铲无冤无仇，关系好着呢。杨队长说，你一天又是写，又是念，念起来声音还大，说不定就刺激了赵铲铲。刘大海说，哪能呢，个别情况下，赵铲铲说一声"打"，就过去了，生气不严重，经常的，赵铲铲还央求我给他念一段，听得欢喜着呢。那就没道理了，那怎么会疯了呢？杨队长说，绝对的，绝对有直接原因，你再想想，不是你，会是谁？赵铲铲还有没有别的异常表现？杨队长这么一提醒，刘大海还真的想起来了，还真的有原因。刘大海说，赵铲铲发疯的前一天，他在城壕采油大队的一个老乡来过，当时，我看来人了，房子小，就打了个招呼，出去到树林子里转去了。回来发现赵铲铲的老乡走了，赵铲铲一个人在发愣，脸色难看得很。杨队长一听，说，这下清楚了，赵铲铲疯了就与他这个老乡有关系。杨队长说，那你听赵铲铲说啥了没有？刘大海说，他光是叹气，坐下一动不动，就是睡着了，也没听到说梦话。杨队长说，那就得找到赵铲铲的老乡，问一下都给赵铲铲说了些啥。刘大海说，就是，只能从赵铲铲的这个老乡那里得到答案，再没有别的办法了。杨队长有些不解，说这好好的人，听了什么重话，就给疯了呢？

赵铲铲受到的打击不是一般的打击，赵铲铲的老婆叫人

223

给睡了。这等于插了赵铲铲一刀，这等于要了赵铲铲的命。还说馍馍不吃在笼里呢，自己想吃吃不上，倒叫贼娃子给咬了一口。169队的男人，一年和老婆只能团聚一次，最多两次。大伙儿都过得艰难，都过得不正常。说是成了家，却不完整，大部分时间天各一方。男人们要不是图这点儿工资，才不受这个罪。女人在老家更苦，上有老，下有小，操持里外，梳头都不能慢慢梳，鸡没喂呢，猪在圈里哼哼着呢。还要种地，还要赶集，把南瓜卖了，买一块花布。赵铲铲的女人当年也是村子里的一朵花，上初中时追的人就多。可她偏就喜欢赵铲铲，喜欢赵铲铲的沉稳，喜欢赵铲铲想法多。再喜欢，也得过日子，喜欢不能吃，也不能穿。赵铲铲在野外队挣下的钱，除了饭钱都寄回去了。这点儿钱能有多少呢，没有也能活人，有了好不到哪儿去。按照赵铲铲的想法，要是办起了养鸡场，要是把蘑菇培育出来，工作就不要了，就回老家去。可是，世上最难的就数挣钱了，他也只能在野外队搬铁疙瘩，老婆也不指望赵铲铲发财。跟了赵铲铲，老婆已经没有人前仰头的想法了，要说有，就是希望赵铲铲人完整着，搬铁疙瘩别把脚背给砸了。

　　你没有想法，别人有想法。村子里有个包工头，早就看上赵铲铲的媳妇了。还是学生时，他就表示过，被拒绝了，也不明白为什么跟赵铲铲好，不跟他好。赵铲铲常年不在家，包工头就有了机会，隔些日子，拿来一块花布，再隔些日子，又提来一袋水果。过年的时候，还给过娃娃钱。赵铲铲的媳妇说钱不能要，包工头说又不是给你的，是给娃娃的。给娃娃的，能给那么多吗？这里头的意思能看不出来吗？就这样，两个人就有了关系，有了不敢叫人知道的关系。哪有不透风的墙啊！包工头的媳妇厉害着呢，盯防着呢，一天就抓了现行，全村人都知道了。赵铲铲的媳妇没脸见人了，叫人背后议论，叫人当面骂，差一点儿寻了短见。赵铲铲的老乡回老家，就听说了，回来，风声就传到赵铲铲的耳朵里了。

二十

　　王轻倒了几次车才来到太阳坡下,正要走着上山呢,一辆大卡车得了哮喘病一样,拖着大团的尘烟轰隆隆过去了。看着像169队的车,车上坐着的人看着像杨队长。这就要离开太阳坡了,汽车出山干什么呀?王轻有些不明白。过了一阵子,又看见李双蛋旋风一样蹬着一辆自行车,摔炮那样在地面上带起小股子小股子的尘烟,呼啦啦过去了。自行车再快,快不过汽车,骑这么快干啥?王轻要喊住李双蛋,还没开口,李双蛋的自行车已经出去了很远,感觉和汽车的速度差不多。王轻更不解了,这一前一后的,是一个追一个呢,还是各不相干?如果是李双蛋追汽车,要追上估计悬乎。汽车四个轮子,自行车两个轮子,汽车烧油呢,自行车得两个脚踏着才能走呢。如果不相干,李双蛋能有啥紧急的事情,两只脚蹬得风火轮似的,非要跟在汽车后面跑呢？

王轻没看错，汽车就是李师傅开的，汽车上坐的就是杨队长。不过，李双蛋不是在追汽车，他追不上，就是把无真道长的功力借给他，也追不上，就是变成呜呼鸟，也追不上。李双蛋没有那么笨，脑子清楚着呢。他这是要去城壕呢，到城壕骑着自行车花不了多少时间，走路就慢了，走路耽误事呢。

管他呢，王轻不想这些了。这次回来是接到通知，169队搬家去中原的日子已经正式确定了，两天后，车队就来了，就装车。吴先进还在医院抢救，走不成，王轻和郭公公留下继续陪护，等吴先进病情稳定了再护送去中原。这次回来是把自己的东西收拾一下，把要用的东西拿上，也帮着把郭公公的衣服、袜子，还有一些别的零碎捎带到孟阳城。

暂时不去中原，王轻愿意。这样，他就有机会多和左文接触了。这些日子，经常一起散步、一起吃饭，王轻离不开左文，左文也对王轻有了更多了解，愿意和王轻好。只是，还瞒着家人，还不敢说，怕说了，父母不同意。两个人在相处的愉悦中，也有隐隐的不安。

王轻喘着气，一步一步往山顶走，已经看见杜梨树，看见169队的那根烟囱了。这是他熟悉的，看上去，又有些陌生。这离开才多少日子呀，就不认得了，就生分了。王轻也是奇怪呢。太阳升高了，亮晃晃的，有些刺眼。太阳坡顶承接的光线多，从远处看像是被电镀了一层，新崭崭的。

王轻的判断没有错，他上来上到太阳坡，杨队长坐上车刚离开不久。在山下，互相打过一个照面。当时车速快，估计杨队长没有看见王轻，要不一定会停下车问一些吴先进的情况的，如果有紧急事务，那起码招个手，表示看见王轻了。

杨队长带上车，出山干啥去了？从队部的那台绿色电台里接到正式搬家的通知后，杨队长算了一下日子，就打算回一趟老家。近来事情杂乱，麻烦不断，杨队长左右应付，有些焦头烂额。这就要去中原了，去了，估计消停不了，要回老家更不容易，便决心在搬家前抢出两天时间回去。别人是人，杨队长也是人，也有老婆娃娃，整天想他呢。

吴先进在医院，有人照顾，问题不大。最操心的是赵铲铲，说是疯了，闹腾了几天，症状有所缓解，也许是暂时的，不过也不能大意，再观察一番，看需不需要送医院。还有郑在，情绪虽说稳定了，转变得有个过程，只要想通了，就啥都通了。赵铲铲交给老邓负责，刘大海配合。郑在由徐二盯着，都是年轻人，应该问题不大。还有穆龙，再不能让出去了，老婆又不是给人拐卖了，即使是，再出去也找不回来，得想其他办法，无目的地出去，白出去呢。

该叮嘱的叮嘱了，该安顿的安顿了，这天早晨，杨队长坐上李师傅的车，出发了。当队长就有这个好处，用一次是一次。估计不会有啥麻烦，169队的人，他还是了解的。将在外，不由帅，这个他可以做主，而且是给自己，给上面的招呼就不打了，不然还得编谎，悄悄回去，悄悄回来，就跟没有回去一样。到了中原，再说中原的话，眼下只图眼下的。快有一年没有回老家了，也是想得紧呢。可是，杨队长思谋得再周全，也难免疏漏，他就把李双蛋给忘了，或者说，就没有意识到，李双蛋突然发现了一个机会，一个报复的机会。

　　杨队长出发时，队上的人大多在睡觉。杨队长带车出去，带车回老家，大伙儿都知道，那又如何，人家是队长啊，有这个特权哪！李双蛋可不这么看，都不说，特权由着你用，较真起来，那可是不允许的。公家的车，怎么能给私人跑呢？还不是因为你是队长，我不是队长。何况车上还拉着东西呢，那台铁架子车，可没花自己的钱，还想用一辈子都不坏呢。李双蛋就一直在窗户后面看着，看着汽车发动，看着杨队长坐进了驾驶楼，看着汽车出了院子。汽车还没过杜梨树呢，李双蛋就跑出来，抄了一条羊走的近道，踢腾着就往山下跑，双腿拧麻花一样，以比平时快几倍的速度就跑到了山下，跑到了老鼻子家。老鼻子还想问话呢，光是说十万火急，回来再摆，借上自行车，使出全身力气，恨不得把自行车变成火车，变成飞机，头上都冒烟了，沟子都冒烟了，一鼓作气，再而不衰，三而不竭，连人带车，一并骑到了城壕。

　　到城壕干啥？打电话。城壕有邮局，邮局有电话。给哪里打？矿区检察处。那可是专门纠正不正之风的部门。杨队长的行为，算不算不正之风？还用说吗，肯定算。

杨队长把人丢大了。

回老家，得过孟阳，有李双蛋提供的车号、时间，矿区检察处的人，就在路口等着，像是约好了一样，其实一头知道，一头不知道，就把李师傅的车拦下了。没有什么可狡辩的，车上的人，车上的东西，人赃俱获呀！不用宣传，这类事自己长腿着呢，长翅膀着呢。在第一时间，在第二时间，在接下来的时间，矿区有多少人知道，还没有统计，反正，把李指挥惊动了，那就非同一般了。169队的队长，没有请假，不为工作，在正要整队搬迁到中原的关键时期、非常时期，私自带着队上的车，往老家捎带公家的物资，性质严重，特别严重，必须向上汇报，向最高领导汇报。李指挥刚进家门，刚端上饭碗，一听这事，胡乱吃了两口，放下饭碗，就返回办公室进一步了解情况，脑子也不闲，运转着各种应对方案。这种情况，遇到过，不过不是发生在杨队长身上，也处理过，通常的做法，非常的做法，都是现成的。节骨眼上又发生一次，虽然头疼，但也不是很疼，很快地，李指挥就做出了决定。

大中午的，169队的人正吃饭呢，还有人开玩笑呢，说那个小白要是再来放录像，豁出去了，花钱看。这一辈子，吃的亏多了，尤其是亏了下面，亏大了。没有大活人给补一补，看看录像，把吃的肉菜变成看的肉菜，就让眼睛吃个饱饭。这时，有人就听见声音了。咦，李师傅的车怎么回来了？咦，怎么还来了一辆小车？还是北京吉普！大领导坐的呀。就是的，李指挥坐的。就是的，李指挥来了，来到太阳坡了。

这前所未有。169队自打组建以来，从没来过这么大的官。就因为杨队长，就因为李双蛋，李指挥都来了。这足以证明，杨队长的行为，给矿区、给矿区领导带来了多大的麻烦！这足以说明，李双蛋这一状，抓住了要害，告到了点子上。对于杨队长，这比挨一顿骂，都难受。这比挨一顿打，都肉疼。这个疼，疼在心口子上，疼在肝脏的表层和里层。杨队长虽然强装笑脸，故作镇定，也看得出内心的翻腾，看得出沮丧和挫败感病菌一般的存在。

铁架子车卸下来了，还有一卷棕绳。还有一桶柴油。不是那种大桶，是那种装二十斤左右的铁桶，那也不得了。169队的人，有的人探亲时，偷着往老家拿棕绳，没有谁觉得不妥，和驻地的农民关系好了，都给上一截子呢，自己人，回家没有啥带的，带这个回去，算是没有空手。对此，杨队长也是睁一只眼闭一只眼，不予制止。都不容易，占这点儿便宜，169队没有多大损失，棕绳嘛，本来就是消耗品。如果拿别的，没有条件。坐班车回老家，要么拿不动，要么呢，车上不允许，汽油、柴油，可都是易燃品。杨队长有车，那就方便了。这要是拿回去，拿回到老家，样样都是宝贝，村里人能羡慕死，老婆高兴得估计话都不会说了。——拿不回去了，拿到半路上，又拿回来了。这几样东西，摆在院子里，刺眼哪！要是变戏法那样，能突然消失该有多好哇！

169队的人，知道是李双蛋干的，看李双蛋的眼神都怪怪的。胡来的眼神里，还包含了憎恨。老邓的眼神里是无所谓。王轻的眼神里有一丝佩服，只是闪了一下。王轻想，这个李双蛋，如果放到位置上，要么成大事，要么坏大事。这个李双蛋，真是可惜了，是个搬铁疙瘩的命，只能和杨队长较劲，要是走别的路，也许早就成了人物了。都知道李双蛋和杨队长结下了疙瘩，可是，没有一个人料想到，李双蛋会来这一手。这一手狠，一下子就把杨队长逼到墙脚了，无法还手，无法喊叫，只能乖乖认输。169队的人，只有一个人高兴，这个人自然是李双蛋。李双蛋咧着嘴一直在笑，脸膛红彤彤的，抹了油彩一般。李双蛋处于极度亢奋之中，身子发抖，手发抖。显然，李双蛋举报杨队长，是需要勇气来下这个决心的，一旦付诸行动，人的精神状态也会出现巨大变化，像是换了一个人那样，并且会保持相当一段时间，而且还有些不管不顾，只是把注意力集中到最在意的事情上。李双蛋就是这样，他的眼睛始终盯着杨队长，杨队长移动，李双蛋的眼睛就移动。杨队长只是看了李双蛋一眼，就迅速把目光挪开了。就这一眼，也让李双蛋逮住了，目光里有刀子，割了杨队长一下，目光里有钩子，钩了杨队长一下。李双蛋感到自己很强大。

开会了。又开会了。开会。169队的人，一年最多开一次会，对于开会，是陌生的，也不喜欢。这个世上，如果有一半人喜欢开会，那么就一定有一半人不喜欢开会。169队的人，包括杨队长，都属于不喜欢开会的那一半。这下倒好，像是补欠账呢，这才几天哪，又要开会了。不过，这一次会，大伙儿没有抵触情绪，都愿意参加。为啥？这一次的会，有重要人物，有李指挥。169队的人，认识李指挥的，不会超过五个人。杨队长不用说，吴先进也是当面得到夸赞的。其他人不认识，听都没听过的也有不少，杨队长倒是天天见。李指挥又不管发工资，不见无所谓，即使要见那也难得很。李指挥是何等人，哪能说见就见上的？说归说，人来了就不一样了。看人家，坐的是吉普，看人家，见谁都点头、都握手。多亲切呀，多慈祥啊！大伙儿印象里的领导都是杨队长这样的，嘴上爱说好好着，发起火来却拿脚踢人呢。爱吃青辣子，吃多了又呻唤。虽然能开玩笑，不敢开过头，轻着说，重着说，都一拃两拃量着说呢。别拿队长不当干部，杨队长也有杨队长的威严。这一比较，李指挥倒有些不像领导。像什么呢？像家里人，像长辈。反正不像领导。可是，到底是领导，就站那里，就笑一下，这笑，多正规，多标准，就握手，那手，多绵软哪，女人的手都没这么绵软。关键的是，气场多大。说是看不见摸不着，还真有，不然，叫人愿意走近却有些害怕，愿意随便却那么拘束呢。这可是自带的，这可是装不出来的。李双蛋就是作法，也没有这样的气场。杨队长就是被提拔成和李指挥一个级别的，那也得许多年后，把队长皮替换了，替换成指挥皮，才有可能有这样的气场。在169队的人的心目中，能到李指挥位置的全天下也没多少，可是，这么大的领导，来到169队了，还要开会，这多稀罕哪！一定开，快开，都盼着开饭一样，盼着开会呢！大伙儿猜也猜得到，这个会不一般，这个会不寻常。

李指挥来到太阳坡，还要开会，一定与搬迁中原有关，与杨队长有关。没有这两个因素，李指挥不会来，这两个因素缺少一个，李指挥也不会来。大伙儿更关心的是搬迁中原的事情，李指挥就这个能说些什么。毕竟是大领导，肚子里装得多，粗粮有，细粮也有，同样的话，别人说出来和李指挥说出来，分量是不同的，说出来得到的重视也是不同的，相当于加黑了字体，下面画了道道，还用框子框住了。

李指挥什么人，都来太阳坡了，都来开会了，169队的人，能参加的都来了。郑在都来了，穆龙都来了。赵铲铲要来，被杨队长安排的刘大海连哄带骗，留在了房子里。花子也想参加，把头探进队部，鼻子一抽一抽的，胡来呵斥了一声，花子夹起尾巴小跑着跑开，又回到炊事班门前卧着去了。李指挥的吉普车刚进院子，花子就朝前凑，何乱弹插队那样插到花子前面，抬高后脚蹬花子，从表情上，从上半身的形态上，还看不出来在做动作。花子的头上挨了一下，有大人物呢，不敢呻唤，慌忙撤退到最后边去了。也是记吃不记打，看169队的人开会，从样式上太少见，又忍不住过来，又挨了骂。169队的人，花子都惹不起，炊事班的两个人，几乎是花子的衣食父母，那更是早请示晚汇报也不过分。都不待见它，花子再不知趣，就得饿肚子了。所以，对于这次会议，花子再怎么好奇，也只能远远地在一边听动静。反正队部里扔不出来肉骨头，不让参加，那就不参加吧。

李指挥笑了一下，大伙儿跟着笑了一下。李指挥笑了一下，收住了，变严肃了，大伙儿赶紧跟着变严肃，有的跟得慢，笑容收回去一多半，严肃的表情也出来了，在脸上就有了两种表情。不过这能理解，山里跑的粗人，跟不上节奏，不是故意的。李指挥第一句话会说什么呢，王轻在想，是我代表矿区来看望大家来了，还是今天占用大家一点儿时间，开一个短会？王轻没有猜对，的确，这两句是大领导讲话的开场白，还有说同志们辛苦了的，说我今天就说三点的。一个拉近距离，一个是在交底。李指挥不这样，既然笑了一下又变严肃了，等于无声胜有声，也给这个会定了调，那就是，这个会既严肃又活泼，这个会很不寻常，也很有必要。果然，李指挥看着下面，要讲话了。李指挥的眼光看着下面，是一种聚光，又是一种散光。说是聚光，不论谁，都觉得李指挥在看他，不由得会专注听会，就像有些神庙里的雕塑，人不论站在哪个方向，正面，侧面，都觉得神像在看自己。说是散光，看上去似乎在看，又谁都没有看，像是在看最后面，像是在看人的头顶。刘补裆不由得摸了一把头顶，几个星期没有洗头，摸上去阻力大，顺势弯曲了指头，把头发顺了一下，又有些不好意思，以

235

为李指挥看到了他的脏头，看到了他的懒惰。心里就想，以后要是有李指挥这么大的领导来队上开会，一定要洗个头，干干净净的，给领导留个好印象。

　　杨队长坐在李指挥旁边，双手合住，插在夹紧的两腿间，脸上带着笑，又不像笑，看上去像个听话懂规矩的学生，也像是憨厚木讷的老实人。能看出等级的差别，李指挥是谁，你杨队长是谁。就是杨队长，在169队是老大，和李指挥之间也有距离，那也是一条大沟。杨队长的神态，就是随时准备挨骂，随时准备挨打，而且骂不还口、打不还手。有什么好说的呢？没有。坐上卡车回老家，回去了也就回去了，不算个事，没有回去，惹麻烦了，也来不及后悔，后悔也没用。认栽吧，咋处理都接受。谁叫你想得简单，谁叫你忘了背后有人盯着，前面有人守着呢？李指挥来，那是不得已，自己最对不起的就是李指挥。矿区的一些野外队，要上中原了，多少会议要开，不包括在169队的这次会，多少工作没有安排，来了太阳坡就受影响了。杨队长知道，在这个时候，由于他的行为，危害了大局，制造了混乱，那是要承担责任的，而且是承担不起的。吴先进被烧伤，多少还可以从正面理解，来抵消一座房子报废的损失，还有回旋的余地，还有转机的可能。而自己做下的，只有一个解释，没有第二个理由。郑在自杀未遂，赵铲铲发疯，这些李指挥还不知道呢。杨队长不敢看李指挥，又不得不看。就像刚开始恋爱的人约会那样，有些羞涩地低下头，又微微抬起来，偷偷把李指挥看一眼，又迅速把眼光收回来。这看一眼的目的，就是看李指挥有什么给他安顿的，从眼神的交换中就能看出来。果然，在又一次看李指挥的眼神时，看到了开始开会的意思。主持会的只能是杨队长，哪怕犯了多大的错误，只要还是169队的队长，在169队开会也必须由他主持。杨队长有过见识，知道咋说，就说，咱们开个会，这位是矿区的李指挥，大家欢迎。呱呱呱，呱呱呱。杨队长说，李指挥专程来到太阳坡，参加咱们的会，体现了对我们的关心，我代表169队的全体职工，对李指挥的到来，表示由衷的感谢！呱呱呱，呱呱呱。杨队长说，现在请李指挥讲话！呱呱呱，呱呱呱。

李指挥正要开口，下面一声尖叫，又一声尖叫。是老邓，是何乱弹。不是捣乱，可还是引来了前后左右的目光，看着他俩，带有谴责的意思。老邓眼神里是无辜，何乱弹捂住嘴，有些害怕，两个人都流露出痛苦的表情。原来，老邓来开会，倒了一杯子刚烧开的开水，这小心着端起来要喝一口，刚挨上嘴唇，前面的何乱弹直了一下腰，正好碰到了老邓的杯子，老邓准备吹着轻轻抿一小口，这被一碰，一下子猛贴上去，就被烫着了，而且嘴唇的内侧和外侧都有一定的面积被烫，手里的杯子受到惊吓，也打起了摆子，一些开水溅出来，溅到了何乱弹的脊背上，虽然隔着一层布，也有强大的灼烫感一边蔓延，一边从前胸延伸了出来。于是，一前一后，两个人都发出了尖叫。队部虽然没有啥物件，几十个人挤进来，还是满满当当

237

的，肩膀挨着肩膀，几乎前胸贴后背，相互间的空隙很小。要是冬天，挤着暖和，这8月天，每个人都是一台散热器，就都出汗了，胸膛湿了，裤裆也湿了。何乱弹本来就胖，头上不住掉汗豆豆，这叫开水烫了一下，身体做出了应激反应，旁边的人跟着紧张，倒还不那么热了。人多，除了热，还味道大。都不怎么讲卫生，像是为了节约肥皂、节约水。口臭、脚臭、汗臭混合在一起，闻习惯了倒无所谓，第一回闻的一定想呕吐。

就这样了，还有人抽烟，抽旱烟，抽自己卷的黄烟叶。房子里烟雾缭绕，又扩散不出去，就在大伙儿的头顶形成了一层烟雾的幕布。奇怪的是，杨队长虽然还是那么拘谨，却出汗少。奇怪的是，李双蛋没有出汗，头伸得高高的，都快伸到头顶的烟雾层了，专注地看着李指挥。奇怪的是，李指挥也没有出汗，而且还穿着卡其布的中山装，风纪扣系得严严的，而且还戴着帽子，也是卡其布的，戴得很规正，帽子里面是鼓的，不是软塌塌的，一看就是注意形象、对自己有约束的人。是呀，到底是矿区的领导，光看着装，不是啥高级的，却能穿出气象来。换个人，把李指挥这一身，还有帽子，给穆龙穿上、戴上，就滑稽了。人是衣裳马是鞍，这句话，在李指挥和穆龙这里比较，就体现不出来，就不准确。

队部热气蒸腾，开会又不是一时半会儿，李指挥对杨队长说，老杨，看大家这么热，还是挪到外面开会吧，能凉快些。杨队长点着头，从两腿中间抽出手，一下子站起来，说，往出走，咱们坐院子里去，快些，快些。大伙儿都高兴，房里头太热了，一出门，都在吸气，都在拿巴掌擦脸。很快，人坐了半个院子。一边坡头上，杜梨树的一团绿，看着舒服。一边坡下，树林子虽然动静小，还是有凉气送过来。这下好多了。还是李指挥体贴人，不让大家受罪。领导越大，性子越温和，确实，就跟洋芋一样，大洋芋，一个一盘菜，就是烧了吃，也面、也沙。不像小洋芋，切丝容易切到手，不切丝，煮熟剥皮，拿不住，不小心就掉地上了。大领导就是大洋芋。洋芋地里挖过洋芋的都知道，挖出来大洋芋，心脏都要跟着肥大一下，挖了大洋芋，人精神振奋。李指挥就让169队的人振奋。他第一句说什么呢？他说，169队，是一支能打硬仗、能打恶仗、能打胜仗的队伍，是矿区的招牌，矿区的骄傲，在座的每一位，都是这个队伍的一员，都是这个队伍的一分子，都是好样的，都是英雄！呱呱呱，呱呱呱。这一次，鼓掌的是李指挥。他说完带头鼓掌，是给169队的人致敬呢。呱呱呱，呱呱呱，呱呱呱呱。大伙儿的情绪一下子被调动起来了。大伙儿的注意力一下子集中起来了，集中到李指挥这边了。能不集中吗？大伙儿都坐着，李指挥没有坐，李指挥站着在讲话。169队没有条件，领导来了，自然没有主席台，就是面前摆一张桌子都办不到。椅子倒是有，高脚的，不是小板凳，可是，李指挥在讲话时，离开了椅子，不坐，站着讲，这样显得更有气势，也让面前坐着的仰着头听他讲话，更愿意听。

激动的人里头，李双蛋不激动。李指挥讲话，字词句都对对的，可还是跑题了呀！李指挥最该讲的，李双蛋最想听的，不是这个呀！要不，李双蛋费了一斤卤肉的劲跑下山，又费了一碗清汤羊肉的劲跑到城壕，可不是找老鼻子请教学问去了，可不是赶集去了。李双蛋就有些失望，本来仰起来的头，时间长了，脖子困，就往下缩，缩回去了一截子。激动的人呢，还在激动。亲耳所听，矿区的李指挥亲口所讲啊，多高的评价呀！人们身子里的血都加快了循环，指关节、腿关节都嘎嘣嘎嘣在响。人也是怪，常常一顿饭没吃好，一天都不开心，闹事的都有，赵铲铲有一次就针对何乱弹，针对铁疙瘩一样的馒头说，不能就这么放过，抓馒头，要抓人头。可是，有时候，几天不吃饭，饿得都快昏过去了，听一会儿高人的演讲，就来精神了，再饿上一天半天也没意见。这些日子，正心烦呢，这些日子，这里一个青伤，那里一个红印，正龇牙咧嘴呢，李指挥来了，李指挥讲话了，人一下子觉得活得有意思了，一下子觉得有奔头了。尤其是杨队长，也是出乎预料，插在腿中间的手，又一次抽了出来，分别扣到了两个膝盖上。头也微微仰起来了一些，可以平视着看下面坐着的人了。先前，杨队长主要在看自己的脚面。不过，杨队长没有看李双蛋，倒是把目光在郑在的脸上停了一下，在徐二的脸上停了一下。杨队长虽然舒缓下来了，但也明白，他今天在过关，这一关还得过，这一关不好过。不过，杨队长还是舒缓下来了。大伙儿都在动心思，李指挥这次来，不是为了当众表扬169队才来的吧？有一年，169队生产创了新纪录，矿区来领导了，大肥猪也装到车上拉来了，拉来慰问了，李指挥都没有来，只是来了一个部门的领导。李指挥这次来，一定还有别的内容，还没有揭晓呢。李指挥接着说，169队出了个吴先进，全矿区，整个总部，甚至全国，都有名，不是一般的名，是大名。过去，一个村里出个秀才，都在村口立个石头刻个字呢，全村人几辈子忘不了，跟着沾光呢。吴先进出在咱们169队，是每个人的福气，每个人的骄傲哇！我听到吴先进救火的事迹，我流泪了，流泪了。这就是先进，关键时刻，挺身而出，心里装的不是自己，是集体，是工友和矿区的财产。对于吴先进，我们要大力宣传，要隆重表彰。他现在还在医院，还在抢救，本来组织上考虑，为了让他更好地恢复身体，就留下来不去中原了。中原方面知道后，专门派人来探望，专门和矿区沟通，希望不要变，还是把吴先进的关系放到中原。为啥？中原方面说，这是宝贵的财富，放到那里，那里就有了知名度，那里就有战斗力。说一个吴先进，胜过一部钻机，胜过一台采油机。矿区也同意了，既然支援中原，就得大度一些，要粮给粮，要人给人。都是一家人，不分你我他。所以，吴先进以后还是169队的人，还和大家生活在一起，劳动在一起。

说到吴先进，每个人的心里都潮湿了一下。吴先进遭受着痛苦，没有谁愿意代替，也代替不了，但毕竟由一个好端端的人，变成了一个脱了一层皮的人，又是熟悉的，一起劳动的，以前，佩服中也有羡慕，也有嫉妒，现在人成了这么个样子，大伙儿都很同情，也有些难过。吴先进就是康复了，一身的伤，也失去人样了，就是抬得高高的，又能咋样？活人都难活下去，活人都要天天受罪呢。郑在觉得堵得慌，手捂住胸口，气都上不来了。别人怎么反应，都比不上郑在的反应大。事情由他而起，带来了多少后遗症。不过，经过上次李双蛋的开导，郑在的愧疚感，已经减弱了许多。刘补裆由吴先进想起了太岁，还想起了活动房着火对他的怀疑，暗暗轻松了一下。总算过去了，总算脱了干系，不然没有好果子吃。李指挥说，吴先进是救火被烧伤的，我听说，大火还烧毁了一个太岁，引起了大家的恐慌，什么呜呼鸟哇，什么无真道长啊，都冒出来了。我当时就觉得好笑，我们都是大人，不是三岁小孩，怎么能怕这个？李双蛋本来对李指挥不说杨队长的事情有些失望呢，听到说太岁，说呜呼鸟和无真道长，心里咯噔了一下，这还给杨队长找事呢，不定就找到他自己头上来了，这些话都是从他嘴里说出来的，虽然不是他编的，是从老鼻子那里听来的，可人家老鼻子是太阳坡的人，他可是169队的人，是矿区的人，要是打板子，只能是打他不打老鼻子。李双蛋的担心多余了，李指挥没有追究是谁造谣生事，却顺着太岁说起了石油，这是自家的老本行啊！李指挥说，咱们在孟阳这一带挖油也有年头了，石油是宝贝，用场大，咱们国家最缺的就是石油，最需要的就是石油。大家也知道，石油埋得深，挖出来不容易。大家还知道，石油是亿万年前的生物变的，这比太岁还要神吧。一滴石油里，不知道有多少条命在里头呢，多少个鬼魂在里头呢，我们挖出来不说，还提炼，还跑汽车、跑飞机，就是剩下的残渣，也不放过，压成牛毛毡，苫房顶，搅和成沥青，铺到路上车子轧、脚上去踏，咱们咋就不怕呢？世上的人咋就无所谓呢？咋还那么高兴呢？挖人的祖坟都要遭殃呢，地球上还没有人类，地球还是别的生物的天下时，人家死一茬活一茬，又死一茬活一茬，埋那么深，我们就把人家给挖了，挖出来变成灰了，等于把人家的祖坟挖了，等于把人家的祖先烧了，要说冒犯，这是多大的冒犯，要是有罪，这该多大的罪，我咋没见谁在乎过，没见谁被报复呢？所以呀，什么太岁呀，呜呼鸟哇，如果真有，再成精作怪，我们都能镇住、能降住，我们连石油都不怕，这说明，我们比太岁厉害，比呜呼鸟厉害，有什么好怕的？要怕，也是太岁怕我们，呜呼鸟怕我们。

郑在突然觉得，李指挥的形象很高大，值得尊敬，值得崇拜。李指挥就是他心目中的好领导。说得多好哇，说到他心窝里了，他心窝里悬着的一块石头落地了，砸到脚面上了。李指挥一席话，彻底解除了郑在的执迷，李指挥把郑在从黑洞里打捞了出来，从黑牢里解放了出来，李指挥让郑在赢得了新生。郑在已经期盼着前往中原，甩开膀子，干出样子，来证明自我价值，也为169队做出贡献。中原，将是郑在的新天地，中原再远，也吸引着郑在。李指挥说，咱们要去中原了，据我了解，有人愿意去，有人不愿意去。不愿意去的主要怕去了不适应，也嫌离老家更远了，回去探亲，路上花钱多。有这样的想法，都是正常的，能理解。可是，个人的小家，得服从矿区的大家，这是咱们的传统。咱们是干啥的？不等下面的人回答，李指挥说，挖油的。这些年，咱们把孟阳都挖遍了，都快挖个底朝天了，能挖的，咱挖，不能挖的，不死心，也挖。该挖的油都挖出来了，挖出来的油越来越少，再挖下去没有指望了，白费力气呢。说到这里，李指挥看看下面，说，你们工资都按时发了吧？可你们不知道，为了保证职工拿上工资，矿区想了多少办法。下面的人眼睛瞪圆，在听李指挥说工资，大伙儿最在意的就数工资了。李双蛋就是因为被扣了工资，才和杨队长闹，闹出今天这么个场面。李指挥说，虽说干活挣钱天经地义，可是，我们靠啥吃饭，靠油。挖出来了油，我们有饭吃，没有挖出来油，就没有饭吃。我们已经挖不出来油了，孟阳已经容不下这么多人了。过去，哪里遭灾了，人只能逃荒。咱们没有那么可怜，但是若是都留下，就得饿肚子，不走不行。逃荒的出去，没有着落，咱们到中原，那边欢迎呢，那边形势好，正缺人呢，缺169队这样的队伍呢。所以呀，咱们去中原，不光谋活路，也很光荣。咱们这叫战略转移，这叫全国一盘棋，共同打胜仗。多好的机遇，多好的安排，还犹豫什么？收拾起行装，往前冲，往中原大干快上，那才符合咱们的性格呀！

169队的人，文化程度大多不高，所以最适合听李指挥讲话了，或者说，李指挥讲话就是针对这些人设计的。怎么讲人能听进去、能接受，是经过选择的。李指挥啥人，哪天不讲话？讲话是工作，是基本功，不同场合，不同对象，都有一套讲话的方式。这可不是随便就能做到的。虽然跟算术题一样，做上几遍就能做，但其中又有高深的难以言明的学问，不是背口诀死记硬背就能掌握的。有的人，对着墙练，让家里人陪练，似乎也一二三像模像样，那只是学了一些皮毛，没有把骨头肉都打通。李指挥的高明，就在于随时能调整讲话的语气，随时能增添讲话的内容，随时能改变讲话的次序，一切都得服从讲话的实际，一切都在围绕讲话的中心。所以，每一次讲话，都能收到预期的效果。

今天的讲话，就把下面的人听得火烧火燎的，腔子里的热血咕噜咕噜着，把茶壶盖都顶起来了，就差伸拳头喊口号了。王轻听着李指挥的讲话，就在想，去中原好是好，刚谈下的对象可不要黄了。在野外队认识个女的，比拾个元宝都难，好不容易遇上了左文，自己又喜欢，相互的了解还在加深，要是分开了，万一被谁插一杠子，再要找一个合适的，不知猴年马月才有机会。不过庆幸的是能留下看护吴先进，时间又不短，得抓紧接触，早早把关系确定下来，这样，馍馍在笼里，别人吃不上。又想到这个难得的机会是吴先进给自己创造的，是建立在吴先进的痛苦之上的,就有些不自在,有些脸红。那就对吴先进多说几声谢谢吧,那就在照顾吴先进时多用心吧。

李指挥一边讲话,一边观察下面的反应,看到169队的人都专注听着,神情上有喝黄酒喝过量的陶醉,对这样的效果自然感到满意。搬迁在即,把大家的思想都统一了,其他事情就都好处置了。李指挥又说出了一句让大家情绪升温的话,说,这次去中原,不光169队去,还有其他野外队也去,不光你们去,我也去。啥?李指挥也去?下面一阵骚动。是的,你们没听错,我也去。这既是组织的决定,也是我的请求。去中原,去迎接未知的挑战,去创造新的历史,我要和大家一起奋斗,一起战胜困难。李指挥看到下面蠢蠢欲动,及时把握时机,大声说,大家愿不愿意去中原?下面一起出声,愿意!又问,去了有没有信心?下面一起出声,有!刘大海的脑子里在地震,在刮台风,在炼钢。刘大海觉得自己都要疯了,要变成赵铲铲了。刘大海克制着激动,如果不克制,有可能跳起来,有可能打人。写了这么多年,一直没有突破,总在为找不到理想的素材苦恼,这下有东西写了,是好东西,是大东西。刘大海似乎已经把一部能引起轰动的作品完成了,写吴先进,写李指挥,写169队搬迁的意义。这其中,有多少故事,有多少曲折,想象不出来,编造不出来,却在现实里活生生地发生了,他是见证者,是当事人,也是参与者,只需把所见所闻记录下来,不用加工,无须拔高,就能感染读者。太好了,好得都不想活了。咋这么好的。刘大海对自己能在169队这个集体感到荣耀，也为能书写这么感人的故事感到幸运。他想起了那些写出了火热生活的作家的名字，想起了他们那滚烫的作品，他已经预感到，他的名字，也能跟在这些作家的后面排列，他的作品，也能和这些作家的作品编辑在同一本书里，被读者传阅、议论，产生巨大的影响。到中原去，那里的人一听他叫刘大海，会说，啊，知道，大作家呀，写了吴先进，写了李指挥的大作家呀！想到这里，刘大海脊背有个蚊子叮，也顾不上挠一挠。整个人陷入了痴呆、亢奋、癫狂等症状综合在一起才有的表现。直到旁边的李双蛋觉得他有些不对劲，担心出问题，在他腰上捣了一下才回过神来。

  李双蛋担忧起来。起先，有终于报了仇的快感和兴奋，也盼着李指挥狠批杨队长，让他在全队人面前丢脸臊皮。等了半天，李指挥尽说别的了，急得李双蛋都想打断李指挥的讲话，提醒上一下，却缺少足够的胆量。在李指挥的调动下，大伙儿的情绪变化着，也到达了该到达的地段，李双蛋估计，李指挥的讲话已经收尾，再往下，没有啥可讲的了，他等待的内容不会出现了。李双蛋觉得自己白忙了一场，李指挥不会按照他预想的给杨队长难堪了，杨队长受到处理也更是指望不上了。这169队要搬走了，相当于打仗，大敌当前的紧要关头，不光临阵换将不可能，就是惩罚一下那也会引起军心波动，进而对整个战局带来负面影响。李双蛋告发的，放到平时，也许会得到重视，放到现在，只能被认为在添乱。这就好比他正在练功闭气，有人在旁敲锣，还怎么练？练不下去。就是有人端一碗卤肉在面前吃，他也会分心，一口真气提不起来，一口口水倒是流出来了。如果真是这样，杨队长不但平安无事，他的日子反而不好过了。他一次次挑衅，好像杨队长好惹，可他知道，杨队长不好惹，杨队长一定对他向矿区告状怀恨在心，早就在琢磨办法了，李双蛋又来了个火上浇油，杨队长更不会善罢甘休的。眼下有李指挥在，还不好发作，只是暂时忍着，回头再收拾他，简单得跟个一一样。李双蛋转而又想，已经这样了，就豁出去了，头烂了还在乎这一斧头，就准备站起来，质问李指挥，打算把杨队长的问题压下来呢，还是要给169队、给他李双蛋一个交代。这样想着，李双蛋的身子就动了起来，似乎在下最后的决心，不留意却放了一个屁，声音很大、很响，一下子引起了所有人的注意。放屁不算啥，开会放屁，那得看场合在这个场合，也不算啥，就跟打了个喷嚏一样，可还是不一样，李指挥在呢，事情重要呢。李双蛋注意力集中在如何和杨队长较量了，决定站起来时也有些慌张，就没有料到会放一个大屁出来，一时间就停顿下了。可能是跑着下山，骑自行车去城壕也速度快，戗了风，加上怨恨杨队长，也使得肠胃胀气，这才失控放了个屁。放个屁就放个屁，能和杨队长对着来，放个屁算啥，李双蛋也不在乎，只是有些突然，把他的思路打乱了，也就影响了下一步的行动，没能一下子站起来质问李指挥。李双蛋安定了一下，梳理着思路，把脑子紧急调整了过来，正要继续他的行动时，很及时的，其实也是计划了的，李指挥说话了。

李指挥说，李双蛋是哪一位呀？人都看李双蛋，李双蛋很镇定，把手举了一下，说，我。李指挥看着李双蛋，就是你呀，早闻大名。李双蛋不自在地动了一下。李指挥说，今天在这里，我要对李双蛋提出表扬。大伙儿都知道要表扬啥，看杨队长又把头勾下了，就猜出来了。李双蛋也心脏一紧，嘿嘿，终于等来了，终于说到这一层了。李指挥说，吴先进救火，倒在了火场里，把吴先进救出来的是谁呢？咦，又没猜对，李指挥说的是这一码，不是那一码。不过，说这个，李双蛋也爱听。李指挥说，吴先进我们要表彰，同样的，李双蛋也要表彰。情况呢，老杨都给矿区汇报了，李双蛋的救人行为，也是英雄行为，这个我们的看法是一致的。在这里，我先表扬，等到了中原，等吴先进的身体恢复差不多了，我们要开大会，要敲锣打鼓，给吴先进戴大红花，给李双蛋戴大红花。要号召全矿区的人，孟阳这边的，中原那边的，都来学习吴先进，学习李双蛋，要掀起一个学习的热潮，要让他们的先进事迹家喻户晓。李指挥这么一说，大伙儿都看着李双蛋，哎呀，这下出名了，眼光都是亮的，都是热的。李双蛋也没想到会得到李指挥这么高的评价，两只手不知道哪里放，两只脚不知怎么摆，身子一扭一扭的，像是在划船。尤其是听到说杨队长汇报了他救人的情况，肚子里发大水了似的，咕噜了好几下。甚至觉得，给矿上打电话，告杨队长的状是不是有些过分。怨恨再大，这要是把杨队长一下子告倒了，杨队长也就活不成人了，真那样，他在人面前也不像个人了。李双蛋就有些后悔。可是，已经晚了，事实已经造成了，改变不了了。管他！李双蛋的脑子里，有个车轮子，刚往另一个方向拐了一个弯，又拐回来了。那还能咋？已经这样了，还能咋？你杨队长把屎拉下了，你杨队长自己吃，又不是我李双蛋拉下的。李双蛋耸了一下肩膀，神情又恢复了正常。

李指挥终于说到要紧的了，说到李双蛋盼望的了。李指挥说，有表扬，还得有批评。本来呢，我不打算批评，169队要搬到中原去了，高高兴兴地走，多好哇！可是，还得批评，不批评过不去，不批评好坏就颠倒了，所以，在这里，我还得批评。批评谁呢？李指挥这么问着，扭头看了一眼杨队长。杨队长显然有心理准备，这说了半会儿，还不涉及他的问题，也让他挺受煎熬的，杨队长也有些急切，也盼着李指挥赶快说，已经这样了，煮着吃还是炒着吃，他都能接受。李指挥说，今天批评的人，就是你们的杨队长。都到啥时候了，都要搬家了，竟然不声不响，把队伍丢下，竟然坐上公家的车回老家，竟然还把公家的东西往家里拿。这还像个干部吗？老杨的问题，性质很严重，极其严重！啊，下面一阵骚动，完了，杨队长完了。李指挥已经定性了。有的人，看了李双蛋一眼，像是在画记号。李指挥又说，不要说在这个非常时期，就是搁到平时，那也是要从重从快处理的，甚至，都可以让你卷铺盖走人。下面的人听了，手心里捏着的一把汗，变成了两把汗。杨队长惹麻烦了，杨队长不是杨队长了。王轻听了，想的和别人不一样。李指挥在这里说得越重，打到杨队长身上的板子越轻，肯定的。要是真的加重处理，今天李指挥来，就会带来一个新队长，不会还让杨队长主持会。正因为要放杨队长一马，这才得说得夸张一些，也是给大伙儿看呢。

王轻这一次估计对了，李指挥这样做也是出于无奈。一个马上搬家的野外队，换队长造成的影响，就不限于169队了，也不限于矿区了，也不是杨队长一个人的事情了。李指挥说，说到这里，我得再一次表扬一个人，表扬李双蛋，就是他，勇敢地揭发了杨队长的错误行为，就是他，挽救了杨队长。李指挥看了一眼李双蛋，又看着杨队长，语重心长地说，老杨啊，没有李双蛋，你会在错误的路上越走越远，走到你老家的大门口，就不可挽回了。正是李双蛋，才制止了你的错误，终止了你的错误，你对这个可要认识清楚哇！李指挥说着，下面的人都同情地看着杨队长，看李双蛋也尽量用友好的目光。李指挥说，对于杨队长的问题，今天在这里先进行批评，这笔账先记上，杨队长得用行动组织好169队的搬家，确保人身安全、财物安全。到了中原，再接受组织的进一步处理，处理到什么程度，一个看杨队长的表现，一个呢，也是在座的做主，你们的态度，你们的意愿，就是给杨队长戴帽子的尺子。在这里，我尤其要强调，对李双蛋，不得打击报复，就是给脸色也不许。如果谁和李双蛋过意不去，我就和他过意不去，我说到做到。下面的人听到这里，手心没有汗了，螺丝的丝扣卸开了一样，感到了一阵轻松。就是嘛，多大个事嘛！闹来闹去的，对谁也不好。杨队长做得不对，这个能确定，不过，对于李双蛋，许多人都觉得，这样和杨队长斗，不应该。

李指挥说，老杨，这下该你说了，说说你对犯下的错误是咋认识的，让大家听听，看能不能过关。杨队长忙站了起来，手在身上掏摸。不会是摸稿子吧？刘大海想，不可能啊，写稿子得有时间，没时间哪。只见杨队长从裤子口袋里，摸出了一团东西，是手帕，皱皱巴巴的，不像手帕，像抹布。杨队长把手帕抖了抖，抖开，狠狠捏住鼻子，像是要卸下来一样，却只是狠狠擦了一下。弯了一下身子，又直了一下身子，准备说话了。这时，李指挥看了看大家，看了看杨队长，说坐下说吧。杨队长犹豫了一下，坐下了，似乎在思考，似乎又想清楚了，杨队长说，我对不起矿区，对不起组织，对不起矿区领导的信任和培养，对不起169队的每一个人。就站起来，扭过身子，站直了，弯下腰，先给李指挥鞠躬，又扭回去，站直了，给下面的人鞠躬。然后，缓缓坐下，抬起头，慢慢地，一字一句地说，我随时接受组织对于我的任何处理，犯了错，就得认罚，就得承担后果，我请求组织加重处理我，让我这个反面典型教育更多的人。杨队长停顿了一下，还是慢慢地，一字一句地说，这之前，我一定履行职责，全力以赴，保证169队顺利搬迁，保证不发生任何问题。说这句话，杨队长是对着李指挥说的。李指挥点了点头，表示认可。杨队长又看着李双蛋说，我感谢李双蛋对我的帮助，也真诚地希望，李双蛋和队上的人，都能继续监督我的工作。我犯了错误，教训深刻，在今后的工作中，不论在哪个岗位，我都要严格要求自己，吃苦在前，不计得失，让矿区放心，让领导放心。说完，杨队长又站起来，扭过身子，腰挺直，给李指挥鞠躬，扭过去，腰挺直，给下面的人鞠躬。胡来说这就行了，还鼓起了掌。这胡来一带头，其他人也附和着，说这就行了，也鼓起了掌。李双蛋看别人鼓掌，也跟着鼓掌，不是太用力。李双蛋的心里啥味道都有，有好味道，也有不好的味道。李双蛋的目的基本达到了。按照最初的愿望，是想打苍蝇一样，一拍子下去把杨队长拍死，但到了这一步，李双蛋的想法也有一些变化，对于现在这样的结果也能接受。不论咋讲，把杨队长的事情坏了，不论咋讲，也让杨队长难受了一回，自己出了气，杨队长丢了人，不容易呀！李双蛋抓住机会，也让杨队长知道他不是好惹的，牛不顶牛是尿牛，就跟你杨队长叫板了，你还不照样低头！知道我李双蛋不光会作法念咒，还懂得用正当手段打你杨队长，你还不敢还手，咋的，谁怕谁呀？话又说回来，这一步走了，李双蛋没有下一步，这到了中原，一切都是未知数，什么表彰啊，什么不报复哇，没到跟前，都是有可能又没有可能，李双蛋有些发虚。看来，到了中原，在169队不能待了，得换个单位。新的地方，咋说也有个调整，合适的机会，用心找，不会没有的。

李指挥说，看来大家对杨队长能正确认识错误的态度还是认可的。这好。老杨啊，你也不要背包袱，不要有思想负担，知错就改还是好同志。对犯了错的人，不放弃，而是拉一把，教育他，帮助他，不光对老杨如此，对所有人，都是如此。在这里，我也给大家提个要求，希望大家都能继续支持杨队长的工作，心往一处想，劲往一处使，共同把搬迁中原这件大事完成好。说到这里，李指挥对杨队长说，要是再没啥，我看会就开到这里吧。杨队长连说没啥了没啥了，就对下面的人说散会了，散会。下面就一阵乱，就一阵凳子磕碰的响声。

李指挥对杨队长说，我回孟阳前，得去看看看井的谢大爷，你跟我一起去。杨队长说，那是，正要给谢大爷再送一趟粮食，正好。就喊李师傅发动车，就安顿韩明仓和胡来取粮食，还特意说，李指挥要去看谢大爷，也是代表矿区慰问，再把清油灌一壶，把猪肉提一吊。韩明仓高声答应着，就喊何乱弹。杨队长又想起了什么，又对胡来说，再把上次老鼻子拿来的黄酒给灌一瓶子也拿上。

这李指挥前脚走了，刘补裆来劲了，吆喝着说谁玩十点半，咱们玩十点半。老邓说就知道玩，看李指挥知道了，让你在会上做检查。刘补裆说资格不够哇！吆喝了一阵，没有人响应，刘补裆有些失落。这不玩十点半，把人无聊的，时间咋打发呀？

昏沉沉的下午过去了。吃过饭，169队一片沉寂，每个人的心境都有些波动，有的还兴奋着，有的则精神不振，打着哈欠。天也慢慢黑下来了，天也该黑了。李指挥来了一趟，大伙儿的情绪高涨了一次，在一些人这里，保留的时间咋就这么短呢？似乎李指挥给169队带来的鼓舞，在不同的人这里，体现得不一样。有的呢还在，像是药效没有消失，有的呢又被李指挥收回去了一样。

人闲生是非，人闲生祸端。169队的人，清闲得太久了，确实得赶紧往中原走了。再不走，怪事还得出，险情待发生，怕是没完没了。169队在孟阳城待得够长久了，在太阳坡待得够长久了，也该有个了结，也该有个了断了。

何乱弹把伙房收拾完，习惯性地把剩菜剩饭往狗食盆里倒。一边还感叹，在太阳坡吃饭，吃一顿少一顿。这到了中原，就吃的是中原的饭了。这是给人说，也是给花子说呢。在以往，何乱弹还没有出现，花子早就守在门口，尾巴都快摇断了，今儿个这是咋了，连个影子都不见，狗都不贪恋吃的了，还能是狗吗？难道搬迁中原，也影响到了花子的情绪，而失去了胃口？何乱弹就敲打狗食盆，没有反应，这还奇了怪了。就花子花子地喊，还是没动静。又提高音量喊，还是不见花子现身。

喊不来花子，倒把老邓给喊来了，就说花子不见了。老邓说会不会跟着李指挥上孟阳城逛去了。这自然是玩笑话。花子连城壕都没去过，以169队的营地为中心，最大的活动范围就是太阳坡。老邓和何乱弹就找，转圈找，找到活动房背后，手电照过去，怎么看见花子竖着身子，在使劲蹬腿呢！啊，这是啥姿势，没见花子做过呀！不对，不对。两个人赶紧跑过去，就是花子，嘴上缠着胶布，脖子上勒着绳子，绳子牵在刘补裆手里。刘补裆正在用力，力气有些不够，花子似乎也意识到刘补裆不是和它闹着玩，急于摆脱，反而更难受了，嘴里白沫都出来了。目的明显，刘补裆想要了花子的性命。何乱弹和老邓几乎同时大喊："放下！放下！"刘补裆见来人了，也不是很紧张，不过把手里的绳子松开了。花子跌倒在地上乱蹬腿，嘴里叫不出声。老邓赶紧扯开胶布，花子的喉咙咕噜噜一阵响，站起来，摇摇晃晃跑开了。看上去慌不择路，万分惊恐。老邓骂开了，刘补裆，你是馋疯了，对花子都下手了。刘补裆没有被镇住，说，我不是害花子，我是救花子呢。老邓扬起手要打，刘补裆身子往后一躲。听我说嘛！听我说嘛！刘补裆说，咱们要去中原了，路那么远，花子咋带？留在太阳坡，没有人照看，就成野狗了，还不落在大鼻子手里，吃进大鼻子肚子里。与其这样，还不如让我吃了，还能补补身子。你看我身子虚的，让花子做个贡献多好哇。何乱弹虽然也没少欺负花子，可看到花子差点儿送命，也很愤怒，说，你吃你妈个皮，花子能

256

吃吗？你吃得下去吗？老邓大吼着说，刘补裆你给我听着，花子去中原，有人经管呢，你要是再给花子打主意，我打断你的狗腿，让你去不成中原！老邓喘着粗气，停了一下说，还有，到了中原，你马上给我自行车，给不了就还钱，没有二话。这刘补裆狗肉没吃成，还被翻了旧账，脸上尽是痛苦。听到动静，来了许多人，都齐声指责刘补裆不仁义。花子再不受待见，也跟169队的一口人一样，可以骂几句、踢一脚，可是，用绳子勒花子的脖子，那就不是人能干出来的。刘补裆这样做，刘补裆就不是人。刘补裆也是能屈能伸的人，看阵势不对劲，众怒难犯，闹不好会挨打，忙拱起拳头，对着众人连连认错，也冲着花子逃跑的方向，说着对不住了，对不住了。

  受到惊吓的花子，也是命大有后福，被从伙房背后找见，这个抱一下，那个摸一把，得到了有生以来最多的安慰和爱抚。何乱弹还从伙房里割了一块子肉，喂给了花子。有肉吃，花子一下子又成了以前的花子，龇牙咧嘴，发出哼叽哼叽的吞咽声。这让一旁观看的人又增添了一分心疼。

二十一

　　大清早，王轻深一脚浅一脚，身子左右平衡着，艰难下山。中间还跌了一跤，屁股上都是泥。手里的包袱，也糊上了泥。走几步，鞋子重了，得找个扶手的地方停下，清理鞋底鞋帮上的泥。在杜梨树上，王轻就留下了一个泥质的大手印。树身被震动，树叶子上逗留的雨水，还洒落下来，淋了一头一身。太难走了，王轻就有些后悔，应该等到太阳升高，把地皮晒硬了再走。这不是着急嘛，这不是急着早早到孟阳嘛。年轻人，心里有记挂，能理解。

　　夜里，太阳坡下雨了。是后半夜下的，雨滴扔豆子一样，往活动房的房顶上扔，把一多半人都给吵醒了。还伴有炸雷，像是铁疙瘩砸到了铁皮上。还伴有三角形的闪电。没有关窗户的关窗户，做噩梦的暂停，来到了另一场噩梦里。花子也像一道闪电，从雨水里窜了过去。王轻不敢睡了，也睡不成了，朝窗外看一眼，躺下，不放心似的，不大工夫又起来，又看。院子里有积水了，雨点打下来，像是钉钉子，激出一个眼，像是微型爆破，咕咚一朵花。像是变魔术，积水上打下的眼，爆破出的花，都是旋哪旋消失。约莫下了两个钟头，雨停了。竟然有虫子叫！经历了这么大一场雨，雨刚停，虫子竟然没有被雨水冲走，没有被雨水吓住，竟然叫了起来。按说，这下过雨，应该凉爽，却又闷又热，开开窗户，进来的都是热气。王轻有些奇怪，这太阳坡还没出现过这么反常的天气。这就要搬走了，老天爷是舍不得让走，挽留呢，还是赶着让走，让快些走呢？这场雨如果再下，天亮了路上尽是泥，搬家车也上不来，就是上来了也下不去。如果是个大晴天，太阳晒一上午，估计不会造成多大影响。王轻和别人想的不一样。能不能顺利搬家，目前还与他没有关系。王轻的心思，在孟阳城不在中原。

  这个早上，太阳坡很安静，只有王轻一个人出门了，其他人夜里没睡好，补瞌睡呢。王轻走走停停，好不容易走到山下。停下，打算歇一歇再走。回望山顶，能看见杜梨树，能看见169队隐隐约约的活动房。也许是走累了，王轻觉得腿软，还发抖。王轻伸出手，要擦汗，咦，怎么了？手怎么不听指挥？咦，怎么了？腿还在抖。咦，不光腿抖，脚下也在抖，太阳坡也在抖。太阳坡顶，那个钟形的山崮，也在抖。杜梨树像是要飞起来一样，像是一只大鸟展开了翅膀一样。咦，这是怎么了？这种感觉从未有过，这种感觉让王轻特别难受，这种难受也从未有过。

这一天，是1985年8月26日。王轻永远记住了这一天，并在以后的日子里经常做噩梦，叫不出声来，手脚也不听大脑指挥。从梦里惊醒，一头的汗，一身的汗。

过了许多年，王轻还不能确认，他人是到中原了，还是留在了孟阳。就连他和左文是不是领了证，是不是在一起生活，也产生了错觉，有时觉得是真的，有时觉得是假的。有一天，似乎是现实中，似乎在梦里，他来到了太阳坡，杜梨树竟然不见了，原来169队的院子，没有活动房了，只有一个角落那一大片煤灰的痕迹，证明这里有过营地，还度过了冬天。那是队上的人，冬天生火炉子，天天早上在一个地方倒煤灰积累下的，以至于风吹雨淋，也没有消除，还能看出来，看出来有人在这里倒过煤灰。营地上面钟形的山峁，已经瘫软下去了，被铲平了，上面，有一座道观，是铁皮、砖头、水泥和石头杂乱搭建的，显得简陋、粗糙。门额上有字，像是"真无观"三个字，仔细看又不像。

有个穿道袍的，怀里抱着拂尘，应该是无真道长。经历了一番磨难，看来无真道长终于实现了恢复真身的愿望。再看，看着怎么面熟呢？这也是很奇怪的。猛一看像李双蛋，再一看是杨队长，对，就是杨队长，那张脸，那张嘴。那张嘴，说了多少"好好着，好好着"呀！可是，杨队长却不跟他打招呼，坐在一个树墩上打盹儿。真无观里头，在正方塑了一尊坐像，应该是真武大帝吧，看上去却像李指挥，只是留着胡须，头上束起了发髻，而李指挥是光下巴，还戴一顶帽子。旁边，一边塑着一尊立像，共有两尊，一个像刘大海，一个像赵铲铲。王轻感到更迷惑了，这李指挥，这刘大海和赵铲铲，怎么会出现在道观里呢？这里不是他们的地方啊！难道他们成了神了，都吃上香火了？那可了不得！人界和神界，隔得多远哪，他们是履行了什么手续，通过了什么天条的考验，才有了高高在上、享受供奉的待遇的？王轻不知道个中缘由，就寻思，即使塑像，吴先进更合适呀，做了那么多好事，还被严重烧伤，在凡间是好人，成仙得道也最有资格。道观的中间还立了一根柱子，怎么只有一根呢？一般都是两根哪！再看，柱子上有个泥手印，这不是自己的手印吗？这不是他那天早晨踩着泥泞下山时，留在杜梨树上的手印吗？那么，杜梨树被砍伐了，变成道观里的柱子了。这倒合适，不过，杜梨树虽然有了新的用途，就不能继续生长，也不能结杜梨果了，还是挺可惜的。

突然，柱子上似乎有什么动静，王轻抬起头，一只大鸟扑下来，向着他扑来，王轻下意识躲了一下，就喊出了声，呜呼鸟！王轻还是看清了，却看见了一张脸，是老鼻子！王轻正害怕呢，老鼻子说话了，你来了，来了好，走，喝黄酒去，刚热了一壶黄酒，要趁热喝呢。谁喝你的黄酒！王轻在梦里，也反感老鼻子。老鼻子就过来拉王轻的手，王轻猛一甩手，没有甩掉老鼻子，却把自己甩到了空中，王轻觉得身体在飘浮，也觉得身体失重了，有一种特别想尿尿的感觉。

王轻的耳边风声呼呼，这是在飞呀！身子下面软软的，毛茸茸的，不会是呜呼鸟吧？不对，有两只耷拉耳呢，是花子！花子竟然有这个本事，四肢在空气里划动，就能想高就高、想低就低。王轻觉得神奇又意外，以前光是在电影里看人在天上飞，坐拖把飞的，坐床单飞的，没有想到，他也在天上飞，坐的是黄狗，是花子。花子是啥时候学会飞行的呢？又是谁给花子当的教练呢？王轻不知道，也猜不出来。不过，王轻听到过一句话，鸡毛也能飞上天。既然上天不是难事，花子长了一身黄毛呢，花子也就能，王轻也就能。

怎么停下了？王轻往下看，是中原，平展展的，大块大块的麦田，麦子黄了。麦田中间，有一块没有麦子，一片黑，是工地，是王轻熟悉的工地。王轻想起来了，刚才他就在那里，刚搬了一阵铁疙瘩，正喘粗气呢，这怎么就上天了？赵铲铲在下面招手，还轻声说"打"，似乎在责怪王轻不老实，跟花子在天上逛去了。不对呀，王轻记起来了，赵铲铲不是死了吗，怎么又活过来了，还来到了工地上？不可能啊，人死了，就是死人，就是转世，那也不是原来的人了，就算能恢复原形，那也得慢慢长，那也长不了这么快呀！

那是到中原不久，赵铲铲已经恢复正常了，似乎没有在太阳坡疯过，吃饭、说话都和以前一样。也是邪门，没有任何征兆，有一天，在活动房里上吊了。人吊在活动房的门框上，门框上有一颗钉子，拴了绳子，人就吊在钉子上，就这么把自己吊死了。有啥想不开呢？这到了中原，还没有把水土适应过来，就不活了。王轻还看见了刘大海，仰着头，闭着眼，双臂打开，很享受的样子。这也奇怪，刘大海也死了呀，比赵铲铲死得还早。那是到中原的第一天，到了平原上，有电视信号，能看电视，这下可以解心慌了。就在院子里转动木杆，转动木杆上的天线，调整方位，增强信号的强度。结果，碰到了高压线上，和高压电接通了。当时三个人，刘大海、何乱弹、郑在，都被打倒，又都爬了起来，像是跌了一跤。爬起来又跌倒的，只有刘大海，只有刘大海二次跌倒，再也没有起来。刘大海当时抓握的部位，有一颗铁钉子，导电最激烈。刘大海写了那么多小说和散文，还有电影剧本，大都没发表呢，这人就走了。这是多大的遗憾哪！王轻还看到了李双蛋，一脸不高兴，坐地上歇着呢，就没有往上看，就没有看他。王轻知道，李双蛋还在和杨队长怄气呢。这到了中原，迟迟不见表彰，戴大红花的愿望落了空不说，杨队长倒是交上好运了，被提拔了，成了中原矿区的副指挥。

  王轻要下去到工地上去，就伸手揪花子的耳朵，却什么也没有揪的了，花子不在身子下面，怎么已经在地面上了，还仰着头看他，还给他摇尾巴呢。王轻有些生气，花子怎么能丢下他独自下去呢！这么高，总不能跳下去呀！主要的，能上天，靠的是花子，王轻不会飞呀！这下跌落下去，恐怕就稀巴烂了。这么一想，身子一沉，王轻变成了自由落体。沟子那个疼哟，胯骨那个疼哟。王轻想站，站不起来，却发现没跌落在工地，却发现是孟阳城的桥头，这不是认识左文的地方吗？没见到左文，见到了一个老汉。这不是卖麻子的老汉吗？就是，老汉就在架子车旁坐着呢，架子车上，装着一口袋一口袋麻子，都敞着口呢。这个老汉，在孟阳城卖了一辈子麻子，全城的人都认识这个老汉，就叫他麻子老汉。不过，老汉脸上是光堂的，没麻子。孟阳城里，男女老少都爱吃麻子。吃葵花子的人少，吃南瓜子的人少，吃麻子的人多。麻子有啥好吃的，可人们就是爱吃。麻能编绳，能编麻袋，麻子比小米粒大一点儿，里头的肉，只有针尖那么大，可是，人们就为这针尖一点儿肉，把嘴忙的，把舌头忙的。会吃麻子的，一次往嘴里扔一把，藏在腮帮子里，通过口腔运动，通过舌头的拨拉弹唱，麻子肉吃下去了，麻子壳像是有个传送带，送出来，挂在嘴角，多了，重了，挂不住了，自己就掉地上了。麻子装在瓶子盖里，按照大小，分为一分钱的、二分钱的、五分钱的。一毛钱的麻子，得用秤称，装口袋里，鼓鼓的，一看就知道是麻子。吃麻子，最能消磨时间了，而且吃多少麻子也不会把人吃饱，不影响吃细长面。王轻不习惯吃麻子，嫌麻烦，有时麻子扔嘴里，不是一颗一颗嗑，而是一通嚼，嚼一阵，尝个味道，把粉碎了的麻子皮吐了。麻子老汉看到王轻，也认识，能不认识吗？王轻第一次和左文搭话，老汉就看着呢。后来约会，只要经过桥头，老汉也都看着呢。就说来了，王轻说来了。王轻说我咋来的，意思是问老汉是不是看见他从天上掉下来的。老汉说我咋知道你咋来的，指着一个走过来的人说你问他，王轻一看，是徐二！徐二也认出了王轻，过来拉着王轻说你不是去中原了吗？怎么又回来了？王轻也问了徐二相同的话。徐二说，我就没去中原，范幺妹也没去，都留下了，在城壕大队上班呢。王轻就问凭的啥本事竟然能不去，徐二说找了关系，花了钱。王轻明白了，又问有娃了吗？说有了，都会跑了。还说道，范幺妹她爸妈，也看在外孙的面上原谅了他们，接纳了他们。娃就在爷爷奶奶家里呢。王轻就为徐二感到高兴，就大声说好哇，好哇。这时耳边就响起一个女人的声音，王轻！王轻！睁开眼，就看见左文不住摇着他的胳膊。再看，才发现躺在床上，是左文的床，是在左文气象站的单身宿舍。左文就说，你这是咋了？说了半夜的胡话，刚才又大叫好哇好哇的。王轻就有些不好意思。左文值夜班，他过来看左文，说着话，亲着嘴，天就黑了，天就黑实了，外头啥也看不见。王轻假装要下山，回矿区招待所，说回去晚了，郭公公又要盘问。左文说，你敢走，留下陪我。王轻其实等的就是这句话，就留下了。睡一张床，这干柴烈火的，把该做的事情都做了。经历了这么一个晚上，左文看王轻眼神也不一样了。怎么个不一样呢？反正不一样，这个不一样，让王轻踏实，也有压力，是带着责任的那种压力。是一个男人的压力，一个男人的责任。看王轻的眼睛，一直停留在自己脸上，温度都升起来了，左文笑了一下，催促起王轻，说，你得赶紧走，一会儿上早班的人上来，看见了会议论咱们呢。王轻说，也是，我这就走，这就走。

　　下山的路上，王轻还顾不上回忆夜晚的甜蜜。他想起昨天大夫说，吴先进又要进行一次植皮手术，矿区还得再动员一些没有割皮的男人到医院割皮。这一次，估计有难度。王轻也担心起来，该割皮的差不多都割了，到哪里找人去呀！要是皮割了还能再长出来，为了吴先进，自己愿意再挨一次刀子。

后 记

　　我写作，很有些年头了。写诗歌，写散文，诗歌最多。有朋友说，你应该写小说。似乎不写小说，我的写作就有缺失，而写了小说，就能证明我的实力。我的散文，有一些写人物。又有朋友说，你应该写小说。他是从我的散文里，看出了小说的影子，一些元素，尤其是人物之间的冲突、对话，看上去和小说相似。

　　对于前一个朋友的说法，我有抵触。文学的种类多了，为什么非得写小说？诗歌我看重、上心，诗歌才是我的最爱。至于小说，我就不写，人要是问我，我就说我写不了，我不会写。这不丢人。后一位朋友，出于好意，是觉得我能写小说，是觉得我不写可惜了。真的吗？不是有疑虑，我更愿意相信自己的感觉。

我跟小说没有仇。在我的阅读里，诗歌量大，小说量也大。读小说，我没有负担，挺享受的。我的藏书里，有一大部分是小说，经典名著，国内的，国外的，成系列的，一部分读过，一部分还没读。前不久，我还把《西游记》又读了一遍。我甚至有个想法，啥时候，专门写一本书，就是关于《西游记》的阅读笔记，和那些专业的、研究的区别开，就以一个读者的角度，随意，轻松，拉拉杂杂，写得有趣，写得不讲理，写得自己高兴即可。

其实，我写过小说。有几个短篇，我没有留存，找不见了。有一个中篇，将近四万字，这个我有底稿。这些小说，我写了就写了，不是太在意。当然，也不是胡乱写的，也是有想法在里头的。这都在很多年前，对于我，算是尝试、尝鲜，没有持续下来，是我的心思不在小说上。还有一个原因，我缺少集中的大块的时间，写小说，是脑力劳动，也是体力劳动，写小说费时间、费精力。写小说，可不能叼空写，那样不聚气，容易走偏。再一个，我写作诗歌，陷入太深，出不来了。我更愿意为诗歌多花费精力。我说过，诗歌是我的上香炉。我和诗歌的关系，是打断骨头连着筋的关系。

那么，我怎么就又写了一个小说，还是长篇呢？我也奇怪。我真的没有刻意，没有下决心，很自然的，也没有张扬，就写了，就写出来了。也许，这与我到了一定的年纪有关系吧。

我五十多岁的人了，出门少了，饭量也少了，而得病却多了，回顾过往也多了起来。都是在意过的、经历过的，都在记忆里保管着。其中有一大块，是我在山里野外队的生活。我在诗歌里写，散文里写，散文里写得具体，有的篇幅还不短，主要写人物，写一个一个人物。我觉得，还能换一种方式写，用一种小说的方式写。那就写。写小说，写长篇小说，得找到一个切入口，得把要写的装进去。我找到了，左右掂量，还觉得大小合适，口径能掌控，就是属于我这个小说的。那我还等啥？写。

既然是写野外队、写石油工人，按照通常的划分，我这个长篇属于工业题材，或者更具体是石油题材。可是，我却极力地回避，不愿意给我的这个长篇打上这样的记号。既然文学是人学，我的长篇里，工业、石油都是背景，在前面的、活动着的是人。我几乎没有正面写劳动、写石油开发的场面。我觉得以这种方式写，也许更能写出工业、写出石油。如果忽略了人，再怎么渲染，场景再宏大，在我看来都没有意义。我是这么认为的，我认为我是对的。

不可否认，人和所处的环境、从事的职业之间，有相互影响的关系。野外队的人也不例外。一方面，在大山里奔波，在野地里搬铁疙瘩，他们的欲望，他们作为人的需求，依然存在，并没有消弭；另一方面，也由于劳动的艰辛，与世隔绝的生存状态，又使得他们哪怕是最基本的吃喝拉撒，都得不到正常的满足，尤其是精神上的空虚无从填补，就那么缺失着。成了家的有家不能回，年轻的找对象困难。日子是熬煎的，持续着，看不到改变，看不到尽头。即使如此，他们也没有沉沦、没有放弃。于是，在其中能看到挣扎，也看到认命之后的坦然，也看到人性的光亮和阴暗。

如果不对准一个，他似乎是不存在的，是可以忽略的，但只要稍稍停留一下，就会发现他身上有故事，他也是立体的、丰富的，他的心跳和呼吸是能够感知的。我曾是其中的一员，我不能说完全了解他们，我也不能用一句爱恨，就简单地归纳了我的情感。我有我的感受，有些和他们一样，有些不一样。我希望我能接近他们、深入他们，我希望能打开他们。我是局内人，我愿意把我拿出来，更清楚地看清他们；再把我放回去，使我的表达能牢靠一些，能有一份禁得住沉淀的疼痛。

首先，我要把他们当成人写，这是最要紧的。即使我当年和他们一样，把自己都不当人了，我也要把他们当成人写。我必须这样，必须让我文字的温度升起来，又降低，处于一种常温状态。在一个叫太阳坡的山上，这群人，这群挖油的人，不能光落一个可怜，也不是笼统地被关注，那没意思。他们知道不知道，都没意思。可是，有这样的人，这样的生活，就在这个世上走动着、安静着，发生了，有时平和，有时激烈，他们是人，活得不像人甚至不如人，他们没有办法，他们就这样活着。我得用我的方式，把这些写下来，不为见证，只是我的心里，还留出了地方，能放下这些，放下这些人。放下他们的笑、他们的哭。

于是，有了我所写的故事，谈不上精彩和曲折，但得有一股子气息，得有经过选择才得以实现的真实。在生活的层面上如此，在文学的层面上也是如此。故事怎么开始、怎么展开，这是我的问题，这是我这部长篇要解决的问题，我相信我能办到。似乎是突然之间，我具备了这个能力，其实是我这么多年，有意无意，一直在做着这样的准备。火候到了，时机到了，我不能再等了。似乎是一个约定，似乎达成了某种默契，从春到夏，我又把当年的日月过活了一回，过滤了一次。这里面有难受，也有欢乐，有不堪，也有希冀。

写小说，大抵离不开"从前有座山，山上有座庙，庙里有个和尚"的套路。我这个小说，就写了太阳坡上的169队，由于再也挖不出油，在搬迁中原前夕触发的人和事。杜梨树下的太岁被意外发现，却烧毁于一场找不到原因的大火，又引出了真无观，引出了无真道长，引出了无真道长变成的呜呼鸟，似真似假，若有若无，荒诞的传说和真切的现实混杂在一起，形成了某种意义上的互文。身为一队之长的杨队长，希望好好着，希望安全稳定，偏就不好，偏就好不了，像是有意为难他，像是给他出难题，有人被烧伤，有人发疯，有人找出走的老婆找不回来……杨队长陷入了困境，化解着矛盾，还把自己置于尴尬的局面。太岁头上动土，被视为大胆的举动，都能带来不安、带来灾祸，这是一个警告。而这些人所进行的工作，不正是在动土吗？石油又何尝不是另一种形态的太岁？可是，这样的行为，已经正当化、工业化了，没有人会意识到，这是一种对于大地、对于久远年代生灵的冒犯。太阳坡上的人，纠结的是一日三餐，是本能，是粗浅的得失。那又如何？这就是生存，这才关乎立场和利益的选择。当挖油的人挖向自身时，不论怎么焦虑，都只是对自己重要，对于他人是无关的。能挖出什么，丑陋还是高尚？命运无常，可以把握的又有什么？即使是有饭吃、能睡着，也在有些时候，是那么不易、难得。就在这种无从左右的日月里，这些人就要换一个地方，继续他们的营生了。他们还能挖出来油吗？他们还会挖自己吗？生活在平淡里继续着，有的故事会继续发生，有的故事只出现一次。恒久的是未知，又全都有了安排。我能说出什么呢？判断是无力的，见识也那么虚妄。

每个人都有自身的偏执，都有生与死的困惑。得到解脱，也是进入另一个迷局。生而为人，怎么样活着，才对得起这具肉身，生发出怎么样的精神才叫觉悟呢？我谋求破解之法，却常常失败。我的这个小说，能安慰我吗？我不知道。我只是写出来了而已，我只是这样写了而已。

要说我这个小说写得苦涩，我是不同意的。就是处于绝境，人也不会轻易就放弃了自己。

我写的这些人，有他们的坡坎，有他们的烦乱，可是，他们不缺少快乐，总有办法让自己高兴、轻松，也有不熄灭的盼头和奔头。这增强了对于孤独、寂寞的忍耐力，只要天不塌下来，他们就能挺住、能立住。说是苦中作乐也行，说是麻木了自己也有道理。可是，毕竟是一份工作，得有人承担，又没有人逼着，又不是强迫的，不想干了也可以走人嘛！咋不走呢？有工资拿嘛！不下苦行不行，没把书念下，也没把经念下，再能干啥，就是个靠力气吃饭的营生。不回家种地去，还不就是吃的是商品粮嘛！把这个理说清楚了，别的就通顺了。就说我自己，再有怨言，眼前的路，往东往西都有，我就走了这条路，这是我选的，选错了，我也在我身上找原因，我不能往别的上赖。我穿烂了几十身油工衣，我也没有逃跑。不是我有多勇敢，我也想坐小车呢，坐小车车门有人拉开，坐进去时有人护着头，没有这个造化呀！

虽然如此，毕竟这些人在山里制造着动静，这些人有面貌、有心思，写出来也是能看出，他们有人的本性，变质的部分，也和在其他地方的人有许多的相似。如果出现了差异，那正是我要多端详一番的。述说他们，述说我自己，我有我的反思，我不会轻易就下一个结论。我只是知道，他们不适合顶着大词，这对他们不尊重。嫌弃他们，他们也会在乎，也会难受的。肤浅的讴歌给他们带不来什么。他们并不低人一等，他们的世界，也有上扬的调子，也有暖色，只是常常就闪过去了。有我呢。当我开始写这个长篇时，我就认准了一条，写人，写人的寻常，写人那些不明显的举动，写人内心的幽微，一定是写作的真理。我的写作就是奔着人去的，奔着人的血肉去的，我不写符号，不写概念，我的这个长篇，不要包装。这也是我为什么要在169队停工等待搬迁前这些天，把一个个人写出来的原因。

那些劳动的场景，那些大型机械的移动，我都熟悉，可我就是不打算展示这些，不打算把笔墨耗费到这些上面，那样写，我担心走了老路子，担心写不出真正的人的形象。这些场景，是那些所谓体验生活的人，走马观花，赞叹几声，感叹几句，再搁放一些和现场的人的对话，就以为表现了这个行业，就以为写出了石油。怎么可能呢？我有意识地布局了我这个长篇的结构，我认为我做得对。我就要写得不像在写石油，写石油工人，而我这样做的目的，就是要提供一种这才是写石油、写石油工人的文本出来。当我这样谋划了，我才能够认为，我具备这个资格。

一个人每周打篮球，从胳膊的肌肉上，从腰板上能看出来。夏天天天在夜市摊喝啤酒吃肉串的，通常肚皮大、脖子粗。我年轻时熬夜，老了天黑就头晕，又得了老花眼，看电视也晃得不行，就得早睡，早睡早起也是为了健康，也是自己给自己立规矩呢。我走路锻炼，每天一万步，需一小时二十分钟，约八公里，可消耗四百多大卡。都坚持十年了，成习惯了。在公交车上站着，能看出我爱走路吗？据说，从俄罗斯人的脸上，能看出是否读过《罪与罚》，那种气质，通过小说，能给人传染。那么，从中国人脸上，能看出是否读过《红楼梦》吗？我估计难，在咱们这里，读这本书，没有那么普遍。都忙着挣钱呢、活命呢，读书还不是必读不可的需要。

不过，一个人从事什么职业，大抵也能看出来。过去说七十二行，货郎不挑担子，石匠就是吃西瓜，也看得出来。如今行当多，银行的，售楼处的，传销的，穿的一样，难区分。大学生不像大学生，教授不像教授。石油工人特征明显，尤其是野外队的。在山里，通常两种人，农民，野外队的，不用穿工服，人一看就知道是石油工人。赶集，逛县城，工服也穿不出去。尽是油污，尽是土垢，在外面，人嫌脏，自己也嫌呢。工服糊满油，再穿，重，潮湿，穿不成。就铺地上，上头敷一层干土，让太阳暴晒，然后用锯条刮，把吸收了油污的一层油泥刮下来。再不成，就得用汽油洗，才能把油污洗下来。头发上、身子上的油污，用洗衣粉洗，也用汽油洗。汽油洗过，皮肤发灰、干燥。骨头里也进去了石油，洗得下来吗？当地人说野外队的，说身上的屁都是黑屁。我们听见了，但不生气。

我的这个小说，即使绕开石油的场面，那也消除不了石油的质地，我怎么可能把场景变成十里洋行呢？我没有那个本事。我只是想腾出更多的空间，把这些石油里的人，野外队的人，多写一段，多写一章。只有他们，总在我眼前浮现、走动，我主要写他们。我得感谢我的早起，感谢我的走路。路走着，脑子没有闲着，我每天早上，就想我今天写到哪里了，接下来写什么、怎么写。走路走毕，时间还早，我就把我想的写出来。就这么一天天写着，把这个长篇写成了。对于我这是一次全新的尝试，一次全新的体验，我感到愉快，也有些失落，一件事情完成了，通常都有这样的心理反应。我还会再写小说吗？正在进行的，一般我都不说，结果没有出来的，更不会说了。

不说了。